ANÓNIMO

RELATOS DE LAS MIL Y UNA NOCHES: SIMBAD, ALÍ BABÁ Y ALADINO

RELATOS DE LAS MIL Y UNA NOCHES: SIMBAD, ALÍ BABÁ Y ALADINO
ANÓNIMO

Supervisión Editorial: Óscar Flores López
Diseño de portada: Andrea Rodríguez—Danny Velásquez
Administración: Tesla Rodas
Director Ejecutivo: José Azcona Bocock

Primera Edición
Tegucigalpa, Honduras—Abril de 2026

ÍNDICE

SINMBAD EL MARINO

"He llegado a saber que en tiempo del califa Harún Al-Rachid vivía en la ciudad de Bagdad un hombre llamado Sindbad el Cargador. Era de condición pobre, y para ganarse la vida acostumbraba transportar bultos en su cabeza. Un día tuvo que llevar cierta carga muy pesada; y precisamente ese día el calor era tan excesivo que el cargador sudaba, abrumado por el peso que llevaba encima. La temperatura se había vuelto intolerable cuando pasó frente a la puerta de una casa que debía pertenecer a algún mercader rico, a juzgar por el suelo bien barrido y regado alrededor con agua de rosas. Allí soplaba una brisa muy agradable, y cerca de la puerta había un ancho banco para sentarse.

Al verlo, el cargador Sindbad soltó su carga sobre el banco para descansar y respirar aquel aire agradable. Al poco rato sintió que desde la puerta llegaba hasta él una brisa pura mezclada con un delicioso aroma; y tanto le agradó, que fue a sentarse en un extremo del banco. Entonces escuchó un concierto de laúdes y diversos instrumentos, acompañados por magníficas voces que cantaban canciones en un lenguaje refinado; y escuchó también el canto de aves que alababan de manera encantadora a Alá, el Altísimo. Distinguió, entre otras, voces de tórtolas, ruiseñores, mirlos, bulbules, palomas de collar y perdices domésticas. Se maravilló mucho y, impulsado por el enorme placer que todo aquello le producía, asomó la cabeza por la rendija abierta de la puerta y vio al fondo un jardín inmenso donde se reunían jóvenes servidores, esclavos, criados y gente de toda condición; y había allí cosas que solo se encontrarían en palacios de reyes y sultanes.

Después le llegó una ráfaga de aromas de manjares realmente admirables y deliciosos, mezclada con toda clase de fragancias exquisitas procedentes de diversas comidas y bebidas de buena calidad. Entonces no pudo evitar suspirar, alzó los ojos al cielo y exclamó:

"¡Gloria a ti, Señor Creador, oh Dador! Sin medida repartes los dones a quien quieres, ¡oh Dios mío! Pero no creas que clamo a ti para pedirte cuentas de tus actos o cuestionar tu justicia y tu voluntad, porque a la criatura le está prohibido interrogar a su dueño omnipotente. Solo observo. ¡Gloria a ti! Enriqueces o empobreces, elevas o humillas, conforme a tus designios, y siempre actúas con sabiduría, aunque a veces no podamos comprenderla. He ahí el dueño de esta casa… ¡Es feliz en grado extremo! Disfruta de esos aromas encantadores, de esas fragancias agradables, de esos manjares sabrosos, de esas bebidas deliciosas. Vive feliz, tranquilo y satisfecho, mientras otros, como yo, nos encontramos en el último extremo del cansancio y la miseria."

Luego el cargador apoyó la mano en la mejilla y, en voz alta, cantó los siguientes versos que improvisaba:

¡Suele ocurrir que un desdichado sin hogar despierte de pronto a la sombra de un palacio creado por su destino!
¡Pero, ay, cada mañana me despierto más miserable que la anterior!
¡A cada instante aumenta mi infortunio, como la carga que pesa en mi espalda, mientras otros viven felices en medio de los bienes que la suerte les concede!
¿Ha cargado alguna vez el destino la espalda de un hombre con un peso como el que yo llevo?… ¡Y, sin embargo, esos otros son iguales a mí, aunque estén colmados de honores y descanso!
Y aunque son mis semejantes, la suerte ha puesto entre ellos y yo una diferencia, como la que existe entre el vinagre amargo y el buen vino.
¡Pero no pienses que te acuso en lo más mínimo, oh Señor mío, por no haber gozado de tu generosidad! Eres grande, magnánimo y justo, y sé bien que juzgas con sabiduría.

Al terminar de cantar estos versos, Sindbad el Cargador se levantó y quiso volver a poner la carga sobre su cabeza para continuar su camino, cuando apareció en la puerta del palacio un joven esclavo de rostro amable, de formas delicadas y vestido con ropas muy elegantes, quien, tomándolo de la mano, le dijo:

—Entra a hablar con mi amo, que desea verte.

Muy intimidado, el cargador intentó encontrar alguna excusa para no seguir al joven, pero fue en vano. Dejó su carga en el vestíbulo y entró con el muchacho en la casa.

Vio una vivienda espléndida, llena de personas serias y respetables, y en el centro una gran sala a la que lo condujeron. Allí se encontró ante una numerosa asamblea de personajes que parecían importantes. También vio flores de todo tipo, perfumes variados, dulces, pastas de almendra, frutas exquisitas y una enorme cantidad de bandejas con corderos asados y manjares refinados, además de bebidas elaboradas con jugo de uva. Había también instrumentos musicales sostenidos por esclavas muy hermosas, sentadas ordenadamente en sus lugares.

En medio de la sala, entre los invitados, el cargador vio a un hombre de aspecto imponente y digno, cuya barba encanecía por los años, cuyas facciones eran armoniosas y agradables, y cuya presencia reflejaba gravedad, bondad y nobleza.

Al contemplar todo aquello, el cargador Sindbad…

En ese momento de su relato, Scherezada vio aparecer la mañana y guardó silencio.

PERO CUANDO LLEGÓ LA NOCHE 291…

Ella dijo:

…Al mirar todo aquello, el cargador Sindbad quedó asombrado y dijo:

"¡Por Alá! Esta casa debe ser un palacio de los genios o la residencia de un rey ilustre o de un sultán."

Luego se apresuró a adoptar una actitud respetuosa: saludó a todos los presentes, les deseó la paz, hizo votos por ellos, besó el suelo con humildad y permaneció de pie con la cabeza inclinada.

Entonces el dueño de la casa le pidió que se acercara y lo invitó a sentarse a su lado, dándole una cálida bienvenida. Le ofreció comida, presentándole los manjares más delicados y mejor preparados. Y Sindbad el Cargador no dejó de aceptar la invitación después de pronunciar la fórmula ritual. Comió hasta quedar satisfecho; luego dio gracias a Alá diciendo:

"¡Alabado sea siempre!"

Después se lavó las manos y agradeció a todos los presentes su amabilidad.

Solamente entonces dijo el dueño de la casa al cargador, siguiendo la costumbre que no permite hacer preguntas al huésped sino hasta después de haberle servido de comer y beber:

—¡Sé bienvenido y actúa con toda libertad! ¡Que Alá bendiga tus días! Pero, ¿puedes decirme tu nombre y tu profesión, oh huésped mío?

Y respondió el otro:

—¡Oh señor! Me llamo Sindbad el Cargador, y mi profesión consiste en transportar bultos sobre mi cabeza a cambio de un salario.

Sonrió el dueño de la casa y le dijo:

—Sabe, oh cargador, que tu nombre es igual al mío, pues me llamo Sindbad el Marino.

Luego continuó:

—Sabe también, oh cargador, que te pedí que vinieras aquí para oírte repetir las hermosas estrofas que cantabas cuando estabas sentado en el banco de afuera.

Al oír estas palabras, el cargador se sonrojó y dijo:

—¡Por Alá, no me guardes rencor por tan imprudente acción! Las penas, las fatigas y la miseria, que nada dejan en las manos, vuelven al hombre descortés, torpe e insolente.

Pero Sindbad el Marino le dijo a Sindbad el Cargador:

—No te avergüences de lo que cantaste, ni te inquietes, porque desde ahora serás como mi hermano. Solo te pido que te apresures a cantar esas estrofas que escuché y que tanto me maravillaron.

Entonces el cargador cantó las estrofas, que agradaron mucho a Sindbad el Marino.

Cuando terminó, Sindbad el Marino miró a Sindbad el Cargador y le dijo:

—Oh cargador, debes saber que yo también tengo una historia asombrosa, y quiero contártela. Te relataré todas las aventuras que viví y todas las pruebas que sufrí antes de llegar a esta felicidad y habitar este palacio. Verás a costa de cuántos trabajos terribles y extraños, de cuántas calamidades y desgracias, obtuve estas riquezas en medio de las cuales me ves vivir en mi vejez. Sin duda ignoras los siete viajes extraordinarios que he realizado, y cómo cada uno de ellos es tan prodigioso que basta pensarlo para quedar asombrado. Pero todo lo que voy a contarte a ti y a mis honorables invitados no me sucedió sino porque el destino así lo había dispuesto, pues todo lo escrito debe cumplirse sin que sea posible evitarlo.

LA PRIMERA HISTORIA DE SINDBAD EL MARINO, QUE TRATA DE SU PRIMER VIAJE

—Sepan todos ustedes, oh señores ilustres, y tú, honrado cargador que llevas mi mismo nombre, que mi padre era un mercader de gran posición entre los comerciantes. En su casa había muchas riquezas, y él las usaba para ayudar generosamente a los pobres, aunque con prudencia. Cuando murió, me dejó muchos bienes, tierras y poblados enteros, siendo yo todavía muy joven.

Cuando llegué a la edad adulta, tomé posesión de todo y me dediqué a comer manjares refinados y a beber bebidas exquisitas, alternando con jóvenes, presumiendo de ropa costosa y cultivando amistades. Estaba convencido de que aquello duraría siempre.

Viví así durante mucho tiempo, hasta que un día, al volver en mí y corregir mis errores, comprendí que mis riquezas se habían disipado, mi situación había cambiado y mis bienes habían desaparecido.

Entonces desperté de mi descuido, sintiendo miedo y angustia al pensar que podría llegar a la vejez sin tener con qué sostenerme. Recordé también unas palabras que mi difunto padre repetía, palabras de nuestro señor Salomón, hijo de David (¡la paz sea con ambos!): hay tres cosas preferibles a otras tres: el día de la muerte es menos penoso que el día del nacimiento, un perro vivo vale más que un león muerto, y la tumba es mejor que la pobreza.

Tan pronto como me asaltaron estos pensamientos, me levanté, reuní lo que me quedaba de muebles y vestidos, y sin perder tiempo lo vendí en subasta pública, junto con el resto de mis bienes, propiedades y tierras. Así reuní la suma de tres mil dracmas.

En ese momento de su relato, Scherezada vio aparecer la mañana y guardó silencio.

PERO CUANDO LLEGÓ LA NOCHE 292…

Ella dijo:

…reuní la suma de tres mil dracmas, y enseguida sentí el deseo de viajar por las tierras de los hombres, recordando las palabras del poeta:

¡Las penas hacen aún más hermosa la gloria que se alcanza! ¡La gloria humana nace de muchas noches sin dormir! ¡Quien desea encontrar las perlas del mar, blancas, grises o rosadas, debe primero sumergirse para obtenerlas! ¡Morirá en su esperanza vana quien pretenda alcanzar la gloria sin esfuerzo!

Así, sin tardar, fui al mercado, donde compré diversas mercancías y artículos de toda clase. Luego llevé todo a bordo de un navío en el que ya se encontraban otros comerciantes listos para partir. Con el corazón lleno de deseo de aventuras, vi cómo el barco se alejaba de Bagdad y descendía por el río hasta Basora, para luego salir al mar.

En Basora, el navío desplegó sus velas hacia alta mar, y navegamos durante días y noches, tocando en distintas islas, pasando de un mar a otro y llegando a diversas tierras. En cada lugar donde desembarcábamos, vendíamos unas mercancías y comprábamos otras, haciendo intercambios muy provechosos.

Un día, después de varios sin ver tierra, vimos surgir del mar una isla que, por su vegetación, nos pareció un jardín maravilloso. Al verla, el capitán decidió desembarcar y echó anclas.

Bajamos todos los comerciantes, llevando con nosotros provisiones y utensilios de cocina. Algunos encendieron fuego para preparar la comida y lavar la ropa, mientras otros se dedicaron a pasear, divertirse o descansar. Yo preferí caminar y disfrutar de la belleza de la vegetación, sin olvidar comer y beber.

Mientras descansábamos así, de pronto sentimos que toda la isla temblaba con una sacudida tan fuerte que fuimos lanzados por el aire. En ese momento vimos al capitán en la proa del navío, gritando con voz desesperada y haciendo gestos de alarma:

—¡Sálvense, pasajeros! ¡Suban de inmediato a bordo! ¡Déjenlo todo! ¡Abandonen sus cosas y salven sus vidas! ¡Huyan del abismo que los amenaza! ¡Porque esta no es una isla, sino una gigantesca ballena que ha hecho de este lugar su morada desde hace mucho tiempo! La arena se acumuló sobre su lomo y crecieron árboles encima. Pero al encender fuego la han despertado, y ahora se mueve. ¡Si no huyen, se sumergirá en el mar y los arrastrará con ella! ¡Apresúrense!

Al oír estas palabras, los pasajeros, aterrados, abandonaron sus pertenencias y corrieron hacia el navío, que ya levantaba anclas. Algunos lograron alcanzarlo; otros no. La ballena comenzó a moverse y, tras varios sacudones terribles, se sumergió en el mar con todos los que estaban sobre su lomo. Las olas se cerraron sobre ellos para siempre.

Yo fui uno de los que quedaron abandonados sobre la ballena, y estuve a punto de ahogarme.

Pero Alá, el Altísimo, veló por mí y me salvó, poniendo a mi alcance una especie de gran recipiente de madera que los pasajeros usaban para lavar ropa. Me aferré a él y luego logré montarme encima, gracias al esfuerzo que me daba el peligro y el amor por mi vida. Entonces comencé a moverme sobre el agua como si remara con los pies, mientras las olas me arrastraban de un lado a otro.

En cuanto al capitán, se dio prisa en alejarse a toda vela con los que se pudieron salvar, sin ocuparse de los que aún nadaban. No tardaron en perecer estos, mientras yo hacía uso de todas mis fuerzas para mover los pies y alcanzar el navío, al cual seguí con la mirada hasta que desapareció de mi vista, y la noche cayó sobre el mar, dándome la certeza de mi perdición y abandono.

Durante una noche y un día enteros estuve luchando contra el abismo. El viento y las corrientes me arrastraron hasta las orillas de una isla escarpada, cubierta de plantas trepadoras que descendían por los acantilados hasta hundirse en el mar. Me agarré a esos ramajes y, ayudándome con pies y manos, logré trepar hasta lo alto del acantilado.

Habiéndome librado así de una muerte segura, pensé entonces en examinar mi cuerpo, y vi que estaba lleno de contusiones y que tenía los pies hinchados y con huellas de mordeduras de peces, que se habían alimentado de mis extremidades. Sin embargo, no sentía dolor alguno, tan insensible estaba por la fatiga y el peligro que había corrido. Me dejé caer de bruces en el suelo de la isla, como un cadáver, y me desmayé, sumido en un agotamiento total.

Permanecí dos días en ese estado, y desperté cuando el sol caía directamente sobre mí. Quise levantarme, pero mis pies hinchados y doloridos no me respondieron, y volví a caer al suelo. Muy afligido por el estado en que me encontraba, tuve que arrastrarme, a gatas unas veces y de rodillas otras, en busca de algo que comer. Llegué por fin a una llanura cubierta de árboles frutales y regada por manantiales de agua pura y excelente. Allí descansé durante varios días, comiendo frutas y bebiendo de las fuentes. Poco a poco mi ánimo se recuperó, mi cuerpo debilitado recobró fuerzas y volví a moverme con mayor facilidad, aunque no del todo, por lo que tuve que fabricarme un par de muletas para poder caminar.

De ese modo pude pasear lentamente entre los árboles, alimentándome de frutas y pasando largos momentos admirando aquel lugar y contemplando la obra del Todopoderoso.

Un día, mientras caminaba por la orilla, vi a lo lejos algo que me pareció un animal salvaje o algún monstruo marino. Aquello despertó tanto mi curiosidad que, a pesar del temor que sentía, me acerqué poco a poco, avanzando y retrocediendo. Finalmente vi que era una yegua maravillosa atada a un poste. Era tan hermosa que intenté acercarme más para verla mejor, cuando de pronto escuché un grito espantoso que me dejó paralizado, aunque mi deseo era huir; y en ese mismo instante surgió de debajo de la tierra un hombre que avanzó hacia mí a grandes pasos y exclamó:

—¿Quién eres? ¿De dónde vienes? ¿Y qué te trajo hasta aquí?

Le respondí:

—¡Oh señor! Soy un extranjero que iba a bordo de un navío y naufragué con otros pasajeros. Pero Alá me salvó al poner a mi alcance una cubeta de madera a la que me aferré hasta que las olas me arrojaron a esta costa.

Al oír mis palabras, me tomó de la mano y me dijo:

—Sígueme.

Lo seguí, y me hizo bajar a una caverna subterránea, donde me condujo a una sala y me invitó a sentarme en un lugar de honor. Luego me dio de comer, porque yo tenía hambre. Comí hasta saciarme. Entonces me preguntó por mi historia, y se la conté desde el principio hasta el final, lo cual le causó gran asombro. Después añadí:

—Por Alá, señor mío, no te molestes por lo que voy a preguntarte. Ya te he contado mi historia, y ahora quisiera saber por qué vives en esta caverna y por qué tienes esa yegua atada en la orilla del mar.

Me respondió:

—Debes saber que somos varios los que estamos en esta isla, cada uno en un lugar distinto, para cuidar los caballos del rey Mihraján. Cada mes, cuando aparece la luna nueva, traemos aquí una yegua de pura raza, aún sin montar, la atamos en la orilla y luego nos ocultamos en la cueva. Entonces, atraído por su olor, sale del mar un caballo marino. Mira a su alrededor y, al no ver a nadie, se acerca, salta sobre la yegua y la cubre. Cuando termina, intenta llevársela, pero como está atada, no puede.

Entonces relincha con fuerza, la golpea y se enfurece. Nosotros oímos sus relinchos, salimos de la cueva y corremos hacia él gritando, lo que lo asusta y lo obliga a regresar al mar. La yegua queda preñada y da a luz un potro o una potranca de gran valor. Y precisamente hoy vendrá el caballo marino. Te prometo que, cuando todo termine, te llevaré ante el rey Mihraján y te daré a conocer nuestro país. Da gracias a Alá por haberme encontrado, porque sin mí morirías en esta soledad sin volver a ver a los tuyos.

Al oír estas palabras, le di muchas gracias al guardián de la yegua, y seguimos conversando mientras el caballo marino salía del agua, se abalanzaba sobre la yegua y la cubría. Cuando terminó, quiso llevársela, pero ella no podía soltarse y se resistía. Entonces el guardián salió de la cueva, llamó a sus compañeros, y todos, armados con hachas, lanzas y escudos, corrieron hacia el animal. Este, lleno de miedo, soltó a la yegua y se lanzó al mar, desapareciendo bajo las aguas.

Después, todos los guardianes se acercaron a mí, me trataron con gran amabilidad, compartieron comida conmigo y me ofrecieron una montura. Acepté acompañarlos a ver al rey, como me había propuesto el primer guardián, y partimos juntos.

Cuando llegamos a la ciudad, mis compañeros se adelantaron para informar al rey de lo sucedido. Luego regresaron por mí y me llevaron al palacio. Con el permiso concedido, entré en la sala del trono y saludé al rey Mihraján, deseándole la paz.

El rey me dio la bienvenida y quiso escuchar mi historia. Se la conté con detalle, y al oírla se asombró y me dijo:

—Por Alá, hijo mío, si no fuera porque tu destino es vivir mucho tiempo, ya habrías muerto tras tantas pruebas. Da gracias a Alá por haberte salvado.

Luego me trató con gran bondad, me permitió entrar en su confianza y, valorando mis conocimientos del mar, me nombró director de los puertos de la isla y encargado de la llegada y salida de los navíos.

A pesar de mis nuevas funciones, no dejaba de visitar al rey todos los días. Llegó a apreciarme mucho y me distinguía con constantes favores. Así adquirí gran influencia, y muchos asuntos del reino pasaban por mí para beneficio de sus habitantes.

Sin embargo, estas ocupaciones no me hacían olvidar mi patria ni perder la esperanza de volver a ella. Siempre preguntaba a viajeros y marinos si conocían Bagdad y dónde estaba, pero nadie sabía responderme. Esto aumentaba mi tristeza al verme obligado a vivir en tierra extraña.

Durante mi estancia en la isla vi cosas asombrosas. Un día conocí a unos hombres de la India, quienes me enseñaron que en su país existen muchas castas, siendo las principales la de los kchatryas, hombres nobles y justos, y la de los brahmanes, hombres puros que no beben vino y aprecian la belleza y la armonía. También me dijeron que existen setenta y dos castas sin relación entre sí, lo cual me sorprendió profundamente.

En esa isla también visité una tierra llamada Cabil, donde cada noche sonaban tambores, y cuyos habitantes eran hábiles en el razonamiento y ricos en ideas. Por eso eran muy respetados por viajeros y comerciantes.

En aquellos mares lejanos vi también un pez de cien codos de longitud, y otros peces cuyo aspecto recordaba el rostro de los búhos.

En verdad, oh amigos, vi cosas aún más extraordinarias y prodigiosas, cuyo relato me apartaría demasiado del tema. Me limitaré a añadir que viví en aquella isla el tiempo suficiente para aprender muchas cosas y enriquecerme mediante diversos cambios, ventas y compras.

Un día, como de costumbre, estaba de pie a la orilla del mar en el ejercicio de mis funciones, apoyado en mi muleta, cuando vi entrar en la rada un navío enorme lleno de mercaderes. Esperé a que el navío hubiera anclado firmemente y colocado su escala para subir a bordo y buscar al capitán, a fin de registrar su cargamento. Los marineros iban descargando las mercancías, que yo anotaba al mismo tiempo; y cuando terminaron su labor, pregunté al capitán:

—¿Queda algo más en tu navío?

Me respondió:

—Aún quedan, oh señor, algunas mercancías en el fondo del barco; pero están en depósito, porque su propietario murió hace tiempo ahogado, y viajaba con nosotros. Queremos vender esas mercancías para entregar su valor a los familiares del difunto en Bagdad, morada de paz.

Conmovido profundamente, exclamé:

—¿Y cómo se llamaba ese mercader, oh capitán?

Respondió:

—Sindbad el Marino.

Al oír estas palabras, miré con más atención al capitán y reconocí en él al dueño del navío que se vio obligado a abandonarnos sobre la ballena. Y grité con todas mis fuerzas:

—¡Yo soy Sindbad el Marino!

Y añadí:

—Cuando la ballena se movió a causa del fuego que encendieron en su lomo, yo fui de los que no pudieron alcanzar tu navío y cayeron al agua. Pero me salvé gracias a una cubeta de madera que los mercaderes llevaban para lavar la ropa. Me senté sobre ella y moví los pies como remos. ¡Y así ocurrió lo que ocurrió por voluntad del Destino!

Le conté al capitán cómo me salvé y todas las circunstancias que me llevaron a desempeñar el cargo de escriba marítimo junto al rey Mihraján.

Al oírme, el capitán exclamó:

—¡No hay poder ni fuerza sino en Alá, el Altísimo, el Omnipotente!...

En ese momento de su relato, Scherezada vio aparecer la mañana y guardó silencio.

PERO CUANDO LLEGÓ LA NOCHE 294…

Ella dijo:

…—¡No hay poder ni fuerza sino en Alá, el Altísimo, el Omnipotente! Ya no queda conciencia ni honradez en este mundo. ¿Cómo te atreves a decir que eres Sindbad el Marino, oh escriba astuto, si todos lo vimos ahogarse con los demás mercaderes? ¡Qué vergüenza mentir de esa manera!

Entonces respondí:

—Es cierto, oh capitán, que la mentira es propia de los malvados. Pero escúchame, porque voy a demostrarte que soy Sindbad el que creían muerto.

Y le conté diversos hechos que solo él y yo conocíamos, ocurridos durante aquel viaje. Entonces el capitán no dudó más de mi identidad, llamó a los hombres del barco, y todos me felicitaron por haberme salvado. Me dijeron:

—¡Por Alá, no podemos creer que hayas logrado sobrevivir! ¡Se te ha concedido una segunda vida!

Después, el capitán se apresuró a devolverme mis mercancías, que hice llevar al mercado de inmediato, asegurándome de que no faltaba nada y de que aún aparecían en los fardos mi nombre y mi sello.

Una vez en el mercado, abrí mis fardos y vendí mis mercancías con gran ganancia; pero reservé algunos objetos valiosos, que ofrecí como regalo al rey Mihraján.

Le conté la llegada del capitán, y el rey se asombró mucho de aquel suceso inesperado. Como me apreciaba, quiso corresponder a mi gesto y me hizo valiosos regalos, que aumentaron considerablemente mi fortuna. Me apresuré a venderlos, logrando reunir una gran riqueza, que llevé a bordo del mismo navío en el que había iniciado mi viaje.

Hecho esto, fui al palacio a despedirme del rey Mihraján y agradecerle su generosidad y protección. Me despidió con palabras muy afectuosas y no me dejó partir sin ofrecerme más presentes valiosos, que no quise vender y que ahora ven en esta sala, oh honorables invitados. También llevé conmigo perfumes, madera de áloe, alcanfor, incienso y sándalo, productos de aquella isla lejana.

Subí al navío, y poco después zarpamos con la bendición de Alá. La travesía duró días y noches, hasta que finalmente llegamos sanos y salvos a Basora, donde permanecimos poco tiempo antes de remontar el río y entrar, con gran alegría, en Bagdad, mi ciudad.

Cargado de riquezas, regresé a mi casa, donde encontré con buena salud a mi familia y amigos. Compré esclavos, mujeres, tierras, casas y propiedades, más de lo que jamás tuve, incluso cuando murió mi padre.

Con esta nueva vida olvidé las dificultades del pasado: las penas, los peligros, la tristeza del exilio y las fatigas del viaje. Viví rodeado de amigos, en medio de placeres y comodidades, disfrutando de todo lo que deseaba.

—Este fue el primero de mis viajes —dijo—. Pero mañana, si Alá quiere, les contaré el segundo, que es aún más extraordinario.

Luego Sindbad el Marino se dirigió a Sindbad el Cargador y le pidió que cenara con él. Lo trató con gran cortesía y le mandó entregar mil monedas de oro. Antes de despedirlo, lo invitó a volver al día siguiente, diciéndole:

—Tu compañía es siempre un placer para mí.

Y respondió Sindbad el Cargador:

—Con gusto y respeto obedeceré. ¡Que la alegría permanezca siempre en tu casa, señor mío!

Se retiró entonces, agradecido y maravillado por todo lo vivido, y pasó la noche pensando en ello.

Así, al amanecer, se apresuró a regresar a casa de Sindbad el Marino…

En ese momento de su relato, Scherezada vio aparecer la mañana y guardó silencio.

PERO CUANDO LLEGÓ LA NOCHE 295…

Ella dijo:

…se apresuró a volver a casa de Sindbad el Marino, quien lo recibió con amabilidad y le dijo:

—Que aquí encuentres amistad y confianza.

El cargador quiso besarle la mano, pero al ver que no lo permitía, dijo:

—Que Alá prolongue tus días y aumente tus bendiciones.

Cuando llegaron los demás invitados, se sentaron alrededor del mantel, sobre el cual se servían corderos asados y pollos rellenos con almendras, nueces y uvas. Comieron, bebieron y disfrutaron, deleitándose también con la música interpretada por hábiles músicos.

Cuando terminaron, habló Sindbad en estos términos en medio del silencio de los invitados:

LA SEGUNDA HISTORIA DE SINDBAD EL MARINO, QUE TRATA DEL SEGUNDO VIAJE

"Verdaderamente disfrutaba de la vida más placentera cuando un día surgió en mi espíritu la idea de viajar por las tierras de los hombres; y de nuevo sintió mi alma el impulso de recorrerlas y contemplar islas y países, y observar con curiosidad cosas desconocidas, sin descuidar nunca el comercio.

Insistí en este proyecto y me dispuse a ejecutarlo de inmediato. Fui al mercado, donde, con una buena suma de dinero, compré mercancías adecuadas para el comercio que deseaba emprender; las empaqué en fardos sólidos y las llevé a la orilla del agua, donde encontré un navío hermoso y nuevo, con buenas velas y lleno de marineros, y con abundante equipo. Su aspecto me inspiró confianza, así que subí mis fardos a bordo, siguiendo el ejemplo de otros mercaderes conocidos, con quienes no me desagradaba viajar.

Partimos ese mismo día y tuvimos una navegación excelente. Viajamos de isla en isla y de mar en mar durante días y noches, y en cada lugar visitábamos a mercaderes, notables, vendedores y compradores, realizando negocios y cambios ventajosos. Así continuamos navegando hasta llegar a una isla muy hermosa, cubierta de árboles frondosos, abundante en frutas, rica en flores, llena del canto de los pájaros y regada por aguas puras, pero sin rastro alguno de habitantes.

El capitán accedió a nuestro deseo de detenernos allí unas horas y echó anclas cerca de la costa. Desembarcamos de inmediato y fuimos a disfrutar del aire fresco en praderas sombreadas por árboles donde cantaban las aves. Yo, llevando algunas provisiones, me senté junto a un arroyo de agua clara, protegido del sol por ramas frondosas, y disfruté mucho comiendo y bebiendo de aquella agua deliciosa. Además, una brisa suave producía sonidos agradables e invitaba al descanso. Así que me recosté sobre el césped y me dejé vencer por el sueño en medio de la frescura y los aromas.

Cuando desperté, no vi a ninguno de los pasajeros, y el navío había partido sin que nadie notara mi ausencia. En vano miré a todos lados, pues no encontré a nadie más en la isla. A lo lejos, una vela se alejaba en el mar hasta desaparecer.

Entonces quedé sumido en un desconcierto profundo, y sentí una angustia terrible. ¿Qué sería de mí en aquella isla, habiendo dejado en el navío todas mis pertenencias? ¿Qué destino me esperaba en esa soledad? Ante estos pensamientos, exclamé:

"¡Pierde toda esperanza, Sindbad el Marino! Si la primera vez te salvaste por un golpe de fortuna, no creas que siempre será igual. Como dice el proverbio, el cántaro se rompe cuando cae dos veces."

Me eché a llorar, gritando desesperado, hasta que la angustia dominó mi corazón. Me golpeé la cabeza con ambas manos y dije:

"¿Qué necesidad tenías de viajar, miserable, cuando en Bagdad vivías rodeado de comodidades? ¿No tenías comida, bebida y vestidos excelentes? ¿Qué te faltaba para ser feliz? ¿No fue próspero tu primer viaje?"

Luego me tiré al suelo, llorando como si ya estuviera muerto, diciendo:

"¡De Alá venimos y a Él regresamos!"

Aquel día creí perder la razón.

Pero al comprender que mis lamentos eran inútiles, me resigné a mi destino. Me puse de pie y caminé sin rumbo. Temiendo encontrarme con alguna fiera, subí a un árbol para observar mejor los alrededores; pero no vi más que cielo, tierra, mar, árboles y rocas.

Sin embargo, al fijarme mejor en el horizonte, distinguí una gran masa blanca. Bajé del árbol y me acerqué con cautela. Al aproximarme, vi que era una enorme cúpula blanca, brillante, ancha en la base y muy alta. La rodeé por completo, pero no encontré entrada. Intenté escalarla, pero era demasiado lisa. Entonces la medí dando vueltas a su alrededor, y calculé que tenía unos cincuenta pasos de circunferencia.

Mientras pensaba cómo entrar, el sol se oscureció de repente. Al alzar la vista, vi un pájaro gigantesco que cubría el sol con sus alas. Recordé entonces lo que había oído sobre el ave llamada rokh, capaz de levantar un elefante. Comprendí que la cúpula era uno de sus huevos.

El ave descendió, se posó sobre el huevo y extendió sus alas para cubrirlo, quedándose dormida.

Entonces, viendo que estaba junto a una de sus patas, tan gruesa como el tronco de un árbol, desenrollé mi turbante, lo retorcí como cuerda y me até a su pata, pensando:

"Cuando este pájaro vuele, me llevará lejos de esta isla."

Permanecí así toda la noche. Al amanecer, el ave despertó, lanzó un grito terrible y alzó el vuelo, llevándome consigo. Subió tan alto que creí tocar el cielo, y luego descendió con gran rapidez, posándose en un lugar escarpado.

Aproveché el momento para desatarme con rapidez, temiendo que volviera a levantar vuelo. Logré liberarme, me alejé y vi al ave remontar nuevamente el vuelo, llevando en sus garras una enorme serpiente.

No tardó en desaparecer en dirección al mar.

Conmovido en extremo por lo que acababa de ocurrirme, lancé una mirada a mi alrededor y quedé inmóvil de espanto. Me encontraba en un valle ancho y profundo, rodeado por montañas tan altas que, para ver sus cumbres, tuve que inclinar la cabeza hacia atrás hasta que mi turbante cayó al suelo. Además, eran tan escarpadas que resultaba imposible subir por ellas, y comprendí que cualquier intento sería inútil.

Al darme cuenta de esto, mi desolación y desesperación no tuvieron límites, y me dije:

"¡Ah, cuánto mejor habría sido no abandonar la isla desierta en que me encontraba, que era mil veces preferible a esta soledad árida, donde no hay nada que comer ni beber! Allí al menos había frutas y agua; pero aquí solo hay rocas para morir de hambre y sed. ¡Qué desgracia! No hay poder ni fuerza sino en Alá, el Omnipotente. Cada vez que escapo de una calamidad, caigo en otra peor."

Me levanté entonces y recorrí el valle para explorarlo, observando que estaba formado por rocas de diamante. Por todas partes el suelo estaba cubierto de piedras desprendidas, y en algunos lugares formaban montones tan altos como un hombre.

Comenzaba a observarlas con cierto interés, cuando un espectáculo aún más terrible me dejó paralizado: entre las rocas se movían innumerables serpientes negras, enormes como palmeras, capaces de devorar a un elefante. En ese momento se retiraban a sus guaridas, pues durante el día se escondían para no ser atrapadas por su enemigo, el ave rokh, y solo salían de noche.

Con gran cautela intenté alejarme, cuidando cada paso, y pensé:

"Esto es lo que ganas por haber querido tentar al destino, oh Sindbad, hombre de deseos insaciables."

Lleno de miedo, seguí caminando sin rumbo por el valle de diamantes, descansando en los lugares que me parecían más seguros, hasta que llegó la noche.

Durante todo ese tiempo me olvidé de comer y beber; solo pensaba en salvarme de las serpientes. Entonces descubrí, cerca de donde me encontraba, una cueva cuya entrada era estrecha, pero suficiente para pasar. Entré en ella y bloqueé la entrada con una piedra que logré arrastrar. Ya más tranquilo, avancé en busca de un lugar donde pasar la noche, pensando:

"Mañana veré qué me depara el destino."

Iba a acostarme cuando noté que lo que había tomado por una roca negra era en realidad una enorme serpiente enrollada sobre sus huevos. El horror me paralizó; sentí que la piel se me erizaba y caí desmayado, permaneciendo así hasta el amanecer.

Al despertar y comprobar que seguía con vida, me arrastré hasta la salida, aparté la piedra y salí tambaleándome, exhausto por la falta de sueño, alimento y por el terror constante.

Miré a mi alrededor y, de pronto, vi caer cerca de mí un gran trozo de carne que golpeó el suelo con fuerza. Sorprendido, miré hacia arriba, pero no vi a nadie. Entonces recordé lo que había oído de los mercaderes sobre el valle de diamantes: como no podían bajar, lanzaban trozos de carne para que los diamantes se incrustaran en ellos, y luego las aves los llevaban a sus nidos, donde los hombres los recuperaban.

Pensé entonces que aún podía salvarme. Me levanté y recogí todos los diamantes que pude, escogiendo los más grandes. Llené mis bolsillos, mi ropa, mi turbante y hasta los pliegues de mis vestiduras.

Después desenrollé la tela de mi turbante, como la vez anterior…

En ese momento de su relato, Scherezada vio aparecer la mañana y guardó silencio.

PERO CUANDO LLEGÓ LA NOCHE 297…

Ella dijo:

…Después desenrollé la tela de mi turbante y me la até a la cintura, colocándome debajo de un trozo de carne de carnero, que até firmemente a mi pecho.

Permanecí así un tiempo, cuando de pronto sentí que era levantado por los aires, llevado por un rokh junto con la carne. En un instante me encontré fuera del valle, en la cima de una montaña, dentro del nido del ave, que se disponía a despedazar la carne. Pero en ese momento se oyeron gritos que asustaron al ave, y esta huyó, dejándome allí.

Me desaté rápidamente y me puse en pie, cubierto de sangre. Entonces vi acercarse a un mercader, que se sorprendió al verme. Al notar que no representaba peligro, revisó la carne en busca de diamantes, pero no encontró ninguno y se lamentó con desesperación.

Al verlo así, me acerqué y lo saludé. Pero él, sin responder, me atacó furioso y gritó:

—¿Quién eres? ¿De dónde vienes? ¿Vienes a robarme?

Le respondí:

—No temas, oh mercader. No soy ladrón ni te he quitado nada. Soy un hombre como tú, y antes de estas aventuras también fui comerciante. Mi presencia aquí tiene una historia extraordinaria, que te contaré. Pero antes, quiero demostrarte mi buena intención ofreciéndote algunos de los diamantes que recogí en el fondo del valle.

Saqué en seguida de mi cinturón algunos hermosos ejemplares de diamantes; y se los entregué diciéndole: "¡He aquí una ganancia que no habrías osado esperar en tu vida!" Entonces el propietario del cuarto de carnero manifestó una alegría inconcebible y me dio muchas gracias, y tras mil zalemas, me dijo: "¡La bendición está contigo, oh mi señor! ¡Uno solo de estos diamantes bastaría para enriquecerme hasta la más dilatada vejez! ¡Porque en mi vida he visto otros semejantes ni en la corte de los reyes y sultanes!" Y me dio gracias otra vez, y finalmente llamó a otros mercaderes que allí se hallaban y que se agruparon en torno mío, deseándome la paz y la bienvenida. Y les conté mi rara aventura desde el principio hasta el fin. Pero sería inútil repetirla.

Entonces, vueltos de su asombro los mercaderes, me felicitaron mucho por mi liberación, diciéndome: "¡Por Alá! ¡Tu destino te ha sacado de un abismo del que nadie regresó nunca!" Después, al verme extenuado por la fatiga, el hambre y la sed, se apresuraron a darme de comer y beber con abundancia, y me condujeron a una tienda, donde velaron mi sueño, que duró un día entero y una noche.

A la mañana, los mercaderes me llevaron con ellos en tanto que comenzaba yo a regocijarme de modo intenso por haber escapado a aquellos peligros sin precedente. Al cabo de un viaje bastante corto, llegamos a una isla muy agradable, donde crecían magníficos árboles de copa tan espesa y amplia, que con facilidad podrían dar sombra a cien hombres. De estos árboles es precisamente de donde se extrae la sustancia blanca, de olor cálido y grato, que se llama alcanfor. A tal fin, se hace una incisión en lo alto del árbol, recogiendo en una cubeta que se pone al pie el jugo que destila y que al principio parece como gotas de goma, y no es otra cosa que la miel del árbol.

También en aquella isla vi al espantable animal que se llama "karkadann" y pace exactamente como pacen las vacas y los búfalos en nuestras praderas. El cuerpo de esa fiera es mayor que el cuerpo del camello; al extremo del morro tiene un cuerno de diez codos de largo y en el cual se halla labrada una cara humana. Es tan sólido este cuerno, que le sirve al karkadann para pelear y vencer al elefante, enganchándole y teniéndole en vilo hasta que muere. Entonces la grasa del elefante muerto va a parar a los ojos del karkadann, cegándole y haciéndole caer. Y desde lo alto de los aires se abate sobre ellos el terrible rokh, y los transporta a su nido para alimentar a sus crías.

Vi asimismo en aquella isla diversas clases de búfalos.

Vivimos algún tiempo allá, respirando el aire embalsamado; tuve con ello ocasión de cambiar mis diamantes por más oro y plata de lo que podría contener la cala de un navío. ¡Después nos marchamos de allí; y de isla en isla, y de tierra en tierra, y de ciudad en ciudad, admirando a cada paso la obra del Creador; y haciendo acá y allá algunas ventas, compras y cambios, acabamos por bordear Basora, país de bendición, para ascender hasta Bagdad, morada de paz!

Me faltó el tiempo entonces para correr a mi calle y entrar en mi casa, enriquecido con sumas considerables, dinares de oro y hermosos diamantes que no tuve alma para vender. Y he aquí que, tras las efusiones propias del retorno entre mis parientes y amigos, no dejé de comportarme generosamente, repartiendo dádivas a mi alrededor, sin olvidar a nadie.

Luego, disfruté alegremente de la vida, comiendo manjares exquisitos, bebiendo licores delicados, vistiéndome con ricos trajes y sin privarme de la compañía de personas agradables. Así es que todos los días tenía numerosos visitantes notables que, al oír hablar de mis aventuras, me honraban con su presencia para pedirme que les narrara mis viajes y les pusiera al tanto de lo que sucedía en las tierras lejanas. Y yo experimentaba una verdadera satisfacción instruyéndolos acerca de tantas cosas, lo que inducía a todos a felicitarme por haber escapado de tan terribles peligros, maravillándose con mi relato hasta el límite de la maravilla. Y así es como termina mi segundo viaje.

"¡Pero mañana, oh mis amigos, les contaré las peripecias de mi tercer viaje, el cual, sin duda, es mucho más interesante y sorprendente que los dos primeros!"

Luego calló Sindbad. Entonces los esclavos sirvieron de comer y de beber a todos los invitados, que se hallaban prodigiosamente asombrados de cuanto acababan de oír. Después Sindbad el Marino hizo que dieran cien monedas de oro a Sindbad el Cargador, que las aceptó, dando muchas gracias, y se marchó invocando sobre la cabeza de su huésped las bendiciones de Alá, y llegó a su casa maravillándose de cuanto acababa de ver y de escuchar.

Por la mañana se levantó el cargador Sindbad, hizo la plegaria matinal y volvió a casa del rico Sindbad, como este le indicó. Y fue recibido cordialmente y tratado con muchos miramientos, e invitado a tomar parte en el festín del día y en los placeres, que duraron toda la jornada. Tras lo cual, en medio de sus invitados, atentos y graves, Sindbad el Marino empezó su relato de la manera siguiente:

LA TERCERA HISTORIA DE SINDBAD EL MARINO, QUE TRATA DEL TERCER VIAJE

"Sepan, oh mis amigos —¡pero Alá sabe las cosas mejor que la criatura!— que con la deliciosa vida de que yo disfrutaba desde el regreso de mi segundo viaje, acabé por perder completamente, entre las riquezas y el descanso, el recuerdo de los sinsabores sufridos y de los peligros que corrí, aburriéndome a la postre de la inacción monótona de mi existencia en Bagdad. Así es que mi alma deseó con ardor el cambio y el espectáculo de los viajes. Y la misma afición al comercio, con su ganancia y su provecho, me tentó otra vez. En el fondo, siempre la ambición es causa de nuestras desdichas. En breve debía comprobarlo del modo más espantoso.

Puse en ejecución inmediatamente mi proyecto, y después de proveerme de ricas mercancías del país, partí de Bagdad para Basora. Allí me esperaba un gran navío lleno ya de pasajeros y mercaderes, todos gente de bien, honrada, con buen corazón, hombres de conciencia y capaces de servirle a uno, por lo que se podía vivir con ellos en buenas relaciones. Así es que no dudé en embarcarme en su compañía dentro de aquel navío; y no bien me encontré a bordo, nos hicimos a la vela con la bendición de Alá para nosotros y para nuestra travesía.

Bajo felices auspicios comenzó, en efecto, nuestra navegación. En todos los lugares a los que llegábamos hacíamos negocios excelentes, a la vez que nos paseábamos e instruíamos con todas las cosas nuevas que veíamos sin cesar. Y nada, verdaderamente, faltaba a nuestra dicha, y nos hallábamos en el límite del bienestar y la opulencia.

Un día entre los días, estábamos en alta mar, muy lejos de los países musulmanes, cuando de pronto vimos que el capitán del navío se golpeaba con fuerza el rostro, se mesaba los pelos de la barba, desgarraba sus vestiduras y tiraba al suelo su turbante, después de examinar durante largo tiempo el horizonte. Luego empezó a lamentarse, a gemir y a lanzar gritos de desesperación.

Al verlo, rodeamos todos al capitán, y le dijimos: "¿Qué pasa, oh capitán?" Contestó: "Sepan, oh pasajeros, que estamos a merced del viento contrario, y habiéndonos desviado de nuestra ruta, nos hemos internado en este mar siniestro. Y para colmo de nuestra mala suerte, el Destino hace que lleguemos a esa isla que ven delante de ustedes, de la cual jamás salió con vida nadie que arribara a ella. ¡Esa isla es la Isla de los Monos! ¡Me temo que estamos perdidos sin remedio!"

Todavía no había terminado de hablar el capitán, cuando vimos que rodeaba al navío una multitud de seres velludos como monos, innumerables como una nube de langostas, mientras desde la playa otros monos, en cantidad incalculable, lanzaban chillidos que nos helaron de espanto. Y no nos atrevimos a maltratar, atacar ni siquiera espantar a ninguno de ellos, por miedo a que se abalanzaran todos sobre nosotros y nos mataran, vista su superioridad numérica. No hicimos, pues, ningún movimiento, aunque por todos lados nos invadían aquellos monos, que ya empezaban a apoderarse de todo lo que nos pertenecía. Eran muy feos, más que cualquier cosa que hubiera visto en mi vida: peludos, de ojos amarillos en rostros negros, de muy baja estatura, apenas cuatro palmos, y sus muecas y gritos eran espantosos. No entendíamos su lenguaje, aunque nos hablaban y nos insultaban chocando las mandíbulas.

No tardamos, por desgracia, en verlos ejecutar su terrible plan: treparon por los mástiles, soltaron las velas, cortaron con los dientes las amarras y se apoderaron del timón. Entonces, impulsado por el viento, el navío marchó contra la costa, donde encalló. Y los monos se apoderaron de nosotros, nos hicieron desembarcar uno a uno, nos dejaron en la playa, y sin preocuparse más por nosotros, volvieron al navío, lo pusieron a flote y se alejaron con él mar adentro.

Entonces, en el límite de la perplejidad, juzgamos inútil permanecer de ese modo en la playa contemplando el mar, y avanzamos por la isla, donde al fin descubrimos algunos árboles frutales y agua corriente, lo que nos permitió reponer un tanto nuestras fuerzas a fin de retardar lo más posible una muerte que todos creíamos segura.

Mientras seguíamos en aquel estado, nos pareció ver entre los árboles un edificio muy grande que se diría abandonado. Sentimos la tentación de acercarnos a él, y, cuando llegamos a alcanzarlo, advertimos que era un palacio…

En ese momento de su narración, Schahrazada vio aparecer la mañana y guardó silencio discretamente.

PERO CUANDO LLEGÓ LA NOCHE 299…

Ella dijo:

…advertimos que era un palacio de mucha altura, cuadrado, rodeado por sólidas murallas y que tenía una gran puerta de ébano de dos hojas. Como esta puerta estaba abierta y ningún portero la guardaba, la franqueamos y penetramos en seguida en una inmensa sala, tan grande como un patio. Tenía por todo mobiliario enormes utensilios de cocina y asadores de una longitud desmesurada; el suelo, por toda alfombra, montones de huesos, unos ya calcinados, otros sin quemar aún. Dentro reinaba un olor que perturbó en extremo nuestro olfato. Pero como estábamos extenuados de fatiga y miedo, nos dejamos caer cuan largos éramos y nos dormimos profundamente.

Ya se había puesto el sol, cuando nos sobresaltó un ruido estruendoso, despertándonos de repente; y vimos descender ante nosotros desde el techo a un ser negro con rostro humano, tan alto como una palmera, y cuyo aspecto era más horrible que el de todos los monos reunidos. Tenía los ojos rojos como dos tizones encendidos, los dientes largos y salientes como los colmillos de un cerdo, una boca enorme, tan grande como el brocal de un pozo, labios que le colgaban sobre el pecho, orejas móviles como las del elefante y que le cubrían los hombros, y uñas ganchudas como las garras del león.

A su vista, nos llenamos de terror, y después nos quedamos rígidos como muertos. Pero él fue a sentarse en un banco alto adosado a la pared, y desde allí comenzó a examinarnos en silencio y con toda atención uno a uno. Tras lo cual se adelantó hacia nosotros, fue derecho a mí, prefiriéndome a los demás mercaderes, tendió la mano y me cogió por la nuca, como podría cogerse un lío de trapos. Me dio vueltas en todas direcciones, palpándome como palparía un carnicero una cabeza de carnero. Pero sin duda no debió encontrarme de su gusto, debilitado por el terror como estaba y con la grasa de mi cuerpo consumida por las fatigas del viaje y la pena. Entonces me dejó, echándome a rodar por el suelo, y se apoderó de mi vecino más próximo y lo manoseó como me había manoseado a mí, para rechazarlo luego y apoderarse del siguiente. De este modo fue tomando uno tras otro a todos los mercaderes, y le tocó ser el último al capitán del navío.

Aconteció que el capitán era un hombre gordo y lleno de carne, y naturalmente el más robusto de todos. Así es que el espantoso gigante no dudó en elegirlo: lo cogió entre sus manos como un carnicero cogería un cordero, lo derribó en tierra, le puso un pie en el cuello y le quebró el cuello con un solo golpe. Empuñó entonces uno de los inmensos asadores en cuestión y se lo introdujo por la boca, haciéndolo salir por el ano. Luego encendió mucha leña en el hogar que había en la sala, puso entre las llamas al capitán ensartado, y comenzó a darle vueltas lentamente hasta que estuvo en su punto. Lo retiró del fuego entonces y empezó a despedazarlo en trozos, como si se tratara de un pollo, sirviéndose para ello de sus uñas. Hecho esto, lo devoró en un instante. Después chupó los huesos, vaciándolos de la médula, y los arrojó en medio del montón que se alzaba en la sala.

Terminada esta comida, el espantoso gigante fue a tenderse en el banco para digerir, y no tardó en dormirse, roncando como un búfalo degollado o como un asno cuando rebuzna. Y así permaneció dormido hasta la mañana. Le vimos entonces levantarse y alejarse como había llegado, mientras permanecíamos inmóviles de espanto.

Cuando tuvimos la certeza de que había desaparecido, rompimos el silencio que guardamos toda la noche, y nos comunicamos nuestras reflexiones, empezando a sollozar y gemir pensando en la suerte que nos esperaba.

Y con tristeza nos decíamos:

"Mejor hubiera sido perecer en el mar ahogados o devorados por los monos, que ser asados en las brasas. ¡Por Alá, que es una muerte espantosa! Pero ¿qué hacer? ¡Ha de ocurrir lo que Alá disponga! ¡No hay recurso sino en Alá, el Todopoderoso!"

Abandonamos entonces aquella casa y vagamos por la isla en busca de algún escondite donde refugiarnos; pero fue en vano, porque la isla era llana y no había cavernas ni nada que nos permitiera escapar. Así es que, al caer la tarde, nos pareció más prudente volver al palacio.

Pero apenas llegamos, hizo su aparición, en medio de un ruido atronador, el horrible hombre negro, y después de examinarnos y manosearnos, se apoderó de uno de mis compañeros mercaderes, ensartándolo en seguida, asándolo y devorándolo, para tenderse luego en el banco y roncar hasta la mañana como una bestia. Al despertar, se desperezó gruñendo ferozmente y se marchó sin ocuparse de nosotros, como si no existiéramos.

Cuando partió, habiendo tenido tiempo de reflexionar sobre nuestra triste situación, exclamamos todos a la vez:

"¡Vamos a tirarnos al mar para morir ahogados, mejor que perecer asados y devorados! ¡Debe ser una muerte terrible!"

Cuando íbamos a ejecutar este plan, se levantó uno de nosotros y dijo:

"Escúchenme, compañeros: ¿no creen que sería mejor matar al hombre negro antes de que acabe con todos nosotros?"

Entonces levanté yo el dedo y dije:

"Escúchenme, compañeros: si han decidido matar al hombre negro, debemos antes utilizar la madera que hay en la playa para construir una balsa en la cual podamos huir de esta isla maldita después de librar a la humanidad de ese devorador de hombres. Navegaremos hasta otra isla donde el destino nos envíe algún navío. Y si la balsa se hunde y morimos, al menos no habremos cometido el pecado de quitarnos la vida. Nuestra muerte será un martirio que se tendrá en cuenta el día del Juicio."

Entonces exclamaron los mercaderes:

"¡Por Alá! ¡Es una idea excelente!"

Al momento fuimos a la playa y construimos la balsa, en la cual colocamos algunas provisiones, como frutas y hierbas comestibles;

luego volvimos al palacio para esperar, temblando, la llegada del hombre negro.

Llegó con un ruido espantoso, como un animal rabioso. Y tuvimos que presenciar nuevamente cómo ensartaba y asaba a uno de nuestros compañeros, al que eligió por su buen aspecto. Pero cuando el monstruo se durmió y comenzó a roncar, decidimos aprovechar su sueño.

Tomamos dos de los grandes asadores de hierro y los calentamos al rojo vivo; luego los empuñamos por el extremo frío y, entre varios, nos acercamos a él en silencio, y hundimos ambos hierros en sus ojos con todas nuestras fuerzas.

El grito que lanzó fue tan espantoso que nos hizo caer al suelo. Se levantó a ciegas, corriendo y aullando, intentando atraparnos; pero nosotros nos tiramos al suelo a ambos lados, y no logró alcanzarnos. Finalmente salió dando gritos horribles.

Convencidos de que moriría, nos dirigimos al mar. Ajustamos la balsa, subimos a ella y nos alejamos. Pero entonces vimos llegar al gigante, guiado por una hembra aún más horrible. Ambos comenzaron a lanzarnos grandes piedras, y con ellas lograron hundir la balsa y matar a todos mis compañeros, excepto a dos. Nosotros tres conseguimos finalmente alejarnos y escapar de su alcance.

Pronto llegamos a alta mar, donde nos vimos a merced del viento y empujados hacia una isla que distaba dos días de aquella en que creíamos perecer ensartados y asados. Pudimos encontrar allí frutas, con lo que nos libramos de morir de hambre; luego, como la noche iba ya avanzada, trepamos a un gran árbol para dormir en él.

Por la mañana, cuando nos despertamos, lo primero que se presentó ante nuestros ojos asustados fue una terrible serpiente tan gruesa como el árbol en que nos hallábamos, y que clavaba en nosotros sus ojos llameantes, y abría una boca tan ancha como un horno. Y de pronto se irguió, y su cabeza nos alcanzó en la copa del árbol. Cogió con sus fauces a uno de mis compañeros y lo engulló hasta los hombros, para devorarlo por completo casi inmediatamente. Y al punto oímos los huesos del infortunado crujir en el vientre de la serpiente, que bajó del árbol y nos dejó aniquilados de espanto y de dolor. Y pensamos: "¡Por Alá, este nuevo género de muerte es más detestable que el anterior! ¡La alegría de haber escapado del asador del hombre negro se convierte en un presentimiento peor aún que cuanto hubiéramos de experimentar! ¡No hay recurso más que en Alá!"

Tuvimos en seguida ánimo para bajar del árbol y recoger algunas frutas que nos comimos, y saciamos nuestra sed con el agua de los arroyos. Tras lo cual, vagamos por la isla en busca de algún abrigo más seguro que el de la noche anterior, y acabamos por encontrar un árbol de una altura prodigiosa, que nos pareció que podría protegernos eficazmente. Trepamos a él al hacerse de noche y, ya instalados lo mejor posible, empezábamos a dormirnos, cuando nos despertó un silbido seguido de un ruido de ramas quebradas, y antes de que tuviésemos tiempo de hacer un movimiento para escapar, la serpiente cogió a mi compañero, que se había encaramado por debajo de mí, y de un solo golpe lo devoró hasta las tres cuartas partes. La vi luego enroscarse al árbol, haciendo crujir los huesos de mi último compañero hasta que terminó de devorarlo. Después se retiró, dejándome muerto de miedo.

Continué en el árbol sin moverme hasta la mañana, y únicamente entonces me decidí a bajar. Mi primer movimiento fue para tirarme al mar con objeto de terminar una vida miserable y llena de alarmas cada vez más terribles; en el camino me detuve, porque mi alma, don precioso, no se avenía a tal resolución, y me sugirió una idea a la cual debo el haberme salvado.

Empecé a buscar leña, y encontrándola en seguida, me tendí en tierra y cogí una tabla grande que sujeté a las plantas de mis pies en toda su extensión; cogí luego una segunda tabla que até a mi costado izquierdo, otra a mi costado derecho, la cuarta me la puse en el vientre, y la quinta, más ancha y más larga que las anteriores, la sujeté a mi cabeza. De este modo me encontraba rodeado por una muralla de tablas que oponían en todos sentidos un obstáculo a las fauces de la serpiente. Realizado aquello, permanecí tendido en el suelo y esperé lo que me reservaba el destino.

Al hacerse de noche, no dejó de venir la serpiente. En cuanto me vio, se arrojó sobre mí dispuesta a sujetarme en su vientre; pero se lo impidieron las tablas. Se puso entonces a dar vueltas a mi alrededor intentando cogerme por algún lado más accesible; pero no pudo lograr su propósito, a pesar de todos sus esfuerzos y aunque tiraba de mí en todas direcciones. Así pasó toda la noche haciéndome sufrir, y yo me creía ya muerto y sentía en mi rostro su aliento nauseabundo. Al amanecer me dejó por fin, y se alejó muy furiosa, en el límite de la cólera y de la rabia.

Cuando estuve seguro de que se había alejado por completo, saqué la mano y me deshice de las ligaduras que me ataban a las tablas. Pero había estado en una postura tan incómoda que, al principio, no logré moverme, y durante varias horas creí no poder recobrar el uso de mis miembros. Pero al fin conseguí ponerme en pie, y poco a poco pude andar y pasearme por la isla. Me encaminé hacia el mar, y apenas llegué, descubrí a lo lejos un navío que bordeaba la isla velozmente a toda vela.

Al verlo, me puse a agitar los brazos y a gritar como un loco; luego desplegué la tela de mi turbante y, atándola a una rama de árbol, la levanté por encima de mi cabeza y me esforcé en hacer señales para que me vieran desde el navío.

El destino quiso que mis esfuerzos no resultaran inútiles. No tardé, en efecto, en ver que el navío viraba y se dirigía a tierra; y poco después fui recogido por el capitán y sus hombres.

Una vez a bordo del navío, comenzaron por proporcionarme vestidos y cubrir mi desnudez, ya que desde hacía tiempo había destrozado mi ropa; luego me ofrecieron manjares para que comiera, lo cual hice con mucho apetito, a causa de mis privaciones; pero lo que más me reconfortó fue cierta agua fresca, en su punto y deliciosa en verdad, de la que bebí hasta saciarme. Entonces se calmó mi corazón y se tranquilizó mi espíritu, y sentí que el reposo y el bienestar descendían por fin a mi cuerpo extenuado.

Comencé, pues, a vivir de nuevo tras haber tenido la muerte tan cerca, y bendije a Alá por su misericordia, y le di gracias por haber puesto fin a mis tribulaciones. Así es que no tardé en reponerme completamente de mis emociones y fatigas, hasta el punto de casi creer que todas aquellas calamidades habían sido un sueño.

Nuestra navegación resultó excelente, y con la venia de Alá el viento nos fue favorable todo el tiempo, y nos llevó felizmente a una isla llamada Salahata, donde debíamos hacer escala y en cuya rada ordenó anclar el capitán para permitir a los mercaderes desembarcar y atender sus asuntos.

Cuando estuvieron en tierra los pasajeros, como yo era el único a bordo que carecía de mercancías para vender o cambiar, el capitán se acercó a mí y me dijo: "Escucha lo que voy a decirte. Eres un hombre pobre y extranjero, y por ti sabemos cuántas pruebas has sufrido en tu vida. Así, pues, quiero serte de alguna utilidad ahora y ayudarte a regresar a tu país, para que cuando pienses en mí lo hagas con agrado e invoques para mí las bendiciones." Yo le contesté: "Ciertamente, oh capitán, no dejaré de hacer votos en tu favor." Y él dijo: "Sabe que hace algunos años vino con nosotros un viajero que se perdió en una isla en la que hicimos escala. Desde entonces no hemos vuelto a saber de él, ni si vive o ha muerto. Como en el navío permanecen sus mercancías, quiero confiártelas para que las vendas en esta isla, mediante una comisión, y me entregues su valor, para que al regresar a Bagdad pueda dárselo a sus parientes o a él mismo, si aún vive." Y respondí yo: "Te debo gratitud y obediencia, oh señor, y en verdad mereces mi agradecimiento por ofrecerme una ganancia honrada."

Entonces el capitán ordenó a los marineros que sacaran de la cala las mercancías y las llevaran a la orilla para que yo me hiciera cargo de ellas. Después llamó al escriba del navío y le dijo que las contara y anotara fardo por fardo. Y contestó el escriba: "¿A quién pertenecen estos fardos y a nombre de quién debo registrarlos?" El capitán respondió: "El propietario de estos fardos se llamaba Sindbad el Marino. Ahora inscríbelos a nombre de este pasajero y pregúntale cómo se llama."

Al oír aquellas palabras del capitán, me asombré profundamente y exclamé: "¡Pero si Sindbad el Marino soy yo!" Y mirando atentamente al capitán, reconocí en él al que, al comienzo de mi segundo viaje, me abandonó en la isla donde me quedé dormido.

Ante descubrimiento tan inesperado, mi emoción llegó a su límite, y añadí: "¡Oh capitán! ¿No me reconoces? ¡Soy el propio Sindbad el Marino, de Bagdad! ¡Escucha mi historia! Recuerda que fui yo quien desembarcó en aquella isla hace tantos años y no regresó. En efecto, me dormí junto a un arroyo delicioso, después de haber comido, y cuando desperté ya había partido el barco. Muchos mercaderes de la montaña de diamantes pueden dar testimonio de que soy yo, el verdadero Sindbad el Marino!"

Aún no había acabado de explicarme, cuando uno de los mercaderes que había subido por mercancías a bordo se acercó a mí, me miró atentamente, y en cuanto terminé de hablar, palmoteó sorprendido y exclamó: "¡Por Alá! Ninguno me creyó cuando hace tiempo relaté la extraña aventura que me ocurrió un día en la montaña de diamantes, donde, según dije, vi a un hombre atado a un cuarto de carnero y transportado desde el valle a la montaña por un pájaro llamado rokh. ¡Pues bien, he aquí a aquel hombre! ¡Este mismo es Sindbad el Marino, el hombre generoso que me regaló tan hermosos diamantes!" Y tras hablar así, el mercader corrió a abrazarme como a un hermano ausente que encontrara de pronto.

Entonces me contempló un instante el capitán del navío y en seguida me reconoció también por Sindbad el Marino. Y me tomó en sus brazos como lo habría hecho con su hijo, me felicitó por estar con vida todavía, y me dijo: "¡Por Alá, oh mi señor, que es asombrosa tu historia y prodigiosa tu aventura! ¡Pero bendito sea Alá, que permitió que nos reuniéramos e hizo que encontraras tus mercancías y tu fortuna!" Luego dio orden de que llevaran mis mercancías a tierra para que yo las vendiera, aprovechándome de ellas por completo aquella vez. Y efectivamente, fue enorme la ganancia que me proporcionaron, compensándome con creces todo el tiempo que había perdido hasta entonces.

Después de lo cual, dejamos la isla Salahata y llegamos al país de Sind, donde vendimos y compramos igualmente.

En aquellos mares lejanos vi cosas asombrosas y prodigios innumerables, cuyo relato no puedo detallar. Pero, entre otras cosas, vi un pez que tenía el aspecto de una vaca y otro que parecía un asno. Vi también un pájaro que nacía del nácar marino y cuyas crías vivían en la superficie de las aguas sin volar nunca sobre tierra.

Más tarde continuamos nuestra navegación, con la venia de Alá, y por fin llegamos a Basora, donde nos detuvimos pocos días, para entrar por último en Bagdad.

Entonces me dirigí a mi calle, entré en mi casa, saludé a mis parientes, a mis amigos y a mis antiguos compañeros, e hice muchas dádivas a viudas y a huérfanos, porque había regresado más rico que nunca a causa de los últimos negocios hechos al vender mis mercancías.

"Pero mañana, si Alá quiere, oh amigos míos, les contaré la historia de mi cuarto viaje, que supera en interés a las tres que acaban de oír."

Luego Sindbad el Marino, como en los días anteriores, hizo que dieran cien monedas de oro a Sindbad el Cargador, invitándolo a volver al día siguiente.

No dejó de obedecer el cargador, y volvió al otro día para escuchar lo que había de contar Sindbad el Marino cuando terminara la comida…

En ese momento de su relato, Schahrazada vio aparecer la mañana, y guardó silencio discretamente.

PERO CUANDO LLEGÓ LA NOCHE 302…

Ella dijo:

…para escuchar lo que había de contar Sindbad el Marino cuando terminara la comida.

LA CUARTA HISTORIA DE SINDBAD EL MARINO, QUE TRATA DEL CUARTO VIAJE

Y dijo Sindbad el Marino:

"Ni las delicias ni los placeres de la vida en Bagdad, oh amigos míos, me hicieron olvidar los viajes. Al contrario, casi no recordaba las fatigas sufridas ni los peligros corridos. Y el alma inquieta que vivía en mí no dejó de mostrarme lo provechoso que sería recorrer de nuevo las tierras de los hombres. Así es que no pude resistirme a sus tentaciones, y abandonando un día la casa y las riquezas, llevé conmigo una gran cantidad de mercancías de valor, bastantes más que en mis viajes anteriores, y de Bagdad partí hacia Basora, donde me embarqué en un gran navío en compañía de varios mercaderes distinguidos.

Al principio fue excelente nuestro viaje por el mar, gracias a la bendición. Fuimos de isla en isla y de tierra en tierra, vendiendo y comprando y obteniendo beneficios considerables, hasta que un día en alta mar el capitán mandó anclar, diciéndonos: "¡Estamos perdidos sin remedio!" Y de improviso un viento terrible agitó el mar, que se precipitó sobre el navío, haciéndolo crujir por todas partes, y arrastró a los pasajeros, al capitán, a los marineros y a mí mismo. Y todos se hundieron, y yo igual que los demás.

Pero, por la misericordia divina, pude aferrarme a una tabla del navío, a la que me agarré con manos y pies, y sobre la cual permanecimos medio día yo y algunos otros mercaderes que lograron sujetarse conmigo.

Entonces, a fuerza de movernos con pies y manos, ayudados por el viento y la corriente, llegamos a la costa de una isla, como si fuéramos un montón de algas, casi muertos de frío y de miedo.

Toda una noche permanecimos sin movernos, abatidos, en la costa de aquella isla. Pero al día siguiente pudimos levantarnos e internarnos en ella, divisando una casa hacia la cual nos dirigimos.

Cuando llegamos a ella, vimos que por la puerta salía un grupo de hombres completamente desnudos y negros, quienes se apoderaron de nosotros sin decir palabra y nos hicieron entrar en una gran sala donde había un rey sentado en un alto trono.

El rey nos ordenó sentarnos, y obedecimos. Entonces pusieron ante nosotros platos llenos de manjares como no habíamos visto nunca. Sin embargo, su aspecto no despertó mi apetito, al contrario de lo que ocurrió con mis compañeros, que comieron con avidez para calmar el hambre que los atormentaba desde que naufragamos. En cuanto a mí, al abstenerme conservé la vida hasta hoy.

En efecto, desde que tomaron los primeros bocados, mis compañeros fueron presa de un apetito desmedido, y durante horas devoraron cuanto les ofrecían, mientras hacían gestos de locos y lanzaban gruñidos extraños de satisfacción.

Mientras mis amigos caían en ese estado, los hombres desnudos trajeron un recipiente lleno de una pomada con la que untaron todo el cuerpo de mis compañeros, y el efecto fue sorprendente, porque vi cómo sus vientres se hinchaban poco a poco hasta parecer odres inflados. Y su apetito aumentó en la misma medida, y continuaron comiendo sin descanso, mientras yo los observaba con temor.

Por lo que a mí respecta, persistí en no tocar aquellos manjares y me negué a que me untaran con la pomada, al ver el efecto que producía. Y en verdad que mi prudencia me salvó, porque descubrí que aquellos hombres comían carne humana y utilizaban diversos medios para engordar a los hombres y hacer su carne más tierna. En cuanto al rey, comprendí que era un ogro. Todos los días le servían un hombre asado; los demás preferían la carne cruda.

Ante tan terrible descubrimiento, mi angustia aumentó al ver cómo mis compañeros perdían la razón a medida que engordaban. Finalmente se volvieron completamente insensatos, y cuando estuvieron listos como ganado, los confiaron a un pastor que los llevaba a pastar.

En cuanto a mí, el hambre y el miedo me dejaron reducido a la piel y los huesos. Así, cuando los habitantes me vieron tan delgado, dejaron de ocuparse de mí, considerándome inútil incluso para ser comido.

Esa falta de vigilancia me permitió un día escapar y alejarme de su vivienda. En el camino encontré al pastor que llevaba a mis desgraciados compañeros, embrutecidos, y me escondí entre la hierba para no ser visto, pues su aspecto me llenaba de dolor y espanto.

Ya se había puesto el sol, y yo no dejaba de andar. Continué camino adelante toda la noche sin sentir necesidad de dormir, porque me mantenía despierto el miedo de caer en manos de los negros comedores de carne humana. Y anduve aún durante todo el día siguiente, y también los seis siguientes, sin detenerme más que el tiempo necesario para hacer una comida diaria que me permitiera seguir mi camino hacia lo desconocido. Y por todo alimento cogía hierbas y comía las indispensables para no sucumbir de hambre.

Al amanecer del octavo día…

En ese momento de su narración, Schahrazada vio aparecer la mañana, y guardó silencio discretamente.

PERO CUANDO LLEGÓ LA NOCHE 303…

Ella dijo:

…Al amanecer del octavo día llegué a la orilla opuesta de la isla y me encontré con hombres como yo, blancos y vestidos, que se ocupaban en recoger granos de pimienta de los árboles que cubrían aquella región. Cuando me vieron, se agruparon a mi alrededor y me hablaron en mi lengua, el árabe, que no escuchaba desde hacía mucho tiempo. Me preguntaron quién era y de dónde venía. Contesté: "¡Oh buenas gentes, soy un pobre extranjero!" Y les conté todas las desgracias y peligros que había sufrido. Mi relato les causó gran asombro, y me felicitaron por haber escapado de los devoradores de carne humana; me ofrecieron comida y bebida, me dejaron reposar una hora y después me llevaron en su barca para presentarme a su rey, cuya residencia se hallaba en otra isla vecina.

La isla en que reinaba este rey tenía por capital una ciudad muy poblada, abundante en todo lo necesario para la vida, rica en mercados y mercaderes cuyas tiendas estaban llenas de objetos preciosos, cruzada por calles en que circulaban numerosos jinetes en caballos espléndidos, aunque sin sillas ni estribos. Así que, cuando me presentaron al rey, tras las reverencias, no pude dejar de expresarle mi asombro al ver cómo los hombres montaban a pelo en los caballos. Y le dije: "¿Por qué motivo, oh mi señor y soberano, no se usa aquí la silla de montar? ¡Es un objeto tan cómodo para montar a caballo! ¡Y además aumenta el control del jinete!"

Se sorprendió mucho el rey de mis palabras y me preguntó: "¿Pero en qué consiste una silla de montar? ¡Es una cosa que nunca hemos visto!" Yo le dije: "¿Quieres entonces que te confeccione una silla para que puedas comprobar su comodidad y experimentar sus ventajas?" Me contestó: "¡Sin duda!"

Pedí que pusieran a mis órdenes a un carpintero hábil y le hice trabajar, bajo mi supervisión, la madera de una silla conforme exactamente a mis indicaciones. Y permanecí junto a él hasta que la terminó. Entonces yo mismo forré la madera con lana y cuero, y acabé adornándola con bordados de oro y borlas de diversos colores. Hice venir luego a un herrero, al cual le enseñé el arte de fabricar un bocado y estribos; y ejecutó perfectamente estas piezas, porque no le perdí de vista ni un instante.

Cuando estuvo todo listo, escogí el caballo más hermoso de las cuadras del rey, y lo ensillé y lo bridée, y lo adorné espléndidamente, sin olvidar ponerle diversos accesorios, como largas gualdrapas, borlas de seda y oro, penacho y collera azul. Y fui en seguida a presentárselo al rey, que lo esperaba con gran impaciencia.

Inmediatamente lo montó el rey, y se sintió tan cómodo y le agradó tanto la invención, que me demostró su satisfacción con regalos suntuosos y grandes generosidades.

Cuando el gran visir vio aquella silla y comprobó su utilidad, me pidió que le hiciera una igual. Y yo accedí con gusto. Entonces todos los notables del reino y los altos dignatarios quisieron tener también una, y me hicieron el mismo encargo. Y tanto me recompensaron, que en poco tiempo llegué a convertirme en el hombre más rico y respetado de la ciudad.

Me había hecho amigo del rey, y un día que fui a verle, como de costumbre, se volvió hacia mí y me dijo: "Ya sabes, Sindbad, que te aprecio mucho. En mi palacio has llegado a ser como de mi familia, y no puedo prescindir de ti ni soportar la idea de que algún día te marches.

Deseo, pues, pedirte algo sin que me lo niegues." Contesté: "Ordena, oh rey. Tu poder sobre mí lo han fortalecido tus beneficios y la gratitud que te debo por todo el bien que he recibido desde mi llegada a este reino." Él dijo: "Deseo casarte entre nosotros con una mujer bella, perfecta, rica en bienes y en virtudes, para que eso te incline a permanecer siempre en nuestra ciudad y en mi palacio. Espero, pues, que no rechaces mi ofrecimiento."

Al oír estas palabras quedé confundido, bajé la cabeza y no pude responder por la timidez que me dominaba. Entonces el rey me preguntó: "¿Por qué no respondes, hijo mío?" Yo contesté: "¡Oh rey del tiempo, tus deseos son los míos, y en mí tienes un servidor!" Enseguida mandó llamar al cadí y a los testigos, y me dio por esposa a una mujer noble, de alto rango, muy rica, dueña de propiedades y tierras, y dotada de gran belleza. Al mismo tiempo me regaló un palacio completamente amueblado, con esclavos de ambos sexos y un servicio verdaderamente espléndido.

Desde entonces viví en medio de una tranquilidad perfecta y alcancé el máximo bienestar. Y ya pensaba, con alegría, en poder algún día escapar de aquella ciudad y volver a Bagdad con mi esposa, porque la amaba mucho, y ella también me amaba, y vivíamos en perfecta armonía. Pero cuando el destino dispone algo, ningún poder humano puede evitarlo. ¿Y quién puede conocer el porvenir? Aún había de comprobar una vez más, ¡ay!, que todos nuestros planes son juegos infantiles frente a los designios del destino.

Un día, por voluntad de Alá, murió la esposa de mi vecino. Como aquel vecino era amigo mío, fui a verlo y traté de consolarlo, diciéndole: "No te aflijas más de lo debido, oh vecino mío. Pronto te compensará Alá dándote una esposa aún mejor. ¡Prolongue Alá tus días!" Pero mi vecino, sorprendido por mis palabras, levantó la cabeza y me dijo: "¿Cómo puedes desearme larga vida cuando bien sabes que solo me queda una hora de vida?" Entonces me sorprendí yo también y le dije: "¿Por qué hablas así, vecino mío? ¿Qué significan esas palabras? ¡Gracias a Alá estás sano y nada te amenaza! ¿Pretendes acaso quitarte la vida?" Contestó: "Ahora veo que ignoras las costumbres de nuestro país. Debes saber que aquí se acostumbra enterrar vivo al esposo con su mujer cuando ella muere, y enterrar viva a la esposa con su marido cuando él muere. Es una ley inviolable. ¡Y dentro de poco seré enterrado vivo junto a mi mujer! Esta costumbre la cumple todo el mundo, incluso el rey."

Al oír estas palabras, exclamé: "¡Por Alá, qué costumbre tan terrible! ¡Jamás podré aceptarla!"

Mientras hablábamos, entraron los parientes y amigos de mi vecino y comenzaron a consolarlo por su propia muerte y la de su esposa. Después se iniciaron los funerales. Colocaron en un ataúd abierto el cuerpo de la mujer, después de vestirla con sus mejores ropas y adornarla con sus joyas más valiosas. Luego se formó el cortejo; el marido iba al frente detrás del ataúd, y todos, incluido yo, se dirigieron al lugar del entierro.

Salimos de la ciudad, llegando a una montaña que daba sobre el mar. En cierto paraje vi una especie de pozo inmenso, cuya tapa de piedra levantaron en seguida. Bajaron por allí el ataúd donde yacía la mujer muerta, adornada con sus alhajas; luego se apoderaron de mi vecino, que no opuso ninguna resistencia; por medio de una cuerda lo bajaron hasta el fondo del pozo, proveyéndolo de un cántaro con agua y siete panes. Hecho lo cual, taparon el brocal del pozo con las grandes piedras que lo cubrían, y nos volvimos por donde habíamos venido.

Asistí a todo esto en un estado de alarma inconcebible, pensando: "¡La cosa es aún peor que todas las que he visto!" Y no bien regresé al palacio, corrí en busca del rey y le dije: "¡Oh señor mío! He recorrido muchos países hasta hoy, pero en ninguna parte vi una costumbre tan bárbara como esa de enterrar al marido vivo con su mujer muerta. Por tanto, desearía saber, ¡oh rey del tiempo!, si el extranjero ha de cumplir también esta ley al morir su esposa." El rey contestó: "¡Sin duda será enterrado con ella!"

Cuando hube oído estas palabras, sentí que se me revolvía la bilis de angustia; salí de allí fuera de mí y regresé a mi casa, temiendo ya que hubiese muerto mi esposa durante mi ausencia y que se me obligara a sufrir el horroroso suplicio que acababa de presenciar. En vano intenté consolarme diciendo: "¡Tranquilízate, Sindbad! Seguramente morirás tú primero; por consiguiente, no tendrás que ser enterrado vivo." Pero tal consuelo de nada me sirvió, porque poco tiempo después mi mujer cayó enferma, guardó cama algunos días y murió, a pesar de todos los cuidados con que no dejé de atenderla día y noche.

Entonces mi dolor no tuvo límites, porque si ya era terrible ser devorado por los comedores de carne humana, no lo era menos ser enterrado vivo. Cuando vi que el rey iba personalmente a mi casa para darme el pésame por mi entierro, no dudé ya de mi destino. El soberano quiso hacerme el honor de asistir, acompañado de todos los personajes de la corte, a mi entierro, yendo a mi lado a la cabeza del cortejo, detrás del ataúd en que yacía mi esposa, cubierta de joyas y adornada con todos sus atavíos.

Cuando estuvimos al pie de la montaña que daba sobre el mar, se abrió el pozo en cuestión, haciendo bajar al fondo del agujero el cuerpo de mi esposa; tras lo cual, todos los presentes se acercaron a mí y me dieron el pésame, despidiéndose. Entonces intenté convencer al rey y a los presentes de que me dispensaran de aquella prueba, y exclamé llorando: "¡Soy extranjero y no es justo que me sometan a vuestra ley! ¡Además, en mi país tengo una esposa viva e hijos que necesitan de mí!"

Pero en vano grité y lloré, porque me sujetaron sin escucharme, me pasaron cuerdas por debajo de los brazos, ataron a mi cuerpo un cántaro de agua y siete panes, como era costumbre, y me bajaron hasta el fondo del pozo. Cuando llegué abajo me dijeron: "¡Desátate para que nos llevemos las cuerdas!" Pero no quise soltarme y continué aferrado a ellas, por si decidían subirme de nuevo. Entonces soltaron las cuerdas, que cayeron sobre mí, taparon otra vez el brocal con las grandes piedras y se marcharon sin atender mis gritos.

Al poco tiempo me vi obligado a taparme las narices por el hedor de aquel lugar subterráneo. Pero ello no me impidió observar, gracias a la escasa luz que descendía desde arriba, aquella gruta mortuoria llena de cadáveres antiguos y recientes. Era muy espaciosa, y se extendía hasta una distancia que mis ojos no podían alcanzar. Entonces me tiré al suelo llorando, y exclamé: "¡Bien merecida tienes tu suerte, Sindbad de alma insaciable! ¿Qué necesidad tenías de casarte en esta ciudad? ¡Ah! ¿Por qué no moriste en el valle de los diamantes, o por qué no te devoraron los comedores de hombres? ¡Hubiera sido mejor que te tragara el mar en uno de tus naufragios y no tener que morir ahora de esta manera espantosa!" Y comencé a golpearme con fuerza la cabeza, el pecho y todo el cuerpo.

Sin embargo, acosado por el hambre y la sed, no me decidí a dejarme morir, y desaté de la cuerda los panes y el cántaro de agua, y comí y bebí, aunque con prudencia, pensando en los días siguientes.

De este modo viví durante algunos días, acostumbrándome poco a poco al olor insoportable de la gruta, y para dormir me tendía en un lugar que tuve cuidado de limpiar de huesos. Pero no podía retrasar más el momento en que se me acabarían el pan y el agua. Y ese momento llegó.

Entonces, dominado por la desesperación, hice mi acto de fe, y ya iba a cerrar los ojos para esperar la muerte, cuando vi abrirse sobre mi cabeza el pozo, y descender en un ataúd a un hombre muerto, y tras él a su esposa, con los siete panes y el cántaro de agua.

Esperé a que los de arriba taparan de nuevo el brocal, y sin hacer el menor ruido, sigilosamente, tomé un gran hueso y me lancé sobre la mujer, rematándola de un golpe en la cabeza; y para asegurarme, le di un segundo y un tercer golpe con todas mis fuerzas. Luego tomé los panes y el agua, con lo que tuve provisiones para algunos días.

Al cabo de ese tiempo, se abrió de nuevo el pozo, y esta vez bajaron a una mujer muerta y a un hombre vivo. Para seguir viviendo —¡porque el alma es preciosa!— no dejé de matar al hombre, tomando sus panes y su agua. Y así continué viviendo durante algún tiempo, matando a cada persona que enterraban viva y apropiándome de sus provisiones.

Un día, mientras dormía en mi sitio habitual, me desperté sobresaltado al oír un ruido extraño. Era como un resuello y un murmullo de pasos. Me levanté y tomé el hueso que me servía de arma, dirigiéndome hacia donde parecía venir el ruido. Después de avanzar unos pasos, creí ver algo que huía resollando con fuerza. Entonces, armado, lo perseguí durante mucho tiempo en la oscuridad, tropezando a cada paso con los huesos de los muertos; pero de pronto creí ver en el fondo de la gruta como una luz, que brillaba y se apagaba.

Seguí avanzando en esa dirección, y conforme avanzaba, la luz se hacía mayor. Sin embargo, no me atreví a creer que fuera una salida, y pensé: "Debe ser otro agujero por donde bajan cadáveres." Pero cuál no sería mi emoción al ver que aquella sombra fugitiva —que no era otra cosa que un animal— saltaba con fuerza por aquel agujero.

Comprendí entonces que se trataba de una abertura hecha por animales para entrar a devorar los cadáveres. Y me lancé tras él, y me encontré al aire libre, bajo el cielo.

Al comprender lo que ocurría, caí de rodillas y di gracias al Altísimo por haberme salvado.

Miré entonces a mi alrededor, y vi que estaba al pie de una montaña junto al mar, y comprendí que aquella montaña no tenía comunicación con la ciudad, por lo escarpada que era. Intenté subir, pero fue inútil. Entonces, para no morir de hambre, volví a la gruta por la abertura y tomé pan y agua; y volví a alimentarme al aire libre, con mucho mejor ánimo que entre los muertos.

Todos los días continué entrando en la gruta para tomar provisiones, matando a los que eran enterrados vivos. Luego se me ocurrió recoger las joyas de los muertos: diamantes, brazaletes, collares, perlas, metales trabajados, telas preciosas y objetos de oro y plata. Poco a poco fui llevando mi botín a la orilla del mar, esperando el día en que pudiera salvarme con tales riquezas. Y para tenerlo todo preparado, hice fardos bien envueltos con las ropas de los muertos.

Un día estaba sentado a la orilla del mar pensando en mis aventuras, cuando vi pasar un navío cerca de la montaña. Me levanté en seguida, desplegué mi turbante y me puse a agitarlo haciendo señas y gritando mientras corría por la orilla. Gracias a Alá, los del navío me vieron, y enviaron una barca a recogerme y llevarme a bordo. También recogieron mis fardos.

Una vez a bordo, el capitán se acercó a mí y me dijo: "¿Quién eres y cómo llegaste a esa montaña donde nunca he visto más que animales y aves de rapiña?" Yo respondí: "Oh señor mío, soy un pobre mercader extranjero. Viajaba en un navío que naufragó cerca de esta costa; y gracias a mi esfuerzo, fui el único que logró salvarse, junto con algunas mercancías que puse sobre una tabla. El destino me arrojó a esa orilla, y Alá ha querido que no muriera de hambre ni de sed."

Y eso fue lo que le dije al capitán, cuidando mucho de no contarle la verdad sobre mi matrimonio y mi enterramiento, por si entre la tripulación había alguien de aquella ciudad de tan terrible costumbre.

Al acabar mi discurso al capitán, saqué de uno de mis paquetes un hermoso objeto de valor y se lo ofrecí como presente para que me tuviera consideración durante el viaje. Pero, con gran sorpresa por mi parte, dio prueba de un raro desinterés al no querer aceptar mi obsequio, y me dijo con acento benévolo: "No acostumbro a hacerme pagar las buenas acciones. No eres el primero a quien hemos recogido en el mar. A otros náufragos hemos socorrido, transportándolos a su país, ¡por Alá!, y no solo nos negamos a que nos pagaran, sino que, como carecían de todo, les dimos de comer y de beber y los vestimos, y siempre, ¡por Alá!, les proporcionamos lo necesario para sus gastos de viaje. ¡Porque el hombre se debe a sus semejantes!"

Al escuchar tales palabras, di gracias al capitán e hice votos en su favor, deseándole larga vida, mientras él ordenaba desplegar las velas y ponía en marcha el navío. Durante días y días navegamos en excelentes condiciones, de isla en isla y de mar en mar, mientras yo pasaba las horas tendido, pensando en mis extrañas aventuras y preguntándome si en realidad había experimentado todos aquellos sufrimientos o si no eran un sueño. Y al recordar algunas veces mi estancia en la gruta subterránea con mi esposa muerta, creía volverme loco de espanto.

Pero al fin, por obra y gracia de Alá, llegamos con buena salud a Basora, donde no nos detuvimos más que algunos días, entrando luego en Bagdad.

Entonces, cargado con riquezas infinitas, tomé el camino de mi calle y de mi casa, adonde entré y encontré a mis parientes y a mis amigos; festejaron mi regreso y se alegraron en extremo, felicitándome por mi salvación. Yo entonces guardé con cuidado en los armarios mis tesoros, sin olvidar distribuir muchas limosnas a los pobres, a las viudas y a los huérfanos, así como valiosas dádivas entre mis amigos y conocidos. Y desde entonces no dejé de entregarme a todas las diversiones y a todos los placeres en compañía de personas agradables.

"Pero cuanto les he contado hasta aquí no es nada, verdaderamente, en comparación con lo que me reservo para contarles mañana, si Alá quiere."

Así habló aquel día Sindbad. Y no dejó de mandar que dieran cien monedas de oro al cargador, invitándolo a cenar con él, en compañía también de los notables que estaban presentes. Y todo el mundo se maravilló de ello.

En cuanto a Sindbad el Cargador...

En ese momento de su narración, Schahrazada vio aparecer la mañana, y guardó silencio discretamente.

PERO CUANDO LLEGÓ LA NOCHE 306...

Ella dijo:

En cuanto a Sindbad el Cargador, llegó a su casa, donde soñó toda la noche con el relato asombroso. Y cuando al día siguiente volvió a casa de Sindbad el Marino, todavía se hallaba emocionado por la historia del enterramiento. Pero como ya habían extendido el mantel, se sentó entre los demás, y comió, y bebió, y bendijo al Bienhechor. Tras lo cual, en medio del silencio general, escuchó lo que contaba Sindbad el Marino.

LA QUINTA HISTORIA DE SINDBAD EL MARINO, QUE TRATA DEL QUINTO VIAJE

Dijo Sindbad:

"Sepan, oh amigos míos, que al regresar de mi cuarto viaje me dediqué a llevar una vida de alegría, de placeres y de diversiones, y con ello olvidé en seguida mis sufrimientos pasados, y solo recordé las ganancias admirables que me proporcionaron mis aventuras extraordinarias. Así que no se asombren si les digo que no dejé de escuchar a mi alma, la cual me impulsaba a nuevos viajes por las tierras de los hombres.

Me dispuse, pues, a seguir ese impulso, y compré las mercancías que, según mi experiencia, me parecieron de más fácil venta y de ganancia segura; hice que las embalaran, y partí con ellas hacia Basora.

Allí fui a pasearme por el puerto y vi un navío grande, completamente nuevo, que me gustó mucho y que inmediatamente compré para mí solo. Contraté a mi servicio a un buen capitán experimentado y a los marineros necesarios. Después mandé que mis esclavos cargaran las mercancías, y los mantuve a bordo para que me sirvieran. También acepté como pasajeros a algunos mercaderes de buen aspecto, que me pagaron honradamente el pasaje. De este modo, convertido en dueño de un navío, podía ayudar al capitán con mis consejos, gracias a la experiencia que había adquirido en asuntos marítimos.

Abandonamos Basora con el corazón confiado y alegre, deseándonos mutuamente toda clase de bendiciones. Y nuestra navegación fue muy feliz, favorecida continuamente por un viento propicio y un mar tranquilo. Y después de haber hecho diversas escalas para vender y comprar, arribamos un día a una isla completamente deshabitada y desierta, en la cual se veía como única construcción una cúpula blanca. Pero al examinar más de cerca aquella cúpula blanca, adiviné que se trataba de un huevo de rokh. Me olvidé de advertírselo a los pasajeros, quienes, una vez desembarcaron, no encontraron mejor entretenimiento que lanzar piedras contra la superficie del huevo; y pocos instantes después, sacó del huevo una de sus patas el polluelo de rokh.

Al verlo, los mercaderes continuaron rompiendo el huevo; luego mataron a la cría del rokh, cortándola en grandes pedazos, y fueron a bordo para contarme lo ocurrido.

Entonces me llené de terror y exclamé: "¡Estamos perdidos! ¡En seguida vendrán el padre y la madre del rokh para atacarnos y hacernos perecer! ¡Hay que alejarnos de esta isla lo más pronto posible!" Y al momento desplegamos las velas y nos hicimos a la mar, ayudados por el viento.

Mientras tanto, los mercaderes se ocupaban en asar los trozos del rokh; pero apenas habían empezado a comerlos, cuando vimos sobre el sol dos grandes sombras que lo cubrían por completo. Al acercarse, advertimos que no eran otra cosa que dos gigantescos rokhs, el padre y la madre de la cría muerta. Y los oímos batir las alas y lanzar gritos más terribles que el trueno. Enseguida vimos que estaban sobre nuestras cabezas, a gran altura, sosteniendo cada uno en sus garras una roca enorme, mayor que nuestro navío.

Al ver esto, comprendimos que la venganza de los rokhs sería nuestra perdición. Y de pronto, uno de ellos dejó caer su roca en dirección al navío. Pero el capitán tenía gran experiencia; maniobró con rapidez, y el navío viró a tiempo, de modo que la roca cayó al mar, que se abrió hasta mostrar su fondo, y el navío subió y bajó violentamente. Pero quiso el destino que en ese mismo instante el segundo rokh dejara caer su piedra, que fue a dar en la popa, rompiendo el timón en pedazos y hundiendo la mitad del navío. Al golpe, mercaderes y marineros quedaron aplastados o sumergidos. Yo fui uno de los que cayeron al agua.

Pero tanto luché contra la muerte, impulsado por el deseo de conservar mi vida, que logré salir a la superficie. Y por fortuna, pude aferrarme a una tabla de mi destrozado navío.

Al fin conseguí subirme a la tabla y, remando con los pies y ayudado por el viento y la corriente, logré llegar a una isla en el momento en que estaba a punto de exhalar el último aliento, pues me encontraba agotado de fatiga, hambre y sed. Me tendí primero en la playa, donde permanecí sin fuerzas durante una hora, hasta que se tranquilizaron mi alma y mi corazón. Luego me levanté y me interné en la isla para explorarla.

No tuve que caminar mucho para advertir que, esta vez, el destino me había llevado a un jardín tan hermoso que parecía uno de los jardines del paraíso. Ante mis ojos se extendían árboles cargados de frutos, arroyos cristalinos, pájaros de mil colores y flores maravillosas. No dudé en comer de aquellas frutas, beber de aquella agua y aspirar el perfume de las flores; y todo me pareció excelente. Así que permanecí allí descansando de mis fatigas hasta que cayó la noche.

Pero cuando llegó la noche y me vi solo entre los árboles, no pude evitar sentir un miedo profundo, a pesar de la belleza del lugar. No logré tranquilizarme por completo, y durante el sueño me asaltaron terribles pesadillas en medio de aquel silencio y aquella soledad.

Al amanecer me levanté más tranquilo y avancé en mi exploración. De esta suerte pude llegar junto a un estanque donde iba a dar el agua de un manantial, y a la orilla del estanque se hallaba sentado, inmóvil, un venerable anciano cubierto con amplio manto hecho de hojas de árbol. Y pensé para mí: "¡También este anciano debe de ser algún náufrago que se refugió antes que yo en esta isla!"

Me acerqué, pues, a él y le deseé la paz. Me devolvió el saludo, pero solo por señas y sin pronunciar palabra. Y le pregunté: "¡Oh venerable jeque! ¿A qué se debe tu estancia en este sitio?" Tampoco me contestó; pero movió con aire triste la cabeza, y con la mano me hizo señas que significaban: "¡Te suplico que me cargues a tu espalda y atravieses el arroyo conmigo, porque quisiera coger frutas en la otra orilla!"

Entonces pensé: "¡Ciertamente, Sindbad, harás una buena acción sirviendo así a este anciano!" Me incliné, pues, y me lo cargué sobre los hombros, atrayendo a mi pecho sus piernas, y con sus muslos me rodeaba el cuello y la cabeza con sus brazos. Y lo transporté a la otra orilla del arroyo hasta el lugar que me indicó; luego me incliné nuevamente y le dije: "Baja con cuidado, ¡oh venerable jeque!" ¡Pero no se movió! Por el contrario, cada vez apretaba más sus muslos en torno de mi cuello, y se afianzaba a mis hombros con todas sus fuerzas.

Al darme cuenta de ello, llegué al límite del asombro y miré con atención sus piernas. Me parecieron negras y velludas, y ásperas como la piel de un búfalo, y me dieron miedo. Así que, haciendo un esfuerzo inmenso, quise soltarme de su abrazo y dejarlo en tierra; pero entonces me apretó la garganta tan fuertemente, que casi me estranguló y ante mí se oscureció el mundo. Todavía hice un último esfuerzo; pero perdí el conocimiento, casi sin respiración, y caí al suelo desvanecido.

Al cabo de algún tiempo volví en mí, observando que, a pesar de mi desmayo, el anciano seguía siempre agarrado a mis hombros; solo había aflojado ligeramente sus piernas para permitir que el aire entrara en mi garganta.

Cuando me vio respirar, me dio dos puntapiés en el estómago para obligarme a que me levantara de nuevo. El dolor me hizo obedecer, y me erguí sobre mis piernas, mientras él se afianzaba a mi cuello más que nunca. Con la mano me indicó que caminara por debajo de los árboles, y se puso a coger frutas y a comerlas. Y cada vez que me detenía contra su voluntad o andaba demasiado deprisa, me daba puntapiés tan violentos que me veía obligado a obedecerle.

Todo aquel día estuvo sobre mis hombros, haciéndome caminar como un animal de carga; y llegada la noche, me obligó a tenderme con él para dormir, sujeto siempre a mi cuello. Y por la mañana me despertó de un puntapié en el vientre, actuando como el día anterior.

Así permaneció afianzado a mis hombros día y noche sin tregua. Encima de mí hacía todas sus necesidades líquidas y sólidas, y sin piedad me obligaba a marchar, dándome puntapiés y puñetazos.

Jamás había sufrido yo en mi alma tantas humillaciones ni en mi cuerpo tan malos tratos como al servicio forzoso de este anciano, más robusto que un joven y más despiadado que un arriero. Y ya no sabía de qué medio valerme para librarme de él; y lamentaba el impulso caritativo que me hizo compadecerlo y cargarlo a mis hombros, y desde aquel momento deseé la muerte desde lo más profundo de mi corazón.

Hacía ya mucho tiempo que me veía reducido a tan deplorable estado, cuando un día aquel hombre me obligó a caminar bajo unos árboles de los que colgaban gruesas calabazas, y se me ocurrió la idea de aprovechar aquellas frutas secas para hacer recipientes. Recogí una gran calabaza seca que había caído del árbol tiempo atrás, la vacié por completo, la limpié, y fui a una vid para cortar racimos de uvas que exprimí dentro de la calabaza hasta llenarla. La tapé luego cuidadosamente y la puse al sol, dejándola allí varios días, hasta que el zumo de uvas se convirtió en vino puro. Entonces cogí la calabaza y bebí de su contenido la cantidad suficiente para reponer fuerzas y ayudarme a soportar la fatiga de la carga, pero no lo bastante para embriagarme. Al momento me sentí reanimado y alegre hasta tal punto que, por primera vez, me puse a hacer piruetas en todos sentidos con mi carga sin sentirla, y a bailar cantando por entre los árboles. Incluso llegué a dar palmadas para acompañar mi baile, riendo a carcajadas.

Cuando el anciano me vio en aquel estado inusitado y advirtió que mis fuerzas se multiplicaban hasta el punto de llevarlo sin fatiga, me ordenó por señas que le diera la calabaza. Me contrarió bastante la petición; pero le tenía tanto miedo que no me atreví a negarme; me apresuré, pues, a dársela de muy mala gana. La tomó en sus manos, la llevó a sus labios, probó primero el líquido para saber qué era, y como lo encontró agradable, se lo bebió, vaciando la calabaza hasta la última gota y arrojándola después lejos.

Enseguida el vino hizo efecto en su cerebro; y como había bebido lo suficiente para embriagarse, no tardó en ponerse a bailar a su manera al principio, zarandeándose sobre mis hombros, para luego aflojarse con todos los músculos relajados, cayendo a un lado y a otro y sosteniéndose apenas para no caer.

Entonces yo, al sentir que no me oprimía como de costumbre, desaté de mi cuello sus piernas con un movimiento rápido, y por medio de una sacudida de hombros lo lancé a cierta distancia, haciéndolo rodar por el suelo, donde quedó sin movimiento. Salté sobre él entonces, y cogiendo una piedra enorme de entre los árboles, le golpeé la cabeza varias veces con tal fuerza, que le destrocé el cráneo, mezclando su sangre con su carne. ¡Murió! ¡Ojalá Alá no haya tenido jamás compasión de su alma!…

En ese momento de su narración, Schahrazada vio aparecer la mañana, y guardó silencio discretamente.

PERO CUANDO LLEGÓ LA NOCHE 308…

Ella dijo:

… ¡Ojalá Alá no haya tenido jamás compasión de su alma!

A la vista de su cadáver, sentí el alma todavía más ligera que el cuerpo, y me puse a correr de alegría, y así llegué a la playa, al mismo sitio donde me arrojó el mar tras el naufragio de mi navío. Quiso el destino que en ese momento se encontraran allí unos marineros que habían desembarcado de un navío anclado para buscar agua y frutas. Al verme, quedaron en el límite del asombro, me rodearon y me interrogaron tras los saludos. Y les conté lo que me había sucedido, cómo había naufragado y cómo estuve reducido al estado de animal de carga para el jeque a quien tuve que matar.

Los marineros quedaron estupefactos con el relato, y exclamaron: "¡Es prodigioso que hayas podido librarte de ese jeque, conocido por todos los navegantes como el Anciano del Mar! Tú eres el primero a quien no estranguló, porque siempre ha ahogado entre sus muslos a cuantos tuvo a su servicio. ¡Bendito sea Alá, que te libró de él!"

Después de lo cual, me llevaron a su navío, donde el capitán me recibió cordialmente, y me dio vestidos para cubrir mi desnudez; y cuando le conté mi aventura, me felicitó por mi salvación, y nos hicimos a la vela.

Tras varios días y noches de navegación, entramos en el puerto de una ciudad que tenía casas muy bien construidas junto al mar. Esta ciudad se llamaba la Ciudad de los Monos, a causa de la cantidad prodigiosa de monos que habitaban en los árboles cercanos.

Bajé a tierra acompañado por uno de los mercaderes del navío, con el fin de visitar la ciudad y procurar hacer algún negocio. El mercader con quien entablé amistad me dio un saco de algodón y me dijo: "Toma este saco, llénalo de guijarros y únete a los habitantes de la ciudad que salen ahora. Imita exactamente lo que veas hacer, y así ganarás bien tu vida."

Entonces hice lo que él me aconsejaba; llené de guijarros mi saco, y cuando terminé, vi salir de la ciudad a un grupo de personas, cada una cargada con un saco como el mío. Mi amigo el mercader me recomendó a ellos, diciéndoles: "Es un hombre pobre y extranjero. Llévenlo con ustedes para enseñarle a ganarse la vida. ¡Si le hacen ese servicio, serán recompensados por el Retribuidor!" Ellos respondieron que así lo harían, y me llevaron consigo.

Después de caminar un buen trecho, llegamos a un gran valle cubierto de árboles tan altos que era imposible treparlos; y esos árboles estaban llenos de monos, y sus ramas cargadas de frutos de cáscara dura llamados cocos.

Nos detuvimos al pie de los árboles, y mis compañeros dejaron en tierra sus sacos y comenzaron a lanzar piedras a los monos. Yo hice lo mismo. Entonces, furiosos, los monos nos respondieron arrojándonos desde lo alto gran cantidad de cocos. Y nosotros, procurando resguardarnos, recogíamos aquellos frutos y llenábamos nuestros sacos con ellos.

Una vez llenos los sacos, nos los cargamos de nuevo a hombros, y volvimos a emprender el camino de la ciudad, en la cual un mercader me compró el saco, pagándome en dinero. Y de este modo continué acompañando todos los días a los recolectores de cocos y vendiendo en la ciudad aquellos frutos, y así estuve hasta que poco a poco, a fuerza de acumular lo que ganaba, adquirí una fortuna que aumentó por sí sola después de diversos cambios y compras, y me permitió embarcarme en un navío que salía para el Mar de las Perlas.

Como tuve cuidado de llevar conmigo una cantidad prodigiosa de cocos, no dejé de cambiarlos por mostaza y canela a mi llegada a diversas islas; y después vendí la mostaza y la canela, y con el dinero que gané me fui al Mar de las Perlas, donde contraté buzos por mi cuenta. Fue muy grande mi suerte en la pesca de perlas, pues me permitió realizar en poco tiempo una gran fortuna. Así que no quise retrasar más mi regreso, y después de comprar, para mi uso personal, madera de áloe de la mejor calidad a los indígenas de aquel país, me embarqué en un barco que se hacía a la vela para Bassra, adonde arribé felizmente después de una excelente navegación. Desde allí salí en seguida para Bagdad, y corrí a mi calle y a mi casa, donde me recibieron con grandes manifestaciones de alegría mis parientes y mis amigos.

Como volvía más rico que nunca, no dejé de repartir en torno mío el bienestar, haciendo muchas dádivas a los necesitados. Y viví en un reposo perfecto en medio de la alegría y los placeres.

"Pero cenen en mi casa esta noche, ¡oh amigos! y no falten mañana para escuchar el relato de mi sexto viaje, porque es verdaderamente asombroso y les hará olvidar las aventuras que acaban de oír, por muy extraordinarias que hayan sido."

Luego, terminada esta historia, Sindbad el Marino, según su costumbre, hizo que entregaran las cien monedas de oro al cargador, que con los demás comensales se retiró maravillado, después de cenar. Y al día siguiente, después de un festín tan suntuoso como el de la víspera, Sindbad el Marino habló en los siguientes términos ante la misma asistencia:

LA SEXTA HISTORIA DE LAS HISTORIAS DE SINDBAD EL MARINO, QUE TRATA DEL SEXTO VIAJE

"Sepan, ¡oh todos ustedes, mis amigos, mis compañeros y mis queridos huéspedes!, que al regreso de mi quinto viaje, estaba yo un día sentado delante de mi puerta tomando el fresco, y he aquí que llegué al límite del asombro cuando vi pasar por la calle unos mercaderes que al parecer volvían de viaje. Al verlos recordé con satisfacción los días de mis regresos, la alegría que experimentaba al encontrar a mis parientes, amigos y antiguos compañeros, y la alegría mayor aún de volver a ver mi país natal; y este recuerdo incitó a mi alma al viaje y al comercio. Resolví, pues, viajar; compré ricas y valiosas mercancías a propósito para el comercio por mar, mandé cargar los fardos y partí de la ciudad de Bagdad con dirección a la de Bassra. Allí encontré una gran nave llena de mercaderes y de notables, que llevaban consigo mercancías suntuosas. Hice embarcar mis fardos con los suyos a bordo de aquel navío, y abandonamos en paz la ciudad de Bassra.

No dejamos de navegar de pueblo en pueblo y de ciudad en ciudad, vendiendo, comprando y alegrando la vista con el espectáculo de los países de los hombres, viéndonos favorecidos constantemente por una feliz navegación, que aprovechábamos para gozar de la vida. Pero un día entre los días, cuando nos creíamos en completa seguridad, oímos gritos de desesperación. Era nuestro capitán quien los lanzaba. Al mismo tiempo lo vimos tirar al suelo el turbante, golpearse el rostro, mesarse las barbas y dejarse caer en mitad del buque, presa de un pesar inconcebible.

Entonces todos los mercaderes y pasajeros lo rodeamos, y le preguntamos: "¡Oh capitán! ¿Qué sucede?" El capitán respondió: "Sepan, buena gente aquí reunida, que nos hemos extraviado con nuestro navío, y hemos salido del mar en que estábamos para entrar en otro mar cuya ruta no conocemos. Y si Alá no nos depara algo que nos salve de este mar, quedaremos aniquilados todos los que estamos aquí. ¡Por lo tanto, hay que suplicar a Alá el Altísimo que nos saque de este trance!"

Dicho esto, el capitán se levantó y subió al palo mayor, y quiso arreglar las velas; pero de pronto sopló con violencia el viento y echó al navío hacia atrás tan bruscamente, que se rompió el timón cuando estábamos cerca de una alta montaña. Entonces el capitán bajó del palo, y exclamó: "¡No hay fuerza ni recurso más que en Alá el Altísimo y Todopoderoso! ¡Nadie puede detener al Destino! ¡Por Alá! ¡Hemos caído en una perdición espantosa, sin ninguna probabilidad de salvarnos!"

Al oír tales palabras, todos los pasajeros se echaron a llorar, despidiéndose unos de otros, antes de que se acabara su existencia y se perdiera toda esperanza. Y de pronto el navío se inclinó hacia la montaña, y se estrelló y se deshizo en tablas por todas partes. Y cuantos estaban dentro se sumergieron. Y los mercaderes cayeron al mar. Y unos se ahogaron y otros se agarraron a la montaña, y pudieron salvarse. Yo fui uno de los que pudieron aferrarse a la montaña.

Estaba tal montaña situada en una isla muy grande, cuyas costas aparecían cubiertas por restos de buques naufragados y de toda clase de residuos. En el sitio en que tomamos tierra, vimos a nuestro alrededor una cantidad prodigiosa de fardos, mercancías y objetos valiosos de todas clases, arrojados por el mar.

Y yo empecé a andar por en medio de aquellas cosas dispersas, y a los pocos pasos llegué a un riachuelo de agua dulce que, al contrario de todos los demás ríos que van a desaguar en el mar, salía de la montaña y se alejaba del mar, para internarse más adelante en una gruta situada al pie de aquella montaña y desaparecer en ella.

Pero había más. Observé que las orillas de aquel río estaban sembradas de piedras, rubíes, gemas de todos los colores, pedrería de todas formas y metales preciosos. Y todas aquellas piedras abundaban tanto como los guijarros en el cauce de un río. Así que todo aquel terreno brillaba y centelleaba con mil reflejos y luces, de manera que los ojos no podían soportar su resplandor.

Noté también que aquella isla contenía la mejor calidad de madera de áloe chino y de áloe comarí.

También había en aquella isla una fuente de ámbar bruto líquido, del color del betún, que manaba como cera derretida por el suelo bajo la acción del sol, y salían del mar grandes peces para devorarlo. Lo calentaban dentro de su cuerpo y lo vomitaban al poco tiempo en la superficie del agua, donde se endurecía y cambiaba de naturaleza y color. Y las olas lo llevaban a la orilla, perfumándola. En cuanto al ámbar que no tragaban los peces, se derretía bajo la acción de los rayos del sol y esparcía por toda la isla un olor semejante al del almizcle.

He de decirles asimismo que todas aquellas riquezas no le servían a nadie, puesto que nadie podía llegar a aquella isla y salir de ella con vida. En efecto, todo navío que se acercaba a sus costas se estrellaba contra la montaña; y nadie podía subir a la montaña porque era inaccesible.

De modo que los pasajeros que logramos salvarnos del naufragio de nuestra nave, y yo entre ellos, quedamos muy perplejos, y estuvimos en la orilla, asombrados por todas las riquezas que teníamos a la vista, y por la miserable suerte que nos aguardaba en medio de tanta abundancia.

Así estuvimos durante bastante rato en la orilla, sin saber qué hacer; y después, como habíamos encontrado algunas provisiones, nos las repartimos con toda equidad. Y mis compañeros, que no estaban acostumbrados a las dificultades, se comieron su parte de una vez o en dos; y no tardaron, al cabo de cierto tiempo —según la resistencia de cada uno—, en sucumbir por falta de alimento. Pero yo supe economizar con prudencia mis víveres y no comí más que una vez al día, aparte de que había encontrado otras provisiones de las cuales no dije palabra a mis compañeros.

Los primeros que murieron fueron enterrados por los demás, después de lavarles y envolverlos en sudarios hechos con telas recogidas en la orilla. Con las privaciones vino a complicarse una epidemia de dolores de vientre, originada por el clima húmedo del mar. Así que mis compañeros no tardaron en morir todos, hasta el último, y yo mismo abrí con mis manos la fosa del postrer camarada.

En ese momento ya me quedaban muy pocas provisiones, a pesar de mi economía y prudencia, y como veía acercarse la muerte, empecé a llorar por mí mismo, pensando: "¿Por qué no sucumbí antes que mis compañeros, para que ellos me hubieran rendido el último tributo, lavándome y sepultándome? ¡No hay recurso ni fuerza más que en Alá el Omnipotente!" Y enseguida empecé a morderme las manos con desesperación.

En este momento de su narración, Schahrazada vio aparecer la mañana, y se calló discretamente.

PERO CUANDO LLEGÓ LA NOCHE 310

Ella dijo:

… empecé a morderme las manos con desesperación.

Me decidí entonces a levantarme, y empecé a abrir una fosa profunda, diciendo para mí: "Cuando sienta llegar mi último momento, me arrastraré hasta allí y me meteré en la fosa, donde moriré. ¡El viento se encargará de acumular poco a poco la arena sobre mi cabeza, y llenará el hoyo!" Y mientras realizaba aquel trabajo, me echaba en cara mi falta de juicio y mi salida de mi país después de todo lo que me había ocurrido en mis diferentes viajes, y de lo que había experimentado la primera, la segunda, la tercera, la cuarta y la quinta vez, siendo cada prueba peor que la anterior. Y decía para mí: "¡Cuántas veces te arrepentiste para volver a empezar! ¿Qué necesidad tenías de viajar nuevamente? ¿No poseías en Bagdad riquezas suficientes para gastar sin medida y sin temor a que se te acabaran nunca los recursos necesarios para dos vidas como la tuya?"

A estos pensamientos sucedió pronto otra reflexión sugerida por la vista del río. En efecto, pensé: "¡Por Alá! Ese río indudablemente ha de tener un principio y un fin. Desde aquí veo el principio, pero el fin es invisible. No obstante, ese río que se interna así por debajo de la montaña, sin remedio ha de salir al otro lado por algún sitio. De modo que la única idea práctica para escaparme de aquí es construir una embarcación cualquiera, meterme en ella y dejarme llevar por la corriente del agua que entra en la gruta. Si es mi destino, ya encontraré de ese modo el medio de salvarme; ¡si no, moriré ahí dentro y será menos espantoso que perecer de hambre en esta playa!"

Me levanté, pues, algo animado por esta idea, y en seguida me puse a ejecutar mi proyecto. Junté grandes haces de madera de áloe comarí y chino; los até sólidamente con cuerdas; coloqué encima grandes tablones recogidos de la orilla y procedentes de los barcos naufragados, y con todo confeccioné una balsa tan ancha como el río, o mejor dicho, algo menos ancha, pero poco. Terminado este trabajo, cargué la balsa con algunos sacos grandes llenos de rubíes, perlas y toda clase de pedrerías, escogiendo las más grandes, que eran como guijarros, y cogí también algunos fardos de ámbar gris, que elegí muy bueno y libre de impurezas; y no dejé tampoco de llevarme las provisiones que me quedaban. Lo puse todo bien acondicionado sobre la balsa, que cuidé de proveer de dos tablas a modo de remos, y acabé por embarcarme en ella, confiando en la voluntad de Alá y recordando estos versos del poeta:

¡Amigo, apártate de los lugares en que reina la opresión, y deja que resuene la morada con los gritos de duelo de quienes la construyeron. ¡Encontrarás tierra distinta de tu tierra; pero tu alma es una sola y no encontrarás otra!
¡Y no te aflijas ante los accidentes de las noches, pues por muy grandes que sean las desgracias, siempre tienen un término!
¡Y sabe que aquel cuya muerte fue decretada de antemano en una tierra, no podrá morir en otra!
¡Y en tu desgracia no envíes mensajes a ningún consejero; ningún consejero mejor que el alma propia!

La balsa fue, pues, arrastrada por la corriente bajo la bóveda de la gruta, donde empezó a rozar con aspereza contra las paredes, y también mi cabeza recibió varios golpes mientras que yo, espantado por la oscuridad completa en que me vi de pronto, quería ya volver a la playa. Pero no podía retroceder; la fuerte corriente me arrastraba cada vez más adentro, y el cauce del río tan pronto se estrechaba como se ensanchaba, en tanto que iban haciéndose más densas las tinieblas a mi alrededor, cansándome muchísimo. Entonces, soltando los remos —que por cierto no me servían de mucho—, me tendí boca abajo en la balsa con objeto de no romperme el cráneo contra la bóveda, y no sé cómo fui quedando insensible en un profundo sueño.

Debió de durar este mucho tiempo, a juzgar por la pena que lo originó. El caso es que, al despertarme, me encontré en plena claridad. Abrí más los ojos y me vi tendido en la hierba de una vasta llanura, y mi balsa estaba amarrada junto a un río; y alrededor de mí había indios y abisinios.

Cuando me vieron despierto aquellos hombres, se pusieron a hablarme, pero no entendí nada de su idioma y no les pude contestar. Empezaba a creer que todo aquello era un sueño, cuando advertí que hacia mí avanzaba un hombre que me dijo en árabe: "¡La paz contigo, oh hermano nuestro! ¿Quién eres, de dónde vienes y qué motivo te trajo a este país? Nosotros somos labradores que venimos aquí a regar nuestros campos y plantaciones. Vimos la balsa en que dormías y la hemos sujetado y amarrado a la orilla. Despúes esperamos a que despertaras por ti mismo, para no asustarte. ¡Cuéntanos ahora qué aventura te condujo a este lugar!"

Pero yo contesté: "¡Por Alá, te lo ruego, oh señor! dame primero de comer, porque tengo hambre, y pregúntame luego cuanto quieras!"

Al oír estas palabras, el hombre se apresuró a traerme alimento, y comí hasta quedar satisfecho, tranquilo y reanimado. Entonces comprendí que recobraba el ánimo, y di gracias a Alá por lo ocurrido, y me felicité de haberme librado de aquel río subterráneo. Tras lo cual conté a quienes me rodeaban todo lo que me había sucedido, desde el principio hasta el fin.

Cuando hubieron oído mi relato, quedaron profundamente asombrados, y conversaron entre sí, y el que hablaba árabe me explicaba lo que decían, como también les había hecho comprender mis palabras. Tan admirados estaban, que quisieron llevarme ante su rey para que oyera mis aventuras. Yo consentí inmediatamente, y me llevaron. Y no dejaron tampoco de transportar la balsa tal como estaba, con sus fardos de ámbar y sus sacos llenos de pedrería.

El rey, al cual le contaron quién era yo, me recibió con mucha cordialidad, y después de los saludos me pidió que yo mismo le relatara mis aventuras. Al punto obedecí, y le narré cuanto me había ocurrido, sin omitir nada.

Oído mi relato, el rey de aquella isla, que era la de Serendib, llegó al límite del asombro y me felicitó mucho por haber salvado la vida a pesar de tantos peligros. En seguida quise demostrarle que los viajes me habían servido de algo, y me apresuré a abrir en su presencia mis sacos y mis fardos.

Entonces el rey, que era muy entendido en pedrería, admiró mucho mi colección, y yo, por deferencia hacia él, escogí un ejemplar muy hermoso de cada especie de piedra, así como perlas grandes y piezas de oro y plata, y se los ofrecí como regalo. Aceptó el obsequio, y en cambio me colmó de honores y consideraciones, y me rogó que habitara en su propio palacio. Así lo hice, y desde aquel día llegué a ser amigo del rey y uno de los personajes principales de la isla. Y todos me hacían preguntas acerca de mi país, y yo les respondía, y les preguntaba acerca del suyo, y me contestaban. Así supe que la isla de Serendib tenía ochenta parasangas de longitud y ochenta de anchura; que poseía una montaña que era la más alta del mundo, en cuya cima había vivido nuestro padre Adán cierto tiempo; que contenía muchas perlas y piedras preciosas, aunque menos bellas, en realidad, que las de mis fardos, y numerosos cocoteros.

Un día el rey de Serendib me interrogó acerca de los asuntos públicos de Bagdad y del modo en que gobernaba el califa Harún Al-Rachid. Y yo le conté cuán justo y magnánimo era el califa, y le hablé extensamente de sus virtudes y buenas cualidades. Y el rey de Serendib se maravilló y me dijo: "¡Por Alá! Veo que el califa conoce verdaderamente la sabiduría y el arte de gobernar su imperio, y acabas de hacer que le tome gran afecto. ¡De modo que desearía prepararle algún regalo digno de él y enviárselo contigo!"

Yo contesté en seguida: "¡Escucho y obedezco, oh mi señor! Ten la seguridad de que entregaré fielmente tu regalo al califa, que quedará maravillado. Y al mismo tiempo le diré cuán excelente amigo suyo eres y que puede contar con tu alianza."

Oídas estas palabras, el rey de Serendib dio algunas órdenes a sus chambelanes, que se apresuraron a obedecer. Y he aquí en qué consistía el regalo que me entregaron para el califa Harún Al-Rachid:

Primeramente, había una gran vasija tallada en un solo rubí de color admirable, que tenía medio pie de altura y un dedo de espesor. Esta vasija, en forma de copa, estaba completamente llena de perlas redondas y blancas, como una avellana cada una.

Además, había una alfombra hecha con una enorme piel de serpiente, con escamas grandes como un dinar de oro, que tenía la virtud de curar todas las enfermedades a quienes se acostaban en ella.

En tercer lugar, había doscientos granos de alcanfor exquisito, cada uno del tamaño de un alfónsigo.

En cuarto lugar, había dos colmillos de elefante, de doce codos de largo cada uno y dos de ancho en la base.

Y por último, había una hermosa joven de Serendib, cubierta de pedrerías.

Al mismo tiempo, el rey me entregó una carta para el Emir de los Creyentes, diciéndome: "Discúlpame con el califa por lo modesto de mi regalo. ¡Y debes decirle cuánto le aprecio!" Y yo contesté: "¡Escucho y obedezco!" Y le besé la mano.

Entonces me dijo: "De todos modos, Sindbad, si prefieres quedarte en mi reino, te tendré sobre mi cabeza y mis ojos; y en ese caso enviaré a otro en tu lugar ante el califa de Bagdad."

Entonces exclamé: "¡Por Alá! Tu generosidad es inmensa, y me has colmado de favores. ¡Pero precisamente hay un barco que va a salir para Bassra y deseo embarcarme en él para volver a ver a mis parientes, a mis hijos y a mi tierra!"

Oído esto, el rey no quiso insistir en que me quedara, y mandó llamar inmediatamente al capitán del barco, así como a los mercaderes que iban a ir conmigo, y me recomendó mucho a ellos, encargándoles· que me guardaran toda clase de consideraciones. Pagó el precio de mi pasaje y me regaló muchas preciosidades que conservo todavía, pues no pude decidirme a vender lo que me recuerda al excelente rey de Serendib.

Después de despedirme del rey y de todos los amigos que hice durante mi estancia en aquella isla tan encantadora, me embarqué en la nave, que en seguida se dio a la vela. Partimos con viento favorable y navegamos de isla en isla y de mar en mar, hasta que, gracias a Alá, llegamos con toda seguridad a Basora, desde donde me dirigí a Bagdad con mis riquezas y el presente destinado al califa.

De modo que lo primero que hice fue encaminarme al palacio del Emir de los Creyentes; me introdujeron en el salón de recepciones, y besé la tierra entre las manos del califa, entregándole la carta y los presentes, y contándole mi aventura con todos sus detalles.

Cuando el califa acabó de leer la carta del rey de Serendib y examinó los presentes, me preguntó si aquel rey era tan rico y poderoso como lo indicaban su carta y sus regalos. Yo contesté: "¡Oh Emir de los Creyentes! Puedo asegurar que el rey de Serendib no exagera. Además, a su poderío y su riqueza añade un gran sentido de justicia, y gobierna sabiamente a su pueblo. Es el único cadí de su reino, cuyos habitantes son, por cierto, tan pacíficos, que nunca suelen tener litigios. ¡Verdaderamente, el rey es digno de tu amistad, oh Emir de los Creyentes!"

El califa quedó satisfecho de mis palabras, y me dijo: "La carta que acabo de leer y tu discurso me demuestran que el rey de Serendib es un hombre excelente, que no ignora los preceptos de la sabiduría y sabe gobernar. ¡Dichoso el pueblo gobernado por él!" Después el califa me regaló un ropón de honor y ricos presentes, y me colmó de preeminencias y prerrogativas, y quiso que escribieran mi historia los escribas más hábiles para conservarla en los archivos del reino.

Y me retiré entonces, y corrí a mi calle y a mi casa, y viví en el seno de las riquezas y los honores, entre mis parientes y amigos, olvidando las pasadas tribulaciones y sin pensar más que en extraer de la existencia cuantos bienes pudiera proporcionarme.

"Y tal es mi historia durante el sexto viaje. Pero mañana, ¡oh huéspedes míos!, les contaré la historia de mi séptimo viaje, que es más maravilloso, más admirable y más abundante en prodigios que los otros seis juntos."

Y Sindbad el Marino mandó poner el mantel para el festín y dio de comer a sus huéspedes, incluso a Sindbad el Cargador, a quien mandó entregar, antes de que se fuera, cien monedas de oro como los demás días. Y el cargador se retiró a su casa, maravillado de cuanto acababa de oír. Y al día siguiente hizo su oración de la mañana y volvió al palacio de Sindbad el Marino. Cuando estuvieron reunidos todos los invitados, y comieron, y bebieron, y conversaron, y rieron, y oyeron los cantos y la música, se colocaron en corro, graves y silenciosos. Y habló así Sindbad el Marino:

LA SÉPTIMA HISTORIA DE LAS HISTORIAS DE SINDBAD EL MARINO, QUE TRATA DE LA SÉPTIMA Y ÚLTIMA HISTORIA

"Sepan, ¡oh amigos míos!, que al regreso del sexto viaje, aparté resueltamente toda idea de emprender en lo sucesivo otros, pues aparte de que mi edad me impedía hacer excursiones lejanas, ya no tenía yo deseos de acometer nuevas aventuras, tras de tanto peligro corrido y tanto mal padecido. Además, había llegado a ser el hombre más rico de Bagdad, y el califa me mandaba llamar con frecuencia para oír de mis labios el relato de las cosas extraordinarias que vi en mis viajes.

Un día en que el califa ordenó que me llamaran, según su costumbre, me disponía a contarle una, o dos, o tres de mis aventuras, cuando me dijo: "Sindbad, hay que ir a ver al rey de Serendib para llevarle mi respuesta y los regalos que le destino. Nadie conoce como tú el camino de esa tierra, cuyo rey se alegrará mucho de volver a verte. ¡Prepárate, pues, a salir hoy mismo, porque no estaría bien por mi parte quedar en deuda con el rey de aquella isla, ni sería digno retrasar más la respuesta y el envío!"

Ante mi vista se ennegreció el mundo, y llegué al límite de la perplejidad y la sorpresa al oír estas palabras del califa. Pero logré dominarme, para no caer en su desagrado. Y aunque había hecho voto de no volver a salir de Bagdad, besé la tierra entre las manos del califa, y contesté oyendo y obedeciendo. Entonces ordenó que me dieran mil dinares de oro para mis gastos de viaje, y me entregó una carta de su puño y letra y los regalos destinados al rey de Serendib.

Y he aquí en qué consistían los regalos: en primer lugar, una magnífica cama completa, de terciopelo carmesí, que valía una cantidad enorme de dinares de oro; además, había otra cama de otro color, y otra de otro; había también cien trajes de tela fina y bordada de Kufa y Alejandría, y cincuenta de Bagdad. Había una vasija de cornalina blanca procedente de tiempos muy remotos, en cuyo fondo figuraba un guerrero armado con su arco tendido contra un león. Y había otras muchas cosas que sería prolijo enumerar, y un lote de caballos de la más pura raza árabe…

En ese momento de su narración, Schahrazada vio aparecer la mañana, y guardó silencio discretamente.

PERO CUANDO LLEGÓ LA NOCHE 312…

Ella dijo:

…un lote de caballos de la más pura raza árabe.

Entonces me vi obligado a partir contra mi gusto aquella vez, y me embarqué en una nave que salía de Basora.

Tanto nos favoreció el destino, que a los dos meses, día tras día, llegamos a Serendib con toda seguridad. Y me apresuré a llevar al rey la carta y los obsequios del Emir de los Creyentes.

Al verme, se alegró y quedó muy complacido el rey por la cortesía del califa. Quiso entonces retenerme a su lado una larga temporada; pero yo no accedí a quedarme más que el tiempo preciso para descansar. Después de lo cual me despedí de él, y colmado de consideraciones y regalos, me apresuré a embarcarme de nuevo para tomar el camino de Basora, por donde había ido.

Al principio nos fue favorable el viento, y el primer sitio a que arribamos fue una isla llamada la isla de Sin. Y realmente, hasta entonces habíamos estado contentísimos, y durante toda la travesía hablábamos unos con otros, conversando tranquila y agradablemente acerca de mil cosas.

Pero un día, a la semana de haber dejado la isla en la cual los mercaderes habían hecho varios cambios y compras, mientras estábamos tendidos tranquilos, como de costumbre, estalló de pronto sobre nuestras cabezas una tormenta terrible y nos inundó una lluvia torrencial. Entonces nos apresuramos a tender tela de cáñamo encima de nuestros fardos y mercancías para evitar que el agua los estropeara, y empezamos a suplicar a Alá que apartara el peligro de nuestro camino.

Mientras permanecíamos en aquella situación, el capitán del buque se levantó, se apretó el cinturón a la cintura, se remangó las mangas y la ropa, y después subió al palo mayor, desde el cual estuvo mirando bastante tiempo a derecha e izquierda. Luego bajó con la cara muy amarilla, nos miró con aspecto completamente desesperado, y en silencio empezó a golpearse el rostro y a mesarse las barbas. Entonces corrimos hacia él muy asustados y le preguntamos: "¿Qué ocurre?" Y él contestó: "¡Pídanle a Alá que nos saque del abismo en que hemos caído! ¡O más bien, lloren por todos y despídanse unos de otros! ¡Sepan que la corriente nos ha desviado de nuestro camino, arrojándonos a los confines de los mares del mundo!"

Y después de haber hablado así, el capitán abrió un cajón, y sacó de él un saco de algodón, del cual extrajo un polvo que parecía ceniza. Mojó el polvo con un poco de agua, esperó algunos momentos, y se puso luego a aspirar aquel producto. Después sacó del cajón un libro pequeño, y leyó entre dientes algunas páginas, y acabó por decirnos: "Sepan, ¡oh pasajeros!, que el libro prodigioso acaba de confirmar mis sospechas. La tierra que se dibuja ante nosotros a lo lejos es la tierra conocida con el nombre de Clima de los Reyes. Ahí se encuentra la tumba de nuestro señor Soleimán ben-Daud —¡con ambos la plegaria y la paz!—. Ahí se crían monstruos y serpientes de espantosa apariencia. Además, el mar en que nos encontramos está habitado por monstruos marinos que se pueden tragar de un bocado los mayores navíos con cargamento y pasajeros. ¡Ya están advertidos! ¡Adiós!"

Cuando oímos estas palabras del capitán, quedamos por completo estupefactos, y nos preguntábamos qué espantosa catástrofe iría a ocurrir, cuando de pronto nos sentimos levantados con barco y todo, y después hundidos bruscamente, mientras se alzaba del mar un grito más terrible que el trueno. Tan espantados quedamos que dijimos nuestra última oración, y permanecimos inertes como muertos. Y de improviso vimos que, sobre el agua revuelta y delante de nosotros, avanzaba hacia el barco un monstruo tan alto y tan grande como una montaña, y después otro monstruo mayor, y detrás otro tan enorme como los dos juntos. Este último brincó de pronto por el mar, que se abría como una sima, mostró una boca más profunda que un abismo, y se tragó las tres cuartas partes del barco con cuanto contenía. Yo tuve el tiempo justo para retroceder hacia lo alto del buque y saltar al mar, mientras el monstruo acababa de tragarse la otra cuarta parte, y desaparecía en las profundidades con sus dos compañeros.

Logré agarrarme a uno de los tablones que habían saltado del barco al darle la dentellada el monstruo marino, y después de mil dificultades pude llegar a una isla que afortunadamente estaba cubierta de árboles frutales y regada por un río de agua excelente. Pero noté que la corriente del río era rápida, hasta el punto de que el ruido que hacía se oía desde muy lejos. Entonces, y al recordar cómo me salvé de la muerte en la isla de las pedrerías, concebí la idea de construir una balsa igual a la anterior y dejarme llevar por la corriente. En efecto, a pesar de lo agradable de aquella isla nueva, yo pretendía volver a mi país. Y pensaba: "Si logro salvarme, todo irá bien, y haré voto de no pronunciar siquiera la palabra viaje, y de no pensar en tal cosa durante el resto de mi vida. ¡En cambio, si perezco en la tentativa, todo irá bien asimismo, porque acabaré definitivamente con peligros y tribulaciones!"

Me levanté, pues, inmediatamente, y después de haber comido alguna fruta, recogí muchas ramas grandes cuya especie ignoraba entonces, aunque luego supe que eran de sándalo, de la calidad más estimada por los mercaderes, a causa de su rareza. Después empecé a buscar cuerdas y cordeles, y al principio no los encontré; pero vi en los árboles unas plantas trepadoras y flexibles, muy fuertes, que podían servirme. Corté las que me hacían falta, y las utilicé para atar entre sí las ramas grandes de sándalo. Preparé de este modo una enorme balsa, en la cual coloqué fruta en abundancia, y me embarqué diciendo: "¡Si me salvo, lo habrá querido Alá!"

Apenas subí a la balsa y me hube separado de la orilla, me vi arrastrado con una rapidez espantosa por la corriente, y sentí vértigo, y caí desmayado encima del montón de fruta exactamente igual que un pollo borracho.

Al recobrar el conocimiento, miré a mi alrededor, y quedé más inmóvil de espanto que nunca, y ensordecido por un ruido como el del trueno. El río no era más que un torrente de espuma hirviente, más veloz que el viento, que chocando con estrépito contra las rocas, se lanzaba hacia un precipicio que adivinaba yo más que veía. ¡Indudablemente iba a hacerme pedazos en él, despeñándome quién sabe desde qué altura!

Ante esta idea aterradora, me agarré con todas mis fuerzas a las ramas de la balsa, y cerré los ojos instintivamente para no verme aplastado y destrozado, e invoqué el nombre de Alá antes de morir. Y de pronto, en vez de rodar hasta el abismo, comprendí que la balsa se detenía bruscamente sobre el agua, y abrí los ojos un instante por saber a qué distancia estaba de la muerte, y no fue para verme estrellado contra los peñascos, sino cogido con mi balsa en una inmensa red, que unos hombres echaron sobre mí desde la ribera. De esta suerte me hallé atrapado y llevado a tierra, y allí me sacaron, vivo y medio muerto, de entre las mallas de la red, en tanto transportaban a la orilla mi balsa. Mientras yo permanecía tendido, inerte y tiritando, se adelantó hacia mí un venerable jeque de barbas blancas, que empezó por darme la bienvenida, y por cubrirme con ropa caliente que me sentó muy bien. Reanimado ya por las fricciones y el masaje que tuvo la bondad de darme el anciano, pude sentarme, pero sin recobrar todavía el uso de la palabra.

Entonces el anciano me cogió del brazo, y me llevó suavemente al hammam, en donde me hizo tomar un baño excelente que acabó de devolverme el alma; después me hizo aspirar perfumes exquisitos y me los echó por todo el cuerpo, y me llevó a su casa.

Cuando entré en la morada de aquel anciano, toda su familia se alegró mucho de mi llegada, y me recibió con gran cordialidad y demostraciones amistosas. El mismo anciano me hizo sentar en medio del diván de la sala de recepción, y me dio de comer cosas de primer orden, y de beber un agua agradable perfumada con flores. Después quemaron incienso a mi alrededor, y los esclavos me trajeron agua caliente y aromatizada para lavarme las manos, y me presentaron servilletas ribeteadas de seda, para secarme los dedos, las barbas y la boca. Tras lo cual el anciano me llevó a una habitación muy bien amueblada, en donde quedé solo, porque se retiró con mucha discreción. Pero dejó a mis órdenes varios esclavos que de cuando en cuando iban a verme por si necesitaba sus servicios.

Del mismo modo me trataron durante tres días, sin que nadie me interrogara ni me dirigiera ninguna pregunta, y no dejaban que me faltara nada, cuidándome con mucho esmero, hasta que recobré completamente las fuerzas, y mi alma y mi corazón se calmaron y refrescaron. Entonces, o sea la mañana del cuarto día, el anciano se sentó a mi lado, y después de las zalemas, me dijo: "¡Oh huésped, cuánto placer y satisfacción nos ha proporcionado tu presencia! ¡Bendito sea Alá, que nos puso en tu camino para salvarte del abismo! ¿Quién eres y de dónde vienes?" Entonces di muchas gracias al anciano por el enorme favor que me había hecho salvándome la vida y luego dándome de comer excelentemente, y de beber excelentemente, y perfumándome excelentemente, y le dije: "¡Me llamo Sindbad el Marino! Tengo este sobrenombre a consecuencia de mis grandes viajes por mar y de las cosas extraordinarias que me ocurrieron, y que si se escribieran con agujas en el ángulo de un ojo, servirían de lección a los lectores atentos." Y le conté al anciano mi historia desde el principio hasta el fin, sin omitir detalle.

Quedó prodigiosamente asombrado entonces el jeque, y estuvo una hora sin poder hablar, conmovido por lo que acababa de oír. Luego levantó la cabeza, me reiteró la expresión de su alegría por haberme socorrido, y me dijo: "¡Ahora, oh huésped mío! si quisieras oír mi consejo, venderías aquí tus mercancías, que valen mucho dinero por su rareza y calidad."

Al oír las palabras del viejo, llegué al límite del asombro, y no sabiendo lo que quería decir ni de qué mercancías hablaba, pues yo estaba desprovisto de todo, empecé por callarme un rato, y como de ninguna manera quería dejar escapar una ocasión extraordinaria que se presentaba inesperadamente, me hice el entendido, y contesté: "¡Puede que sí!" Entonces el anciano me dijo: "No te preocupes, hijo mío, respecto a tus mercancías. No tienes más que levantarte y acompañarme al zoco. Yo me encargo de todo lo demás. Si la mercancía subastada produce un precio que nos convenga, lo aceptaremos; si no, te haré el favor de conservarla en mi almacén hasta que suba en el mercado. ¡Y a su debido tiempo podremos sacar un precio más ventajoso!"

Entonces quedé interiormente cada vez más perplejo; pero no lo di a entender, sino que pensé: "¡Ten paciencia, Sindbad, y ya sabrás de qué se trata!" Y dije al anciano: "¡Oh mi venerable tío, escucho y obedezco! ¡Todo lo que tú dispongas me parecerá lleno de bendición! ¡Por mi parte, después de cuanto por mí hiciste, me conformaré con tu voluntad!" Y me levanté inmediatamente y lo acompañé al zoco.

Cuando llegamos al centro del zoco en que se hacía la subasta pública, ¡cuál no sería mi asombro al ver mi balsa transportada allí y rodeada de una multitud de corredores y mercaderes que la miraban con respeto y moviendo la cabeza! Y por todas partes oía exclamaciones de admiración: "¡Ya Alá! ¡Qué maravillosa calidad de sándalo! ¡En ninguna parte del mundo la hay mejor!" Entonces comprendí cuál era la mercancía en cuestión, y creí conveniente para la venta tomar un aspecto digno y reservado.

Pero he aquí que en seguida, mi anciano protector, aproximándose al jefe de los corredores, le dijo: "¡Empiece la subasta!" Y se empezó con el precio de mil dinares por la balsa. Y el jefe corredor exclamó: "¡A mil dinares la balsa de sándalo, oh compradores!" Entonces gritó el anciano: "¡La compro en dos mil!" Y otro gritó: "¡En tres mil!" Y los mercaderes siguieron subiendo el precio hasta diez mil dinares. Entonces se encaró conmigo el jefe de los corredores y me dijo: "¡Son diez mil; ya no puja nadie!" Y yo dije: "¡No la vendo en ese precio!"

Entonces mi protector se me acercó y me dijo: "¡Hijo mío, el zoco, en estos tiempos, no anda muy próspero, y la mercancía ha perdido algo de su valor! Vale más que aceptes el precio que te ofrecen. Pero yo, si te parece, voy a pujar otros cien dinares más. ¿Quieres dejármela en diez mil cien dinares?" Yo contesté: "¡Por Alá! Mi buen tío, solo por ti lo hago para agradecer tus beneficios. ¡Consiento en dejártela por esa cantidad!" Oídas estas palabras, el anciano mandó a sus esclavos que transportaran todo el sándalo a sus almacenes de reserva, y me llevó a su casa, en la cual me contó inmediatamente los diez mil cien dinares, y los encerró en una caja sólida cuya llave me entregó, dándome además las gracias por lo que había hecho en su favor.

Mandó en seguida poner el mantel, y comimos, y bebimos, y conversamos alegremente. Después nos lavamos las manos y la boca, y por fin me dijo: "¡Hijo mío, quiero dirigirte una petición, que deseo mucho aceptes!" Yo le contesté: "¡Mi buen tío, todo te lo concederé con gusto!" Él me dijo: "Ya ves, hijo mío, que he llegado a una edad muy avanzada sin tener hijo varón que pueda heredar un día mis bienes. Pero he de decirte que tengo una hija, muy joven aún, llena de encanto y belleza, que será muy rica cuando yo muera. Deseo dártela en matrimonio siempre que consientas en habitar en nuestro país y vivir nuestra vida. Así serás el amo de cuanto poseo y de cuanto dirige mi mano. ¡Y me sustituirás en mi autoridad y en la posesión de mis bienes!"

Cuando oí estas palabras del anciano, bajé la cabeza en silencio y permanecí sin decir palabra. Entonces añadió: "¡Créeme, oh hijo mío, que si me otorgas lo que te pido te atraerá la bendición! ¡Añadiré, para tranquilizar tu alma, que después de mi muerte podrás regresar a tu tierra, llevándote a tu esposa, hija mía! ¡No te exijo sino que permanezcas aquí el tiempo que me quede de vida!" Entonces contesté: "¡Por Alá, mi tío el jeque, eres como un padre para mí, y ante ti no puedo tener opinión ni tomar otra resolución que la que te convenga! Porque cada vez que en mi vida quise ejecutar un proyecto, no saqué de ello más que desgracias y decepciones. ¡Estoy, pues, dispuesto a conformarme con tu voluntad!"

En seguida el anciano, extremadamente contento con mi respuesta, mandó a sus esclavos que fueran a buscar al cadí y a los testigos, que no tardaron en llegar.

En ese momento de su narración, Schahrazada vio aparecer la mañana, y guardó silencio discretamente.

PERO CUANDO LLEGÓ LA NOCHE 314…

Ella dijo:

… al cadí y a los testigos, que no tardaron en llegar. Y el anciano me casó con su hija, y nos dio un festín enorme, y celebró una boda espléndida. Después me llamó y me llevó junto a su hija, a la cual aún no había yo visto. Y la encontré perfecta en hermosura y gentileza, en esbeltez de cintura y en proporciones. Además, la vi adornada con suntuosas alhajas, sedas y brocados, joyas y pedrerías, y lo que llevaba encima valía millares y millares de monedas de oro, cuyo importe exacto nadie había podido calcular.

Y cuando la tuve cerca, me gustó. Y nos enamoramos uno del otro. Y vivimos mucho tiempo juntos, en el colmo de las caricias y la felicidad.

El anciano padre de mi esposa falleció al poco tiempo en la paz y misericordia del Altísimo. Le hicimos unos grandes funerales y lo enterramos. Y yo tomé posesión de todos sus bienes, y sus esclavos y servidores fueron mis esclavos y servidores, bajo mi única autoridad. Además, los mercaderes de la ciudad me nombraron su jefe en lugar del difunto, y pude estudiar las costumbres de los habitantes de aquella población y su manera de vivir.

En efecto, un día noté con estupefacción que la gente de aquella ciudad experimentaba un cambio anual en primavera; de un día para otro mudaban de forma y aspecto: les brotaban alas de los hombros, y se convertían en volátiles. Podían volar entonces hasta lo más alto de la bóveda aérea, y aprovechaban su nuevo estado para volar todos fuera de la ciudad, dejando en esta a los niños y mujeres, a quienes nunca brotaban alas.

Este descubrimiento me asombró al principio; pero acabé por acostumbrarme a tales cambios periódicos. Sin embargo, llegó un día en que empecé a avergonzarme de ser el único hombre sin alas, viéndome obligado a guardar yo solo la ciudad con las mujeres y los niños. Y por mucho que pregunté a los habitantes sobre el medio de que habría de valerme para que me salieran alas en los hombros, nadie pudo ni quiso contestarme. Y me mortificaba bastante no ser más que Sindbad el Marino y no poder añadir a mi sobrenombre la condición de aéreo.

Un día, desesperado de conseguir alguna vez que me revelaran el secreto del crecimiento de las alas, me dirigí a uno a quien había hecho muchos favores, y cogiéndole del brazo, le dije: "¡Por Alá sobre ti! Hazme el favor, por los que te hice yo a ti, de dejarme que me cuelgue de tu cuerpo, y vuele contigo a través del aire. ¡Es un viaje que me tienta mucho, y quiero añadirlo a los que realicé por mar!" Al principio no quiso prestarme atención; pero a fuerza de súplicas acabé por moverlo a que accediera. Tanto me encantó aquello, que ni siquiera me cuidé de avisar a mi mujer ni a mi servidumbre, me colgué de él abrazándole por la cintura, y me llevó por el aire, volando con las alas muy desplegadas.

Nuestra carrera por el aire empezó ascendiendo en línea recta durante un tiempo considerable. Y acabamos por llegar tan arriba en la bóveda celeste, que pude oír distintamente cantar a los ángeles y sus melodías debajo de la cúpula del cielo.

Al oír cantos tan maravillosos, llegué al límite de la emoción religiosa, y exclamé: "¡Loor a Alá en lo profundo del cielo! ¡Bendito y glorificado sea por todas las criaturas!"

Apenas formulé estas palabras, cuando mi portador lanzó un juramento tremendo, y bruscamente, entre el estrépito de un trueno precedido de terrible relámpago, bajó con tal rapidez que me faltaba el aire, y por poco me desmayo, soltándome de él con peligro de caer al abismo insondable. Y en un instante llegamos a la cima de una montaña, en la cual me abandonó mi portador, dirigiéndome una mirada infernal, y desapareció, tendiendo el vuelo por lo invisible.

Y quedé completamente solo en aquella montaña desierta, y no sabía dónde estaba, ni por dónde ir para reunirme con mi mujer, y exclamé en el colmo de la perplejidad: "¡No hay recurso ni fuerza más que en Alá el Altísimo y Omnipotente! ¡Siempre que me libro de una calamidad caigo en otra peor! ¡En realidad, merezco todo lo que me sucede!"

Me senté entonces en un peñasco para reflexionar sobre el medio de librarme del mal presente, cuando de pronto vi adelantar hacia mí a dos muchachos de una belleza maravillosa, que parecían dos lunas. Cada uno llevaba en la mano un bastón de oro rojo, en el cual se apoyaba al andar. Entonces me levanté rápidamente, fui a su encuentro y les deseé la paz. Correspondieron con gentileza a mi saludo, lo cual me alentó a dirigirles la palabra, y les dije: "¡Por Alá sobre ustedes, oh maravillosos jóvenes! Díganme quiénes son y qué hacen aquí." Y me contestaron: "¡Somos adoradores del Dios verdadero!" Y uno de ellos, sin decir más, me hizo seña con la mano en cierta dirección, como invitándome a dirigir mis pasos por aquella parte, me entregó el bastón de oro, y cogiendo de la mano a su hermoso compañero, desapareció de mi vista.

Empuñé entonces el bastón de oro, y no vacilé en seguir el camino que se me había indicado, maravillándome al recordar a aquellos muchachos tan hermosos. Llevaba algún tiempo andando, cuando vi salir súbitamente de detrás de un peñasco una serpiente gigantesca que llevaba en la boca a un hombre, cuyas tres cuartas partes se había ya tragado, y del cual no se veían más que la cabeza y los brazos. Estos se agitaban desesperadamente, y la cabeza gritaba: "¡Oh caminante! ¡Sálvame del furor de esta serpiente y no te arrepentirás de tal acción!" Corrí entonces detrás de la serpiente, y le di con el bastón de oro rojo un golpe tan afortunado, que quedó exánime en aquel momento. Y alargué la mano al hombre tragado y le ayudé a salir del vientre de la serpiente.

Cuando miré mejor la cara del hombre, llegué al límite de la sorpresa al reconocer que era el volátil que me había llevado en su viaje aéreo y había acabado por precipitarse conmigo, a riesgo de matarme, desde lo alto de la bóveda del cielo hasta la cumbre de la montaña en la cual me había abandonado, exponiéndome a morir de hambre y sed. Pero ni siquiera quise demostrar rencor por su mala acción, y me conformé con decirle dulcemente: "¿Es así como obran los amigos con los amigos?" Él me contestó: "En primer lugar he de darte las gracias por lo que acabas de hacer en mi favor. Pero ignoras que fuiste tú, con tus invocaciones inoportunas pronunciando el Nombre, quien me precipitaste desde lo alto contra mi voluntad. ¡El Nombre produce ese efecto en todos nosotros! ¡Por eso no lo pronunciamos jamás!" Entonces yo, para que me sacara de aquella montaña, le dije: "¡Perdona y no me riñas; pues, en verdad, yo no podía adivinar las consecuencias funestas de mi homenaje al Nombre! ¡Te prometo no volverlo a pronunciar durante el trayecto, si quieres transportarme ahora a mi casa!"

Entonces el volátil se agachó, me cogió a cuestas, y en un abrir y cerrar de ojos me dejó en la azotea de mi casa y se fue para la suya.

Cuando mi mujer me vio bajar de la azotea y entrar en la casa después de tan larga ausencia, comprendió cuanto acababa de ocurrir, y bendijo a Alá, que me había salvado una vez más de la perdición. Y tras las efusiones del regreso me dijo: "Ya no debemos tratarnos con la gente de esta ciudad. ¡Son hermanos de los demonios!" Y yo le dije: "¿Y cómo vivía tu padre entre ellos?" Ella me contestó: "Mi padre no pertenecía a su casta, ni hacía nada como ellos, ni vivía su vida. De todos modos, si quieres seguir mi consejo, lo mejor que podemos hacer ahora que mi padre ha muerto es abandonar esta ciudad impía, no sin antes haber vendido nuestros bienes, casa y posesiones. Realiza eso lo mejor que puedas, compra buenas mercancías con parte de la cantidad que cobres, y vámonos juntos a Bagdad, tu patria, a ver a tus parientes y amigos, viviendo en paz y seguros, con el respeto debido a Alá el Altísimo." Entonces contesté oyendo y obedeciendo.

En seguida empecé a vender lo mejor que pude, pieza por pieza, y cada cosa a su tiempo, todos los bienes de mi tío el jeque, padre de mi esposa, ¡difunto a quien Alá haya recibido en paz y misericordia! Y así convertí en monedas de oro cuanto nos pertenecía, como muebles y propiedades, y gané un ciento por uno.

Después de lo cual me llevé a mi esposa y las mercancías que había tenido cuidado de comprar, fleté por mi cuenta un barco, que con la voluntad de Alá tuvo navegación feliz y fructuosa, de modo que de isla en isla, y de mar en mar, acabamos por llegar con seguridad a Basora, en donde paramos poco tiempo. Subimos el río y entramos en Bagdad, ciudad de paz.

Me dirigí entonces con mi esposa y mis riquezas hacia mi calle y mi casa, en donde mis parientes nos recibieron con grandes transportes de alegría, y quisieron mucho a mi esposa, la hija del jeque.

Yo me apresuré a poner en orden definitivo mis asuntos, almacené mis magníficas mercaderías, encerré mis riquezas, y pude por fin recibir en paz las felicitaciones de mis parientes y amigos, que, calculando el tiempo que estuve ausente, vieron que este séptimo y último viaje mío había durado exactamente veintisiete años desde el principio hasta el fin. Y les conté con pormenores mis aventuras durante esta larga ausencia, e hice el voto, que cumplo escrupulosamente, como ven, de no emprender en toda mi vida ningún otro viaje ni por mar ni por tierra. Y no dejé de dar gracias al Altísimo, que tantas veces, a pesar de mis reincidencias, me libró de tantos peligros y me devolvió a mi familia y a mis amigos.

Cuando Sindbad el Marino terminó de esta suerte su relato entre los invitados silenciosos y maravillados, se volvió hacia Sindbad el Cargador y le dijo: "Ahora, Sindbad terrestre, considera los trabajos que pasé y las dificultades que vencí, gracias a Alá, y dime si tu suerte de cargador no ha sido mucho más favorable para una vida tranquila que la que me impuso el Destino. Verdad es que sigues pobre y yo adquirí riquezas incalculables; pero ¿no es verdad también que a cada uno de nosotros se le retribuyó según su esfuerzo?" Al oír estas palabras, Sindbad el Cargador fue a besar la mano de Sindbad el Marino, y le dijo: "¡Por Alá sobre ti, oh mi amo, perdona lo inconveniente de mi canción!"

Entonces Sindbad el Marino mandó poner el mantel para sus invitados, y les dio un festín que duró treinta noches. Y después quiso tener a su lado, como mayordomo de su casa, a Sindbad el Cargador. Y ambos vivieron en amistad perfecta y en el límite de la satisfacción, hasta que fue a visitarlos aquella que hace desvanecerse las delicias, rompe las amistades, destruye los palacios y levanta las tumbas, la amarga muerte. ¡Gloria al Eterno, que no muere jamás!

Cuando Schahrazada, la hija del visir, acabó de contar la historia de Sindbad el Marino, se sintió un tanto fatigada, y como veía acercarse la mañana y no quería, por su discreción habitual, abusar del permiso concedido, guardó silencio sonriendo.

Entonces la pequeña Doniazada, que maravillada y con los ojos muy abiertos había oído la historia asombrosa, se levantó de la alfombra en que estaba acurrucada, y corrió a abrazar a su hermana, diciéndole: "¡Oh, Schahrazada, hermana mía! ¡Cuán suaves, y puras, y gratas, y deliciosas para el paladar, y cuán sabrosas en su frescura, son tus palabras! ¡Y qué terrible, y prodigioso, y temerario era Sindbad el Marino!" Y Schahrazada sonrió y dijo:

"No creas, oh rey afortunado, que todas las historias que has oído hasta ahora pueden compararse, ni de cerca ni de lejos, con la HISTORIA PRODIGIOSA DE LA CIUDAD DE BRONCE, que me reservo contarte la noche próxima, si quieres."

Entonces el rey Schahriar dijo para sí: "¡No la mataré hasta después!" Y la pequeña Doniazada exclamó: "¡Oh, qué amable serías, Schahrazada, si entretanto nos dijeras las primeras palabras!"

Entonces Schahrazada sonrió y dijo: "Cuentan que había un rey — ¡Alá solo es rey!— en la ciudad de…"

En ese momento de su narración, Schahrazada vio aparecer la mañana y guardó silencio discretamente.

Por la mañana salió el rey y se fue a la sala de justicia. Y el diván se llenó con la multitud de visires, emires, chambelanes, guardias y gente de palacio. Y el último que entró fue el gran visir, padre de Schahrazada, que llevaba debajo del brazo el sudario destinado a su hija, a la cual creía aquella vez muerta de veras; pero el rey no le dijo nada del asunto, y siguió juzgando, y nombrando para los empleos, y destituyendo, y gobernando, y despachando los asuntos pendientes hasta terminar el día. Luego se levantó el diván y el rey volvió a palacio, mientras el gran visir seguía perplejo y en el límite extremo del asombro.

CUANDO LLEGÓ LA NOCHE 339…

El rey penetró en la habitación de Schahrazada, y la pequeña Doniazada exclamó desde el lugar en que estaba acurrucada:

"¡Te ruego, hermana, me digas a qué esperas para empezar la historia prometida!"

Y contestó Schahrazada sonriendo: "¡No espero más que la venia de este rey bien educado y dotado de buenos modales!" Entonces contestó el rey Schahriar: "¡Concedida!"

ALADINO Y LA LÁMPARA MARAVILLOSA

He llegado a saber, ¡oh rey afortunado!, ¡oh dotado de buenos modales!, que en la antigüedad del tiempo y en el pasado de las edades y de los momentos, en una ciudad entre las ciudades de la China, y de cuyo nombre no me acuerdo en este instante, había —pero Alá es más sabio— un hombre que era sastre de oficio y pobre de condición. Y aquel hombre tenía un hijo llamado Aladino, que era un niño mal educado y que desde su infancia resultó un galopín muy enfadoso. Y he aquí que cuando el niño llegó a la edad de diez años, su padre quiso hacerle aprender por lo pronto algún oficio honrado; pero, como era muy pobre, no pudo atender a los gastos de la instrucción y tuvo que limitarse a tener con él en la tienda al hijo, para enseñarle el trabajo de aguja en que consistía su propio oficio. Pero Aladino, que era un niño indómito acostumbrado a jugar con los muchachos del barrio, no pudo adaptarse a permanecer un solo día en la tienda. Por el contrario, en lugar de estar atento al trabajo, acechaba el instante en que su padre se veía obligado a ausentarse por cualquier motivo o a volver la espalda para atender a un cliente, y al punto el niño recogía la labor a toda prisa y corría a reunirse por calles y jardines con los bribones de su calaña.

Y tal era la conducta de aquel rebelde, que no quería obedecer a sus padres ni aprender el trabajo de la tienda. Así es que su padre, muy apenado y desesperado por tener un hijo tan dado a todos los vicios, acabó por abandonarlo a su libertinaje; y su dolor le hizo contraer una enfermedad, de la que hubo de morir. ¡Pero no por eso se corrigió Aladino de su mala conducta! Entonces la madre de Aladino, al ver que su esposo había muerto y que su hijo no era más que un bribón, con el que no se podía contar para nada, se decidió a vender la tienda y todos los utensilios, a fin de poder vivir algún tiempo con el producto de la venta; pero como todo se agotó en seguida, tuvo necesidad de acostumbrarse a pasar sus días y sus noches hilando lana y algodón para ganar algo y alimentarse y alimentar al ingrato de su hijo.

En cuanto a Aladino, cuando se vio libre del temor a su padre, no le retuvo ya nada y se entregó a la pillería y a la perversidad. Y se pasaba todo el día fuera de casa para no entrar más que a las horas de comer. Y la pobre y desgraciada madre, a pesar de las incorrecciones de su hijo para con ella y del abandono en que la tenía, siguió manteniéndolo con el trabajo de sus manos y el producto de sus desvelos, llorando sola lágrimas muy amargas. Y así fue como Aladino llegó a la edad de quince años. Y era verdaderamente hermoso y bien formado, con dos magníficos ojos negros, y una tez de jazmín, y un aspecto de lo más seductor.

Un día entre los días, estando él en medio de la plaza que había a la entrada de los zocos del barrio, sin ocuparse más que de jugar con los pillastres y vagabundos de su especie, acertó a pasar por allí un derviche magrebí que se detuvo mirando a los muchachos obstinadamente. Y acabó por fijar en Aladino su mirada y observarlo de una manera bastante singular y con una atención muy particular, sin ocuparse ya de los otros niños. Y aquel derviche, que venía del último confín del Magreb, de las comarcas del interior lejano, era un insigne mago muy versado en la astrología y en la ciencia de las fisonomías; y en virtud de su hechicería podía conmover y hacer chocar unas con otras las montañas más altas. Y continuó observando a Aladino con mucha insistencia y pensando:

"¡He aquí por fin el niño que necesito, el que busco desde hace largo tiempo y en pos del cual partí del Magreb, mi país!" Y se aproximó sigilosamente a uno de los muchachos, aunque sin perder de vista a Aladino, lo llamó aparte sin hacerse notar, y por él se informó minuciosamente del padre y de la madre de Aladino, así como de su nombre y de su condición. Y con aquellas señas, se acercó a Aladino sonriendo, consiguió atraerlo a una esquina, y le dijo: "¡Oh hijo mío! ¿no eres Aladino, el hijo del honrado sastre?" Y Aladino contestó: "Sí soy Aladino. ¡En cuanto a mi padre, hace mucho tiempo que ha muerto!" Al oír estas palabras, el derviche magrebí se colgó del cuello de Aladino, lo cogió en brazos, y estuvo mucho tiempo besándolo en las mejillas, llorando ante él con profunda emoción. Y Aladino, extremadamente sorprendido, le preguntó: "¿A qué obedecen tus lágrimas, señor? ¿Y de qué conocías a mi difunto padre?" Y contestó el magrebí, con una voz muy triste y entrecortada:

"¡Ah, hijo mío! ¿cómo no voy a derramar lágrimas de duelo y de dolor, si soy tu tío, y acabas de revelarme de una manera tan inesperada la muerte de tu difunto padre, mi pobre hermano? ¡Oh hijo mío! Has de saber, en efecto, que llego a este país después de abandonar mi patria y afrontar los peligros de un largo viaje, únicamente con la halagüeña esperanza de volver a ver a tu padre y disfrutar con él la alegría del regreso y de la reunión. ¡Y he aquí, ay, que me cuentas su muerte!" Y se detuvo un instante, como sofocado de emoción; luego añadió: "¡Por cierto, oh hijo de mi hermano, que en cuanto te vi, mi sangre se sintió atraída por tu sangre y me hizo reconocerte en seguida, sin vacilación, entre todos tus compañeros! ¡Y aunque cuando yo me separé de tu padre no habías nacido tú, pues aún no se había casado, no tardé en reconocer en ti sus facciones y su semejanza! ¡Y eso es precisamente lo que me consuela un poco de su pérdida! ¡Ah! ¡qué calamidad cayó sobre mi cabeza! ¿Dónde estás ahora, hermano mío, a quien creí abrazar al menos una vez después de tan larga ausencia y antes de que la muerte viniera a separarnos para siempre? ¡Ay! ¿quién puede envanecerse de impedir que ocurra lo que tiene que ocurrir? En adelante, tú serás mi consuelo y reemplazarás a tu padre en mi afecto, puesto que tienes su sangre y eres su descendiente; porque dice el proverbio: '¡Quien deja descendencia no muere!'"

Luego el magrebí sacó de su cinturón diez dinares de oro y se los puso en la mano a Aladino, preguntándole: "¡Oh hijo mío! ¿dónde habita tu madre, la mujer de mi hermano?" Y Aladino, completamente conquistado por la generosidad y la cara sonriente del magrebí, lo tomó de la mano, lo condujo al extremo de la plaza y le mostró con el dedo el camino de su casa, diciendo: "¡Allí vive!" Y el magrebí le dijo: "Estos diez dinares que te doy, oh hijo mío, se los entregarás a la esposa de mi difunto hermano, transmitiéndole mis saludos. Y le anunciarás que tu tío acaba de llegar de viaje, tras larga ausencia en el extranjero, y que espera, si Alá quiere, poder presentarse en la casa mañana para expresarle personalmente sus deseos, ver los lugares donde vivió el difunto y visitar su tumba."

Cuando Aladino oyó estas palabras del magrebí, quiso inmediatamente complacerle, y después de besarle la mano se apresuró a correr con alegría a su casa, a la cual llegó, al contrario que de costumbre, a una hora que no era la de comer, y exclamó al entrar: "¡Oh madre mía! ¡vengo a anunciarte que, tras larga ausencia en el extranjero, acaba de llegar de su viaje mi tío, y te envía sus saludos!" Y contestó la madre de Aladino, muy asombrada de aquel lenguaje insólito y de aquella entrada inesperada: "¡Cualquiera diría, hijo mío, que quieres burlarte de tu madre! Porque, ¿quién es ese tío de que me hablas? ¿Y de dónde y desde cuándo tienes un tío que esté vivo todavía?" Y dijo Aladino: "¿Cómo puedes decir, oh madre mía, que no tengo tío ni pariente vivo, si el hombre en cuestión es hermano de mi difunto padre? ¡Y la prueba está en que me abrazó y me besó llorando, y me encargó que viniera a darte la noticia!" Y dijo la madre de Aladino: "Sí, hijo mío, ya sé que tenías un tío; pero hace largos años que murió. ¡Y no supe que desde entonces tuvieras otro tío!" Y miró con ojos muy asombrados a su hijo Aladino, que ya se ocupaba de otra cosa. Y no le dijo nada más acerca del particular en aquel día. Y Aladino, por su parte, no le habló de la dádiva del magrebí.

Al día siguiente, Aladino salió de casa a primera hora de la mañana; y el magrebí, que ya andaba buscándolo, lo encontró en el mismo sitio que la víspera, dedicado a divertirse, como de costumbre, con los vagabundos de su edad. Y se acercó inmediatamente a él, lo tomó de la mano, lo estrechó contra su corazón, y lo besó con ternura. Luego sacó de su cinturón dos dinares y se los entregó diciendo: "Ve a buscar a tu madre y dile, dándole estos dos dinares: 'Mi tío tiene intención de venir esta noche a cenar con nosotros, y por eso te envía este dinero para que prepares buenos manjares.'" Luego añadió, inclinándose hacia él: "Y ahora, ya Aladino, enséñame por segunda vez el camino de tu casa." Y contestó Aladino: "¡Sobre mi cabeza y mis ojos, oh tío mío!" Y echó a andar delante y le enseñó el camino de su casa. Y el magrebí lo dejó y se fue por su camino…

En ese momento de su narración, Schahrazada vio aparecer la mañana y guardó silencio discretamente.

PERO CUANDO LLEGÓ LA NOCHE 733…

Ella dijo:

… Y el magrebí lo dejó y se fue por su camino. Y Aladino entró en la casa, contó a su madre lo ocurrido y le entregó los dos dinares, diciéndole: "¡Mi tío va a venir esta noche a cenar con nosotros!"

Entonces, al ver los dos dinares, se dijo la madre de Aladino: "¡Quizá no conociera yo a todos los hermanos del difunto!" Y se levantó y a toda prisa fue al zoco, en donde compró las provisiones necesarias para una buena comida, y volvió para ponerse en seguida a preparar los manjares. Pero como la pobre no tenía utensilios de cocina, fue a pedir prestadas a las vecinas las cacerolas, platos y vajilla que necesitaba. Y estuvo cocinando todo el día; y al hacerse de noche, dijo a Aladino: "¡La comida está dispuesta, hijo mío, y como tu tío acaso no sepa bien el camino de nuestra casa, debes salir a su encuentro o esperarlo en la calle!" Y Aladino contestó: "¡Escucho y obedezco!" Y cuando se disponía a salir, llamaron a la puerta. Y corrió a abrir él. Era el magrebí. E iba acompañado de un mandadero que llevaba en la cabeza una carga de frutas, de pasteles y bebidas. Y Aladino los introdujo a ambos. Y el mandadero se marchó cuando dejó su carga y le pagaron. Y Aladino condujo al magrebí a la habitación en que estaba su madre. Y el magrebí se inclinó y dijo con voz conmovida: "La paz sea contigo, ¡oh esposa de mi hermano!" Y la madre de Aladino le devolvió el saludo. Entonces el magrebí se echó a llorar en silencio. Luego preguntó: "¿Cuál es el sitio en que tenía costumbre de sentarse el difunto?" Y la madre de Aladino le mostró el lugar en cuestión; y al punto se arrojó al suelo el magrebí y se puso a besar aquel sitio y a suspirar con lágrimas en los ojos y a decir:

"¡Ah, qué suerte la mía! ¡Ah, qué miserable suerte fue haberte perdido, oh hermano mío, estrella de mis ojos!" Y continuó llorando y lamentándose de aquella manera, y con un rostro tan transformado y tanta conmoción interior, que estuvo a punto de desmayarse, y la madre de Aladino no dudó ni por un instante de que fuese el propio hermano de su difunto marido. Y se acercó a él, lo levantó del suelo, y le dijo: "¡Oh hermano de mi esposo! ¡vas a matarte en vano a fuerza de llorar! ¡Ay, lo que está escrito debe cumplirse!" Y siguió consolándolo con buenas palabras hasta que logró que bebiera un poco de agua para calmarse y se sentara a comer.

Cuando estuvo puesto el mantel, el magrebí comenzó a hablar con la madre de Aladino. Y le contó lo que tenía que contarle, diciéndole:

"¡Oh mujer de mi hermano! no te parezca extraño el no haber tenido todavía ocasión de verme y el no haberme conocido en vida de mi difunto hermano, porque hace treinta años que abandoné este país y partí al extranjero, renunciando a mi patria. Y desde entonces no he dejado de viajar por las comarcas de la India y del Sindh, y de recorrer el país de los árabes y las tierras de otras naciones. Y también estuve en Egipto y habité la magnífica ciudad de Masr, que es el milagro del mundo. Y tras residir allá mucho tiempo, partí para el país del Magreb central, en donde acabé por fijar mi residencia durante veinte años.

"Por aquel entonces, ¡oh mujer de mi hermano!, un día entre los días, estando en mi casa, me puse a pensar en mi tierra natal y en mi hermano. Y se me avivó el deseo de volver a ver a mi sangre; y me eché a llorar y empecé a lamentarme de mi estancia en país extranjero. Y al fin se hicieron tan intensas las nostalgias de mi separación y de mi alejamiento del ser que me era querido, que me decidí a emprender el viaje hacia la comarca que vio nacer mi cabeza. Y pensé para mi alma: '¡Oh hombre! ¡cuántos años han pasado desde el día en que abandonaste tu ciudad y tu país y la casa del único hermano que posees en el mundo! ¡Levántate, pues, y ve a verlo antes de la muerte! Porque, ¿quién conoce las calamidades del Destino, los accidentes de los días y los cambios del tiempo? ¿Y no sería una suprema desdicha que murieras antes de alegrar tus ojos con la contemplación de tu hermano, sobre todo ahora que Alá (¡glorificado sea!) te ha dado riqueza, mientras tu hermano quizá siga en la pobreza? ¡No olvides, por tanto, que al partir cumplirás dos buenas acciones: volver a ver a tu hermano y socorrerlo!'

"Y he aquí que, dominado por estos pensamientos, ¡oh mujer de mi hermano!, me levanté al punto y me preparé para el viaje. Y tras recitar la plegaria del viernes y la Fatiha del Corán, monté a caballo y me encaminé a mi patria. Y después de muchos peligros y largas fatigas del camino, con ayuda de Alá (¡glorificado y exaltado sea!) acabé por llegar con bien a mi ciudad, que es esta. Y me puse inmediatamente a recorrer calles y barrios en busca de la casa de mi hermano. Y Alá permitió que entonces encontrara a este niño jugando con sus compañeros. ¡Y por Alá el Todopoderoso, oh mujer de mi hermano, que apenas lo vi, sentí que mi corazón se conmovía por él; y como la sangre reconoce a la sangre, no dudé en ver en él al hijo de mi hermano! Y en ese mismo instante olvidé mis fatigas y preocupaciones, y creí enloquecer de alegría. Pero, ¡ay!, no tardé en saber, por boca de este niño, que mi hermano había fallecido en la misericordia de Alá el Altísimo. ¡Ah, terrible noticia que me hizo caer abatido por el dolor! Pero, oh mujer de mi hermano, ya te contaría el niño que, con su aspecto y su semejanza con el difunto, ha logrado consolarme un poco, haciéndome recordar el proverbio que dice: '¡El hombre que deja descendencia no muere!'"

Así habló el magrebí. Y advirtió que, ante aquellos recuerdos evocados, la madre de Aladino lloraba amargamente. Y para distraerla de su tristeza, se dirigió a Aladino y, cambiando de conversación, le dijo: "Hijo mío, ¿qué oficio has aprendido y en qué trabajo te ocupas para ayudar a tu pobre madre y vivir ambos?"

Al oír aquello, avergonzado de su vida por primera vez, Aladino bajó la cabeza mirando al suelo. Y como no decía palabra, contestó en su lugar su madre: "¿Un oficio, oh hermano de mi esposo? ¿Tener un oficio Aladino? ¿Quién piensa en eso? ¡Por Alá, que no sabe nada! ¡Nunca vi un niño tan travieso! ¡Se pasa todo el día corriendo con otros niños del barrio, que son vagabundos, pillastres y haraganes como él, en vez de seguir el ejemplo de los hijos buenos, que están en la tienda con sus padres! ¡Solo por su culpa murió su padre, dejándome amargos recuerdos! ¡Y también yo me veo reducida a un triste estado de salud! Y aunque apenas puedo ver con mis ojos, gastados por las lágrimas y las vigilias, tengo que trabajar sin descanso, pasando días y noches hilando algodón para poder comprar apenas dos panes de maíz, lo necesario para mantenernos. ¡Y esta es mi condición! ¡Y te juro por tu vida, oh hermano de mi esposo, que solo entra en casa a la hora de comer! ¡Y eso es todo lo que hace! ¡A veces pienso cerrar la puerta y no volver a abrirle, para obligarlo a buscar trabajo! Pero no tengo valor, porque el corazón de una madre es compasivo. ¡Y mi edad avanza, y me estoy haciendo muy vieja, oh hermano de mi esposo, y mis hombros ya no soportan las fatigas de antes! ¡Y ahora apenas si mis dedos pueden hilar! ¡Y no sé hasta cuándo podré continuar así sin que me abandone la vida, como me abandona mi hijo, este Aladino que tienes delante de ti!"

Y se echó a llorar.

Entonces el magrebí se volvió hacia Aladino y le dijo: "¡Ah, hijo de mi hermano! En verdad no sabía todo eso que se refiere a ti. ¿Por qué sigues ese camino de haraganería? ¡Qué vergüenza para ti, Aladino! Eso no es propio de alguien como tú. Tienes razón y eres de buena familia. ¿No es una deshonra dejar que tu pobre madre, ya vieja, tenga que mantenerte, siendo tú capaz de trabajar? ¡Gracias a Alá, en nuestra ciudad sobran los oficios! Solo tienes que escoger el que más te guste, y yo me encargaré de ayudarte. Así, cuando seas mayor, tendrás un medio seguro de vida. ¡Habla! Y si no te gusta el oficio de tu difunto padre, busca otro y dímelo, que te ayudaré en todo lo que pueda, hijo mío."

Pero en vez de contestar, Aladino continuó con la cabeza baja y guardando silencio, con lo cual indicaba que no quería más oficio que el de vagabundo. Y el magrebí advirtió su repugnancia por los oficios manuales, y trató de atraerlo de otra manera. Y le dijo, por tanto: "¡Oh hijo de mi hermano! ¡No te enfades ni te apenes por mi insistencia! ¡Pero déjame añadir que, si los oficios te repugnan, estoy dispuesto, en caso de que quieras ser un hombre honrado, a abrirte una tienda de mercader de sederías en el zoco grande! Y surtiré esa tienda con las telas más caras y brocados de la calidad más fina. ¡Y así te harás de buenas relaciones entre los mercaderes al por mayor! Y te acostumbrarás a vender y comprar, a tomar y a dar. Y será excelente tu reputación en la ciudad. ¡Y con ello honrarás la memoria de tu difunto padre! ¿Qué dices a esto, oh Aladino, hijo mío?"

Cuando Aladino escuchó esta proposición de su tío y comprendió que podría convertirse en un gran mercader del zoco, en un hombre de importancia, vestido con buenas ropas, con un turbante de seda y un lindo cinturón de diferentes colores, se alegró en extremo. Y miró al magrebí sonriendo y torciendo la cabeza, lo que en su lenguaje significaba claramente: "¡Acepto!" Y el magrebí comprendió entonces que le agradaba la proposición, y dijo a Aladino: "Ya que quieres convertirte en un personaje de importancia, en un mercader con tienda abierta, procura en lo sucesivo hacerte digno de tu nueva situación. Y sé un hombre desde ahora, ¡oh hijo de mi hermano! Y mañana, si Alá quiere, te llevaré al zoco, y empezaré por comprarte un hermoso traje nuevo, como lo llevan los mercaderes ricos, y todos los accesorios que exige. ¡Y hecho esto, buscaremos juntos una buena tienda para instalarte en ella!"

¡Eso fue todo! Y la madre de Aladino, que oía aquellas exhortaciones y veía aquella generosidad, bendecía a Alá, el Bienhechor, que de manera tan inesperada le enviaba a un pariente que la salvaba de la miseria y llevaba por el buen camino a su hijo Aladino. Y sirvió la comida con el corazón alegre, como si se hubiese rejuvenecido veinte años. ¡Y comieron y bebieron, sin dejar de hablar de aquel asunto, que tanto les interesaba a todos! Y el magrebí empezó por iniciar a Aladino en la vida y los modales de los mercaderes, y por hacer que se interesara mucho en su nueva condición. Luego, cuando vio que la noche iba ya mediada, se levantó y se despidió de la madre de Aladino y besó a Aladino. Y salió, prometiéndole que volvería al día siguiente. Y aquella noche, con la alegría, Aladino no pudo pegar los ojos. Y no hizo más que pensar en la vida encantadora que le esperaba.

Y he aquí que al siguiente día, a primera hora, llamaron a la puerta. Y la madre de Aladino fue a abrir por sí misma, y vio que precisamente era el hermano de su esposo, el magrebí, que cumplía su promesa de la víspera. Sin embargo, a pesar de las insistencias de la madre de Aladino, no quiso entrar, pretextando que no era hora de visitas, y solamente pidió permiso para llevarse a Aladino consigo al zoco. Y Aladino, levantado y vestido ya, corrió en seguida a ver a su tío, y le dio los buenos días y le besó la mano. Y el magrebí le cogió de la mano y se fue con él al zoco. Y entró con él en la tienda del mejor mercader y pidió un traje que fuese el más hermoso y el más lujoso entre los trajes a la medida de Aladino. Y el mercader le enseñó varios, cada cual más hermoso. Y el magrebí dijo a Aladino: "¡Escoge tú mismo el que te guste, hijo mío!" Y, en extremo encantado de la generosidad de su tío, Aladino escogió uno que era todo de seda rayada y reluciente. Y también escogió un turbante de muselina de seda recamada de oro fino, un cinturón de cachemira y botas de cuero rojo brillante. Y el magrebí lo pagó todo sin regatear y entregó el paquete a Aladino, diciéndole: "¡Vamos ahora al hammam, para que estés bien limpio antes de vestirte de nuevo!" Y lo condujo al hammam, y entró con él en una sala reservada, y lo bañó con sus propias manos; y se bañó él también. Luego pidió los refrescos que siguen al baño; y ambos bebieron con delicia y muy contentos. Y entonces se puso Aladino el suntuoso traje consabido de seda rayada y reluciente, se colocó el hermoso turbante, se ciñó al talle el cinturón de Indias y se calzó las botas rojas. Y de este modo estaba hermoso cual la luna y comparable a algún hijo de rey o de sultán. Y, en extremo encantado de verse transformado así, se acercó a su tío y le besó la mano y le dio muchas gracias por su generosidad. Y el magrebí le besó, y le dijo: "¡Todo esto no es más que el comienzo!" Y salió con él del hammam, y le llevó a los zocos más frecuentados, y le hizo visitar las tiendas de los grandes mercaderes. Y le hacía admirar las telas más ricas y los objetos de valor, enseñándole el nombre de cada cosa en particular; y le decía: "¡Como vas a ser mercader, es preciso que te enteres de los pormenores de ventas y compras!" Luego le hizo visitar los edificios notables de la ciudad y las mezquitas principales y los khans en que se alojaban las caravanas. Y terminó el paseo, haciéndole ver los palacios del sultán y los jardines que los rodeaban. Y por último le llevó al gran khan, donde se hospedaba él, y le presentó a los mercaderes conocidos suyos, diciéndoles: "¡Es el hijo de mi hermano!" Y los invitó a todos a una comida que dio en honor de Aladino, y los regaló con los manjares más selectos, y estuvo con ellos y con Aladino hasta la noche.

Entonces se levantó y se despidió de sus invitados, diciéndoles que iba a llevar a Aladino a su casa. Y en efecto, no quiso dejar volver solo a Aladino, y le cogió de la mano y se encaminó con él a casa de la madre. Y al ver a su hijo tan magníficamente vestido, la pobre madre de Aladino creyó perder la razón de alegría. Y empezó a dar gracias y a bendecir mil veces a su cuñado, diciéndole: "¡Oh hermano de mi esposo! ¡Aunque toda la vida estuviera dándote gracias, jamás te agradecería bastante tus beneficios!" Y contestó el magrebí: "¡Oh mujer de mi hermano! ¡No tiene ningún mérito, verdaderamente ningún mérito, el que yo obre de esta manera, porque Aladino es hijo mío, y mi deber es servirle de padre en lugar del difunto! ¡No te preocupes, pues, por él y quédate tranquila!" Y dijo la madre de Aladino, levantando los brazos al cielo: "¡Por el honor de los santos antiguos y recientes, ruego a Alá que te guarde y te conserve, oh hermano de mi esposo! Y prolongue tu vida para nuestro bien, a fin de que seas el ala cuya sombra proteja siempre a este niño huérfano. ¡Y ten la seguridad de que él, por su parte, obedecerá siempre tus órdenes y no hará más que lo que le mandes!" Y dijo el magrebí: "¡Oh mujer de mi hermano! Aladino se ha convertido en un hombre sensato, porque es un excelente mozo, hijo de buena familia. ¡Y espero desde luego que será digno descendiente de su padre y alegrará tus ojos!" Luego añadió: "Dispénsame, ¡oh mujer de mi hermano!, porque mañana viernes no se abrirá la tienda prometida; pues ya sabes que el viernes están cerrados los zocos y que no se puede tratar de negocios. ¡Pero pasado mañana, sábado, se hará, si Alá quiere! Mañana, sin embargo, vendré por Aladino para continuar instruyéndolo, y le haré visitar los sitios públicos y los jardines situados fuera de la ciudad, adonde van a pasearse los mercaderes ricos, a fin de que así pueda habituarse a la contemplación del lujo y de la gente distinguida. ¡Porque hasta hoy no ha frecuentado más trato que el de los niños, y es preciso que conozca ya a hombres y que ellos lo conozcan!" Y se despidió de la madre de Aladino, besó a Aladino y se marchó…

En ese momento de su narración, Schahrazada vio aparecer la mañana, y guardó silencio discretamente.

PERO CUANDO LLEGÓ LA NOCHE 736…

Ella dijo:

… Y se despidió de la madre de Aladino, besó a Aladino y se marchó. Y Aladino pensó durante la noche en todas las cosas hermosas que acababa de ver y en las alegrías que acababa de experimentar; y se prometió nuevas delicias para el siguiente día. Así es que se levantó con la aurora, sin haber podido pegar los ojos, y se vistió sus ropas nuevas, y empezó a andar de un lado para otro, enredándose los pies con aquel traje largo, al cual no estaba acostumbrado. Luego, como su impaciencia le hacía pensar que el magrebí tardaba demasiado, salió a esperarlo a la puerta y acabó por verle aparecer. Y corrió hacia él como un potro y le besó la mano. Y el magrebí le besó y le hizo muchas caricias, y le dijo que fuera a advertir a su madre que se lo llevaba. Después le cogió de la mano y se fue con él. Y echaron a andar juntos, hablando de unas cosas y de otras; y franquearon las puertas de la ciudad, de donde nunca había salido aún Aladino. Y empezaron a aparecer ante ellos las hermosas casas particulares y los hermosos palacios rodeados de jardines; y Aladino los miraba maravillado, y cada cual le parecía más hermoso que el anterior.

Y así anduvieron mucho por el campo, acercándose cada vez más al fin que se proponía el magrebí. Pero llegó un momento en que Aladino comenzó a cansarse, y dijo al magrebí: "¡Oh tío mío! ¿Tenemos que andar mucho todavía? ¡Mira que hemos dejado atrás los jardines, y ya solo tenemos delante de nosotros la montaña! ¡Además, estoy fatigadísimo, y quisiera tomar un bocado!" Y el magrebí se sacó del cinturón un pañuelo con frutas y pan, y dijo a Aladino: "Aquí tienes, hijo mío, con qué saciar tu hambre y tu sed. ¡Pero aún tenemos que andar un poco para llegar al paraje maravilloso que voy a enseñarte y que no tiene igual en el mundo! ¡Repón tus fuerzas, y cobra ánimo, Aladino, que ya eres un hombre!" Y continuó animándolo, a la vez que le daba consejos acerca de su conducta en el porvenir, y le impulsaba a separarse de los niños para acercarse a los hombres sabios y prudentes. ¡Y consiguió distraerlo de tal manera, que acabó por llegar con él a un valle desierto al pie de la montaña, y en donde no había más presencia que la de Alá!

¡Allí precisamente terminaba el viaje del magrebí! ¡Y para llegar a aquel valle había salido del fondo del Magreb y había ido hasta los confines de la China!

Se encaró entonces con Aladino, que estaba extenuado de fatiga, y le dijo sonriendo: "¡Ya hemos llegado, hijo mío, Aladino!" Y se sentó en una roca y le hizo sentarse al lado suyo. Y lo abrazó con mucha ternura, y le dijo: "Descansa un poco, Aladino. Porque al fin voy a mostrarte lo que jamás vieron los ojos de los hombres. Sí, Aladino; en seguida vas a ver aquí mismo un jardín más hermoso que todos los jardines de la tierra. Y solo cuando hayas admirado las maravillas de ese jardín tendrás verdaderamente razón para darme gracias y olvidarás las fatigas de la marcha, y bendecirás el día en que me encontraste por primera vez." Y lo dejó descansar un instante, con los ojos muy abiertos de asombro al pensar que iba a ver un jardín en un paraje donde no había más que rocas desperdigadas y matorrales. Luego le dijo: "¡Levántate ahora, Aladino, y recoge entre esos matorrales las ramas más secas y los trozos de leña que encuentres, y tráemelos! ¡Y entonces verás el espectáculo gratuito a que te invito!" Y Aladino se levantó y se apresuró a recoger entre los matorrales y la maleza una gran cantidad de ramas secas y trozos de leña, y se los llevó al magrebí, que le dijo: "Ya tengo bastante. ¡Retírate ahora y ponte detrás de mí!" Y Aladino obedeció a su tío, y fue a colocarse a cierta distancia detrás de él.

Entonces el magrebí sacó del cinturón un eslabón, con el que hizo lumbre, y prendió fuego al montón de ramas y hierbas secas, que llamearon crepitando. Y al punto sacó del bolsillo una caja de concha, la abrió y tomó un poco de incienso, que arrojó en medio de la hoguera. Y se levantó una humareda muy espesa que apartó él con sus manos a un lado y a otro, murmurando fórmulas en una lengua absolutamente incomprensible para Aladino. Y en aquel mismo momento tembló la tierra y se conmovieron sobre su base las rocas y se entreabrió el suelo en un espacio de unos diez codos de anchura. Y en el fondo de aquel agujero apareció una losa horizontal de mármol de cinco codos de ancho con una anilla de bronce en medio.

Al ver aquello, Aladino, espantado, lanzó un grito, y cogiendo con los dientes el extremo de su traje, volvió la espalda y emprendió la fuga, agitando las piernas. Pero de un salto cayó sobre él el magrebí y lo atrapó. Y le miró con ojos aterradores, le zarandeó teniéndolo cogido de una oreja, y levantó la mano, y le aplicó una bofetada tan terrible, que por poco le saltan los dientes, y Aladino quedó todo aturdido y se cayó al suelo.

Y he aquí que el magrebí no le había tratado de aquel modo más que por dominarlo de una vez para siempre, ya que le necesitaba para la operación que iba a realizar, y sin él no podía intentar la empresa para la que había venido. Así es que cuando lo vio atontado en el suelo, lo levantó, y le dijo con una voz que procuró hacer muy dulce: "¡Sabe, Aladino, que si te traté así, fue para enseñarte a ser un hombre! ¡Porque soy tu tío, el hermano de tu padre, y me debes obediencia!" Luego añadió con una voz de lo más dulce: "¡Vamos, Aladino, escucha bien lo que voy a decirte, y no pierdas ni una sola palabra! ¡Porque si así lo haces sacarás de ello ventajas considerables y en seguida olvidarás los trabajos pesados!" Y le besó, y teniéndolo para en adelante completamente sometido y dominado, le dijo: "¡Ya acabas de ver, hijo mío, cómo se ha abierto el suelo en virtud de las fumigaciones y fórmulas que he pronunciado! ¡Pero es preciso que sepas que obré de tal suerte únicamente por tu bien; porque debajo de esta losa de mármol que ves en el fondo del agujero con una anilla de bronce se halla un tesoro que está inscrito a tu nombre y no puede abrirse más que en tu presencia! ¡Y ese tesoro, que te está destinado, te hará más rico que todos los reyes! Y para demostrarte que ese tesoro está destinado a ti y no a ningún otro, sabe que solo a ti en el mundo te es posible tocar esta losa de mármol y levantarla; pues yo mismo, a pesar de todo mi poder, que es grande, no podría echar mano a la anilla de bronce ni levantar la losa, aunque fuese mil veces más poderoso y más fuerte de lo que soy. ¡Y una vez levantada la losa no me sería posible penetrar en el tesoro, ni bajar un escalón siquiera! ¡A ti únicamente incumbe hacer lo que no puedo hacer yo por mí mismo! ¡Y para ello no tienes más que ejecutar al pie de la letra lo que voy a decirte! ¡Y así serás el amo del tesoro, que partiremos con toda equidad en dos partes iguales, una para ti y otra para mí!"

Al oír estas palabras del magrebí, el pobre Aladino se olvidó de sus fatigas y de la bofetada recibida, y contestó: "¡Oh tío mío! ¡Mándame lo que quieras y te obedeceré!" Y el magrebí lo cogió en brazos y lo besó varias veces en las mejillas, y le dijo: "¡Oh Aladino! ¡Eres para mí más querido que un hijo, puesto que no tengo en la tierra más parientes que tú; tú serás mi único heredero, oh hijo mío! Porque, al fin y al cabo, por ti, en suma, es por quien trabajo en este momento y por quien vine desde tan lejos. Y si estuve un poco brusco, comprenderás ahora que fue para decidirte a no dejar escapar en vano tu maravilloso destino. ¡He aquí, pues, lo que tienes que hacer! ¡Empezarás por bajar conmigo al fondo del agujero, y cogerás la anilla de bronce y levantarás la losa de mármol!" Y cuando hubo hablado así, se metió él primero en el agujero y dio la mano a Aladino para ayudarle a bajar. Y ya abajo, Aladino le dijo: "¿Pero cómo voy a arreglarme, oh tío mío, para levantar una losa tan pesada, siendo yo un niño? ¡Si, al menos, quisieras ayudarme tú, me prestaría a ello con mucho gusto!" El magrebí contestó: "¡Ah, no! ¡Ah, no! ¡Si, por desgracia, echara yo una mano, no podrías hacer nada ya y tu nombre se borraría para siempre del tesoro! ¡Prueba tú solo y verás cómo levantas la losa con tanta facilidad como si alzaras una pluma de ave! ¡Solo tendrás que pronunciar tu nombre y el nombre de tu padre y el nombre de tu abuelo al coger la anilla!"

Entonces se inclinó Aladino y cogió la anilla y tiró de ella, diciendo: "¡Soy Aladino, hijo del sastre Mustafá, hijo del sastre Alí!" Y levantó con gran facilidad la losa de mármol, y la dejó a un lado. Y vio una cueva con doce escalones de mármol que conducían a una puerta de dos hojas de cobre rojo con gruesos clavos. Y el magrebí le dijo: "¡Hijo mío, Aladino, baja ahora a esa cueva. Y cuando llegues al duodécimo escalón entrarás por esa puerta de cobre, que se abrirá sola delante de ti. Y te hallarás debajo de una bóveda grande dividida en tres· salas que se comunican unas con otras. En la primera sala verás cuatro grandes calderas de cobre llenas de oro líquido, y en la segunda sala cuatro grandes calderas de plata llenas de polvo de oro; y en la tercera sala cuatro grandes calderas de oro llenas de dinares de oro. Pero pasa sin detenerte y recógete bien el traje, sujetándotelo a la cintura para que no toque las calderas; porque si tuvieras la desgracia de tocar con los dedos o rozar siquiera con tus ropas una de las calderas o su contenido, al instante te convertirás en una mole de piedra negra. Entrarás, pues, en la primera sala, y muy de prisa pasarás a la segunda, desde la cual, sin detenerte un instante, penetrarás en la tercera, donde verás una puerta claveteada, parecida a la de entrada, que al punto se abrirá ante ti. Y la franquearás, y te encontrarás de pronto en un jardín magnífico plantado de árboles agobiados por el peso de sus frutas. ¡Pero no te detengas allí tampoco! Lo atravesarás caminando adelante todo derecho, y llegarás a una escalera de columnas con treinta peldaños, por los que subirás a una terraza. Cuando estés en esta terraza, oh Aladino, ten cuidado, porque enfrente de ti verás una especie de hornacina al aire libre; y en esta hornacina, sobre un pedestal de bronce, encontrarás una lamparita de cobre. Y estará encendida esta lámpara. ¡Ahora, fíjate bien, Aladino! ¡Cogerás esta lámpara, la apagarás, verterás en el suelo el aceite y te la esconderás en el pecho en seguida! Y no temas mancharte el traje, porque el aceite que viertas no será aceite, sino otro líquido que no deja huella alguna en las ropas. ¡Y volverás a mí por el mismo camino que hayas seguido! Y al regreso, si te parece, podrás detenerte un poco en el jardín, y coger de este jardín tantas frutas como quieras. Y una vez que te hayas reunido conmigo, me entregarás la lámpara, fin y motivo de nuestro viaje y origen de nuestra riqueza y de nuestra gloria en el porvenir, oh hijo mío!"

Cuando el magrebí hubo hablado así, se quitó un anillo que llevaba en el dedo y se lo puso a Aladino en el pulgar, diciéndole: "Este anillo, hijo mío, te pondrá a salvo de todos los peligros y te preservará de todo mal. ¡Reanima, pues, tu alma, y llena de valor tu pecho, porque ya no eres un niño, sino un hombre! ¡Y con ayuda de Alá, te saldrá bien todo!

¡Y disfrutaremos de riqueza y de honores durante toda la vida, y gracias a la lámpara!" Luego añadió: "¡Pero te encarezco una vez más, Aladino, que tengas cuidado de recogerte mucho el traje y de ceñírtelo cuanto puedas, porque de no hacerlo así, estás perdido y contigo el tesoro!"

Luego le besó, y acariciándole varias veces en las mejillas, le dijo: "¡Vete tranquilo!"

Entonces, en extremo animado, Aladino bajó corriendo por los escalones de mármol, y alzándose el traje hasta más arriba de la cintura, y ciñéndoselo bien, franqueó la puerta de cobre, cuyas hojas se abrieron por sí solas al acercarse a él. Y sin olvidar ninguna de las recomendaciones del magrebí, atravesó con mil precauciones la primera, la segunda y la tercera salas, evitando las calderas llenas de oro; llegó a la última puerta, la franqueó, cruzó el jardín sin detenerse, subió los treinta peldaños de la escalera de columnas, se remontó a la terraza y se encaminó directamente a la hornacina que había frente a él. Y en el pedestal de bronce vio la lámpara encendida y tendió la mano y la cogió. Y vertió en el suelo el contenido, y al ver que inmediatamente quedaba seco el depósito, se la ocultó en el pecho en seguida, sin temor a mancharse el traje. Y bajó de la terraza y llegó de nuevo al jardín.

Libre entonces de su preocupación, se detuvo un instante en el último peldaño de la escalera para mirar el jardín. Y se puso a contemplar aquellos árboles, cuyas frutas no había tenido tiempo de ver a la llegada. Y observó que los árboles de aquel jardín, en efecto, estaban agobiados bajo el peso de sus frutas, que eran extraordinarias de forma, de tamaño y de color. Y notó que, al contrario de lo que ocurre con los árboles de los huertos, cada rama de aquellos árboles tenía frutas de diferentes colores. Las había blancas, de un blanco transparente como el cristal, o de un blanco turbio como el alcanfor, o de un blanco opaco como la cera virgen. Y las había rojas, de un rojo como los granos de la granada o de un rojo como la naranja sanguínea. Y las había verdes, de un verde oscuro y de un verde suave; y había otras que eran azules y violetas y amarillas; y otras que ostentaban colores y matices de una variedad infinita. ¡Y el pobre Aladino no sabía que las frutas blancas eran diamantes, perlas, nácar y piedras lunares; que las frutas rojas eran rubíes, carbunclos, jacintos, coral y cornalinas; que las verdes eran esmeraldas, berilos, jade, prasios y aguamarinas; que las azules eran zafiros, turquesas, lapislázuli y lazulitas; que las violetas eran amatistas, jaspes y sardónicas; que las amarillas eran topacios, ámbar y ágatas; y que las demás, de colores desconocidos, eran ópalos, venturinas, crisólitos, cimófanos, hematitas, turmalinas, peridotos, azabaches y crisopacios! Y caía el sol a plomo sobre el jardín. Y los árboles despedían llamas de todas sus frutas, sin consumirse.

Entonces, en el límite del placer, se acercó Aladino a uno de aquellos árboles y quiso coger algunas frutas para comérselas. Y observó que no se les podía meter el diente, y que no se asemejaban más que por su forma a las naranjas, a los higos, a los plátanos, a las uvas, a las sandías, a las manzanas y a todas las demás frutas excelentes de la China. Y se quedó muy desilusionado al tocarlas; y no las encontró nada de su gusto. Y creyó que solo eran bolas de vidrio coloreado, pues en su vida había tenido ocasión de ver piedras preciosas. Sin embargo, a pesar de su desencanto, se decidió a coger algunas para regalárselas a los niños que fueron antiguos compañeros suyos, y también a su pobre madre. Y cogió varias de cada color, llenándose con ellas el cinturón, los bolsillos y el forro de la ropa, guardándoselas asimismo entre el traje y la camisa y entre la camisa y la piel; y se metió tal cantidad de aquellas frutas, que parecía un asno cargado a un lado y a otro. Y agobiado por todo aquello, se alzó cuidadosamente el traje, ciñéndoselo mucho a la cintura, y lleno de prudencia y de precaución atravesó con ligereza las tres salas de calderas y ganó la escalera de la cueva, a la entrada de la cual le esperaba ansiosamente el magrebí.

Y he aquí que, en cuanto Aladino franqueó la puerta de cobre y subió el primer peldaño de la escalera, el magrebí, que se hallaba encima de la abertura, junto a la entrada de la cueva, no tuvo paciencia para esperar a que subiera todos los escalones y saliera de la cueva por completo, y le dijo: "Bueno, Aladino, ¿dónde está la lámpara?" Y Aladino contestó: "¡La tengo en el pecho!" El otro dijo: "¡Sácala ya y dámela!" Pero Aladino le dijo: "¿Cómo quieres que te la dé tan pronto, oh tío mío, si está entre todas las bolas de vidrio con que me he llenado la ropa por todas partes? ¡Déjame antes subir esta escalera, y ayúdame a salir del agujero; y entonces descargaré todas estas bolas en lugar seguro, y no sobre estos peldaños, por los que rodarían y se romperían! ¡Y así podré sacarme del pecho la lámpara y dártela cuando esté libre de este estorbo insoportable! ¡Por cierto que se me ha escurrido hacia la espalda y me lastima violentamente la piel, por lo que bien quisiera verme librado de ella!" Pero el magrebí, furioso por la resistencia que hacía Aladino y persuadido de que Aladino solo ponía estas dificultades porque quería guardarse para él la lámpara, le gritó con una voz espantosa como la de un demonio: "¡Oh hijo de perro! ¿Quieres darme la lámpara en seguida, o morir!" Y Aladino, que no sabía a qué atribuir este cambio de modales de su tío, y aterrado al verlo en tal estado de furor, y temiendo recibir otra bofetada más violenta que la primera, se dijo: "¡Por Alá, que más vale resguardarse!" Y volvió la espalda, y recogiéndose el traje, entró prudentemente en el subterráneo.

Al ver aquello, el magrebí lanzó un grito de rabia, y en el límite del furor, pataleó y se convulsionó, arrancándose las barbas de desesperación por la imposibilidad en que se hallaba de correr tras de Aladino a la cueva vedada por los poderes mágicos. Y exclamó: "¡Ah, maldito Aladino! ¡Vas a ser castigado como mereces!" Y corrió hacia la hoguera, que no se había apagado todavía, y echó en ella un poco del polvo de incienso que llevaba consigo murmurando una fórmula mágica. Y al punto la losa de mármol que servía para tapar la entrada de la cueva se cerró por sí sola y volvió a su sitio primitivo, cubriendo herméticamente el agujero de la escalera; y tembló la tierra y se cerró de nuevo; y el suelo quedó tan liso como antes de abrirse. Y Aladino se encontró de tal suerte encerrado en el subterráneo.

Porque como ya se ha dicho, el magrebí era un mago insigne venido del fondo del Magreb, y no un tío ni un pariente cercano o lejano de Aladino. Y había nacido verdaderamente en África, que es el país y el semillero de los magos y hechiceros de peor calidad...

En ese momento de su narración, Schahrazada vio aparecer la mañana, y guardó silencio discretamente.

PERO CUANDO LLEGÓ LA NOCHE 740...

Ella dijo:

... Y había nacido verdaderamente en África, que es el país y el semillero de los magos y hechiceros de la peor calidad. Y desde su juventud se había dedicado con tesón al estudio de la hechicería y de los hechizos, y al arte de la geomancia, de la alquimia, de la astrología, de las fumigaciones y de los encantamientos. Y al cabo de treinta años de operaciones mágicas, por virtud de su hechicería, logró descubrir que en un paraje desconocido de la tierra había una lámpara extraordinariamente mágica que tenía el don de hacer más poderoso que todos los reyes y sultanes al hombre que tuviese la suerte de ser su poseedor. Entonces hubo de redoblar sus fumigaciones y hechicería, y con una última operación geomántica logró enterarse de que la lámpara consabida se hallaba en un subterráneo situado en las inmediaciones de la ciudad de Kolo-ka-tsé, en el país de China. (Y aquel paraje era precisamente el que acabamos de ver con todos sus detalles.) Y el mago se puso en camino sin tardanza, y después de un largo viaje había llegado a Kolo-ka-tsé, donde se dedicó a explorar los alrededores y acabó por delimitar exactamente la situación del subterráneo que la contenía. Y por su mesa adivinatoria se enteró de que el tesoro y la lámpara mágica estaban inscritos, por los poderes subterráneos, a nombre de Aladino, hijo de

Mustafá el sastre, y de que solo él podría hacer abrirse el subterráneo y llevarse la lámpara, pues cualquier otro perdería la vida infaliblemente si intentaba la menor empresa encaminada a ello. Y por eso se puso en busca de Aladino, y cuando lo encontró, hubo de utilizar toda clase de estratagemas y engaños para atraérselo y conducirlo a aquel paraje desierto, sin despertar sus sospechas ni las de su madre. Y cuando Aladino salió con bien de la empresa, le había reclamado tan presurosamente la lámpara porque quería engañarlo y emparedarlo para siempre en el subterráneo. ¡Pero ya hemos visto cómo Aladino, por miedo a recibir una bofetada, se había refugiado en el interior de la cueva, donde no podía penetrar el mago, y cómo el mago, con objeto de vengarse, lo había encerrado allí dentro contra su voluntad para que muriese de hambre y de sed!

Realizada aquella acción, el mago, convulso y echando espuma, se fue por su camino, probablemente a África, su país. ¡Y he aquí lo referente a él! Pero seguramente volveremos a encontrarlo.

¡He aquí ahora lo que atañe a Aladino!

No bien entró otra vez en el subterráneo, oyó el temblor de tierra producido por la magia del magrebí, y aterrado, temió que la bóveda se desplomara sobre su cabeza, y se apresuró a ganar la salida. Pero al llegar a la escalera, vio que la pesada losa de mármol tapaba la abertura; y llegó al límite de la emoción y del pasmo. Porque, por una parte, no podía concebir la maldad del hombre a quien creía tío suyo y que le había acariciado y mimado, y por otra parte, no había para qué pensar en levantar la losa de mármol, pues le era imposible hacerlo desde abajo. En estas condiciones, el desesperado Aladino empezó a dar muchos gritos, llamando a su tío y prometiéndole, con toda clase de juramentos, que estaba dispuesto a darle enseguida la lámpara. Pero claro es que sus gritos y sollozos no fueron oídos por el mago, que ya se encontraba lejos. Y al ver que su tío no le contestaba, Aladino empezó a abrigar algunas dudas con respecto a él, sobre todo al acordarse de que le había llamado hijo de perro, gravísima injuria que jamás dirigiría un verdadero tío al hijo de su hermano. De todos modos, resolvió entonces ir al jardín, donde había luz, y buscar una salida por donde escapar de aquellos lugares tenebrosos. Pero al llegar a la puerta que daba al jardín observó que estaba cerrada y que no se abría ante él entonces. Enloquecido ya, corrió de nuevo a la puerta de la cueva y se echó llorando en los peldaños de la escalera. Y ya se veía enterrado vivo entre las cuatro paredes de aquella cueva, llena de negrura y de horror, a pesar de todo el oro que contenía. Y sollozó durante mucho tiempo, sumido en su dolor. Y por primera vez en su vida dio en pensar en todas las bondades de su pobre madre y en su abnegación infatigable, no obstante la mala conducta y la ingratitud de él. Y la muerte en aquella cueva hubo de parecerle más amarga, por no haber podido alegrar en vida el corazón de su madre mejorando algo su carácter y demostrándole de alguna manera su agradecimiento. Y suspiró mucho al asaltarle este pensamiento, y empezó a retorcerse los brazos y a restregarse las manos, como generalmente hacen los que están desesperados, diciendo, a modo de renuncia a la vida: "¡No hay recurso ni poder más que en Alá!" Y he aquí que, con aquel movimiento, Aladino frotó sin querer el anillo que llevaba en el pulgar y que le había prestado el mago para preservarlo de los peligros del subterráneo. Y no sabía aquel maldito magrebí que el tal anillo había de salvar precisamente la vida de Aladino, pues de saberlo, no se lo hubiera confiado desde luego, o se hubiera apresurado a quitárselo, o incluso no hubiera cerrado el subterráneo mientras el otro no se lo devolviese. Pero todos los magos son, por esencia, semejantes a aquel magrebí, hermano suyo: a pesar del poder de su hechicería y de su ciencia maldita, no saben prever las consecuencias de las acciones más sencillas, y jamás piensan en precaverse de los peligros más vulgares. ¡Porque con su orgullo y su confianza en sí mismos, nunca recurren al Señor de las criaturas, y su espíritu permanece constantemente oscurecido por una humareda más espesa que la de sus fumigaciones, y tienen los ojos tapados por una venda, y van a tientas por las tinieblas!

Y he aquí que, cuando el desesperado Aladino frotó, sin querer, el anillo que llevaba en el pulgar y cuya virtud ignoraba, vio surgir de pronto ante él, como si brotara de la tierra, un inmenso y gigantesco efrit, semejante a un negro embetunado, con una cabeza como un caldero, y un rostro espantoso, y unos ojos rojos, enormes y llameantes, el cual se inclinó ante él, y con una voz tan retumbante como el rugido del trueno, le dijo: "¡Aquí tienes entre tus manos a tu esclavo! ¿Qué quieres? Habla. ¡Soy el servidor del anillo en la tierra, en el aire y en el agua!"

Al ver aquello, Aladino, que no era valeroso, quedó muy aterrado; y en cualquier otro sitio o en cualquier otra circunstancia hubiera caído desmayado o hubiera procurado escapar. Pero en aquella cueva, donde ya se creía muerto de hambre y de sed, la intervención de aquel espantoso efrit le pareció un gran socorro, sobre todo cuando oyó la pregunta que le hacía. Y al fin pudo mover la lengua y contestar: "¡Oh gran jeque de los efrits del aire, de la tierra y del agua, sácame de esta cueva!"

Apenas había él pronunciado estas palabras, se conmovió y se abrió la tierra por encima de su cabeza, y en un abrir y cerrar de ojos se sintió transportado fuera de la cueva, en el mismo paraje donde encendió la hoguera el magrebí. En cuanto al efrit, había desaparecido.

Entonces, todavía todo tembloroso de emoción, pero muy contento por verse de nuevo al aire libre, Aladino dio gracias a Alá el Bienhechor, que le había librado de una muerte cierta y le había salvado de las emboscadas del magrebí. Y miró en torno suyo y vio a lo lejos la ciudad en medio de sus jardines. Y se apresuró a desandar el camino por donde le había conducido el mago, dirigiéndose al valle sin volver la cabeza atrás ni una sola vez. Y extenuado y falto de aliento, llegó ya muy de noche a la casa en que le esperaba su madre lamentándose, muy inquieta por su tardanza. Y corrió ella a abrirle, llegando a tiempo para acogerle en sus brazos, en los que cayó el joven desmayado, sin poder resistir más la emoción.

Cuando a fuerza de cuidados volvió Aladino de su desmayo, su madre le dio a beber de nuevo un poco de agua de rosas. Luego, muy preocupada, le preguntó qué le pasaba. Y contestó Aladino: "¡Oh madre mía, tengo mucha hambre! ¡Te ruego, pues, que me traigas algo de comer, porque no he probado nada desde esta mañana!" Y la madre de Aladino corrió a llevarle lo que había en la casa. Y Aladino se puso a comer con tanta prisa, que su madre le dijo, temiendo que se atragantara: "¡No te precipites, hijo mío, que se te va a reventar la garganta! ¡Y si es que comes tan deprisa para contarme cuanto antes lo que me tienes que contar, sabe que tenemos todo nuestro tiempo! ¡Desde el momento en que volví a verte estoy tranquila, pero Alá sabe cuál fue mi ansiedad cuando noté que avanzaba la noche sin que estuvieses de regreso!" Luego se interrumpió para decirle: "¡Ah, hijo mío! ¡Modérate, por favor, y coge trozos más pequeños!" Y Aladino, que había devorado en un momento todo lo que tenía delante, pidió de beber, y cogió el cantarillo de agua y se lo vació en la garganta sin respirar. Tras lo cual se sintió satisfecho, y dijo a su madre: "¡Al fin voy a poder contarte, oh madre mía, todo lo que me ocurrió con el hombre a quien tú creías mi tío, y que me ha hecho ver la muerte a dos dedos de mis ojos! ¡Ah! ¡Tú no sabes que ni por asomo era tío mío ni hermano de mi padre ese embustero que me hacía tantas caricias y me besaba tan tiernamente, ese maldito magrebí, ese hechicero, ese mentiroso, ese bribón, ese embaucador, ese enredador, ese perro, ese sucio, ese demonio que no tiene par entre los demonios sobre la faz de la tierra! ¡Alejado sea el Maligno!" Luego añadió: "¡Escucha, oh madre, lo que me ha hecho!" Y dijo todavía: "¡Ah! ¡Qué contento estoy de haberme librado de sus manos!" Luego se detuvo un momento, respiró con fuerza, y de repente, sin tomar ya más aliento, contó cuanto le había sucedido, desde el principio hasta el fin, incluso la bofetada, la injuria y lo demás, sin omitir un solo detalle. Pero no hay ninguna utilidad en repetirlo.

Y cuando hubo acabado su relato, se quitó el cinturón y dejó caer en el colchón que había en el suelo la maravillosa provisión de frutas transparentes y coloreadas que hubo de coger en el jardín. Y también cayó la lámpara en el montón, entre bolas de pedrería.

Y añadió él para terminar: "¡Esa es, oh madre, mi aventura con el mago maldito, y aquí tienes lo que me ha reportado mi viaje al subterráneo!" Y así diciendo, mostraba a su madre las bolas maravillosas, pero con un aire desdeñoso que significaba: "¡Ya no soy un niño para jugar con bolas de vidrio!"

Mientras estuvo hablando su hijo Aladino, la madre le escuchó, lanzando, en los pasajes más sorprendentes o más conmovedores del relato, exclamaciones de cólera contra el mago y de conmiseración por Aladino. Y no bien acabó él de contar tan extraña aventura, no pudo ella reprimirse más, y se desató en injurias contra el magrebí, motejándolo con todos los dicterios que para calificar la conducta del agresor puede encontrar la cólera de una madre que ha estado a punto de perder a su hijo. Y cuando se desahogó un poco, apretó contra su pecho a su hijo Aladino y le besó llorando, y dijo: "¡Demos gracias a Alá, oh hijo mío, que te ha sacado sano y salvo de manos de ese hechicero magrebí! ¡Ah, traidor, maldito! ¡Sin duda quiso tu muerte por poseer esa miserable lámpara de cobre que no vale medio dracma! ¡Cuánto le detesto! ¡Cuánto abomino de él! ¡Por fin te recobré, pobre niño mío, hijo mío Aladino! ¡Pero qué peligros no corriste por culpa mía, que debí adivinar, no obstante, en los ojos bizcos de ese magrebí, que no era tío tuyo ni nada allegado, sino un mago maldito y un descreído!"

Y así diciendo, la madre se sentó en el colchón con su hijo Aladino, y le estrechó contra ella y le besó y le meció dulcemente. Y Aladino, que no había dormido desde hacía tres días, preocupado por su aventura con el magrebí, no tardó en cerrar los ojos y en dormirse en las rodillas de su madre, halagado por el vaivén. Y le acostó ella en el colchón con mil precauciones, y no tardó en acostarse y en dormirse también junto a él.

Al día siguiente, al despertarse…

En ese momento de su narración, Schahrazada vio aparecer la mañana, y guardó silencio discretamente.

PERO CUANDO LLEGÓ LA NOCHE 742…

Ella dijo:

Al día siguiente, al despertarse, empezaron por besarse mucho, y Aladino dijo a su madre que su aventura le había corregido para siempre de la travesura y la haraganería, y que en lo sucesivo buscaría trabajo como un hombre. Luego, como aún tenía hambre, pidió el desayuno; y su madre le dijo: "¡Ay, hijo mío! Ayer por la noche te di todo lo que había en casa, y ya no tengo ni un pedazo de pan. ¡Pero ten un poco de paciencia y aguarda a que vaya a vender el poco de algodón que hube de hilar estos últimos días, y te compraré algo con el importe de la venta!" Pero contestó Aladino: "Deja el algodón para otra vez, oh madre, y coge hoy esta lámpara vieja que me traje del subterráneo, y ve a venderla al zoco de los mercaderes de cobre. ¡Y probablemente sacarás por ella algún dinero que nos permita pasar todo el día!" Y contestó la madre de Aladino: "¡Verdad dices, hijo mío! ¡Y mañana cogeré las bolas de vidrio que trajiste también de ese lugar maldito, e iré a venderlas en el barrio de los negros, que me las comprarán a más precio que los mercaderes de oficio!"

La madre de Aladino cogió, pues, la lámpara para ir a venderla, pero la encontró muy sucia, y dijo a Aladino: "¡Primero, hijo mío, voy a limpiar esta lámpara que está sucia, a fin de dejarla reluciente y sacar por ella el mayor precio posible!" Y fue a la cocina, se echó en la mano un poco de ceniza, que mezcló con agua, y se puso a limpiar la lámpara. Pero apenas había empezado a frotarla, cuando surgió de pronto ante ella, sin saberse de dónde había salido, un espantoso efrit, más feo indudablemente que el del subterráneo, y tan enorme que tocaba el techo con la cabeza. Y se inclinó ante ella y dijo con voz ensordecedora: "¡Aquí tienes entre tus manos a tu esclavo! ¿Qué quieres? Habla. ¡Soy el servidor de la lámpara en el aire por donde vuelo y en la tierra por donde me arrastro!"

Cuando la madre de Aladino vio esta aparición, que estaba tan lejos de esperarse, como no estaba acostumbrada a semejantes cosas, se quedó inmóvil de terror; y se le trabó la lengua, y se le abrió la boca; y loca de miedo y horror, no pudo soportar por más tiempo el tener a la vista una cara tan repulsiva y espantosa como aquella, y cayó desmayada.

Pero Aladino, que se hallaba también en la cocina, y que estaba ya un poco acostumbrado a caras de aquella clase, después de la que había visto en la cueva, quizá más fea y monstruosa, no se asustó tanto como su madre. Y comprendió que la causante de la aparición del efrit era aquella lámpara; y se apresuró a quitársela de las manos a su madre, que seguía desmayada; y la cogió con firmeza entre los diez dedos, y dijo al efrit: "¡Oh servidor de la lámpara! ¡Tengo mucha hambre, y deseo que me traigas cosas excelentes en extremo para que me las coma!" Y el genio desapareció al punto, pero para volver un instante después, llevando en la cabeza una gran bandeja de plata maciza, en la cual había doce platos de oro llenos de manjares olorosos y exquisitos al paladar y a la vista, con seis panes muy calientes y blancos como la nieve y dorados por en medio, dos frascos grandes de vino añejo, claro y excelente, y en las manos un taburete de ébano incrustado de nácar y de plata, y dos tazas de plata. Y puso la bandeja en el taburete, colocó con presteza lo que tenía que colocar y desapareció discretamente.

Entonces Aladino, al ver que su madre seguía desmayada, le echó en el rostro agua de rosas, y aquella frescura, complicada con las deliciosas emanaciones de los manjares humeantes, no dejó de reunir los espíritus dispersos y de hacer volver en sí a la pobre mujer. Y Aladino se apresuró a decirle: "¡Vamos, oh madre, eso no es nada! ¡Levántate y ven a comer! ¡Gracias a Alá, aquí hay con qué reponerte por completo el corazón y los sentidos y con qué aplacar nuestra hambre! ¡Por favor, no dejemos enfriar estos manjares excelentes!"

Cuando la madre de Aladino vio la bandeja de plata encima del hermoso taburete, los doce platos de oro con su contenido, los seis maravillosos panes, los dos frascos y las dos tazas, y cuando percibió su olfato el olor sublime que exhalaban todas aquellas cosas buenas, se olvidó de las circunstancias de su desmayo, y dijo a Aladino: "¡Oh hijo mío! ¡Alá proteja la vida de nuestro sultán! ¡Sin duda ha oído hablar de nuestra pobreza y nos ha enviado esta bandeja con uno de sus cocineros!" Pero Aladino contestó: "¡Oh madre mía! ¡No es ahora el momento oportuno para suposiciones y votos! Empecemos por comer, y ya te contaré después lo que ha ocurrido."

Entonces la madre de Aladino fue a sentarse junto a él, abriendo unos ojos llenos de asombro y de admiración ante novedades tan maravillosas; y se pusieron ambos a comer con gran apetito. Y experimentaron con ello tanto gusto, que estuvieron mucho rato en torno a la bandeja, sin cansarse de probar manjares tan bien condimentados, de modo y manera que acabaron por juntar la comida de la mañana con la de la noche. Y cuando terminaron por fin, reservaron para el día siguiente los restos de la comida. Y la madre de Aladino fue a guardar en el armario de la cocina los platos y su contenido, volviendo en seguida al lado de Aladino para escuchar lo que tenía él que contarle acerca de aquel generoso obsequio. Y Aladino le reveló entonces lo que había pasado, y cómo el genio servidor de la lámpara hubo de ejecutar la orden sin vacilación.

Entonces la madre de Aladino, que había escuchado el relato de su hijo con un espanto creciente, fue presa de gran agitación y exclamó: "¡Ah, hijo mío! Por la leche con que nutrí tu infancia te conjuro a que arrojes lejos de ti esa lámpara mágica y te deshagas de ese anillo, don de los malditos efrits, pues no podré soportar por segunda vez la vista de caras tan feas y espantosas, y me moriré a consecuencia de ello sin duda. Por cierto que me parece que estos manjares que acabo de comer se me suben a la garganta y van a ahogarme. Y además, nuestro profeta

Mahomed —¡bendito sea!— nos recomendó mucho que tuviéramos cuidado con los genios y los efrits, y no buscáramos su trato nunca!" Aladino contestó: "¡Tus palabras, madre mía, están por encima de mi cabeza y de mis ojos! ¡Pero, realmente, no puedo deshacerme de la lámpara ni del anillo! Porque el anillo me fue de suma utilidad al salvarme de una muerte segura en la cueva, y tú misma acabas de ser testigo del servicio que nos ha prestado esta lámpara, la cual es tan preciosa, que el maldito magrebí no vaciló en venir a buscarla desde tan lejos. ¡Sin embargo, madre mía, para darte gusto y por consideración a ti, voy a ocultar la lámpara, a fin de que su vista no te hiera los ojos y sea para ti motivo de temor en el porvenir!" Y contestó la madre de Aladino: "¡Haz lo que quieras, hijo mío. ¡Pero, por mi parte, declaro que no quiero tener que ver nada con los efrits, ni con el servidor del anillo, ni con el de la lámpara! ¡Y deseo que no me hables más de ellos, suceda lo que suceda!"

Al otro día, cuando se terminaron las excelentes provisiones, Aladino, sin querer recurrir tan pronto a la lámpara, para evitar a su madre disgustos, cogió uno de los platos de oro, se lo escondió en la ropa y salió con intención de venderlo en el zoco e invertir el dinero de la venta en proporcionarse las provisiones necesarias para la casa. Y fue a la tienda de un judío, que era más astuto que el Cheitán. Y sacó de su ropa el plato de oro y se lo entregó al judío, que lo cogió, lo examinó, lo raspó, y preguntó a Aladino con aire distraído: "¿Cuánto pides por esto?" Y Aladino, que en su vida había visto platos de oro y estaba lejos de saber el valor de semejantes mercancías, contestó: "¡Por Alá, oh mi señor! Tú sabrás mejor que yo lo que puede valer ese plato; y yo me fío en tu tasación y en tu buena fe." Y el judío, que había visto bien que el plato era del oro más puro, se dijo: "He ahí un mozo que ignora el precio de lo que posee. ¡Vaya excelente provecho que me proporciona hoy la bendición de Abraham!" Y abrió un cajón, disimulado en el muro de la tienda, y sacó de él una sola moneda de oro, que ofreció a Aladino, y que no representaba ni la milésima parte del valor del plato, y le dijo: "¡Toma, hijo mío, por tu plato! ¡Por Moisés y Aarón, que nunca hubiera ofrecido semejante suma a otro que no fueras tú; pero lo hago solo por tenerte por cliente en lo sucesivo!" Y Aladino cogió a toda prisa el dinar de oro, y sin pensar siquiera en regatear, echó a correr muy contento. Y al ver la alegría de Aladino y su prisa por marcharse, el judío sintió mucho no haberle ofrecido una cantidad más inferior todavía, y estuvo a punto de echar a correr detrás de él para rebajar algo de la moneda de oro; pero renunció a su proyecto al ver que no podía alcanzarlo.

En cuanto a Aladino, corrió sin pérdida de tiempo a casa del panadero, le compró pan, cambió el dinar de oro y volvió a su casa para dar a su madre el pan y el dinero, diciéndole: "¡Madre mía, ve ahora a comprar con este dinero las provisiones necesarias, porque yo no entiendo de esas cosas!" Y la madre se levantó y fue al zoco a comprar todo lo que necesitaban. Y aquel día comieron y se saciaron. Y desde entonces, en cuanto les faltaba dinero, Aladino iba al zoco a vender un plato de oro al mismo judío, que siempre le entregaba un dinar, sin atreverse a darle menos después de haberle dado esa suma la primera vez y temeroso de que fuera a ofrecer su mercancía a otros judíos, que se aprovecharían con ello, en lugar suyo, del inmenso beneficio que suponía el tal negocio. Así es que Aladino, que continuaba ignorando el valor de lo que poseía, le vendió de tal suerte los doce platos de oro. Y entonces pensó en llevarle la gran bandeja de plata maciza; pero como le pesaba mucho, fue a buscar al judío, que se presentó en la casa, examinó la bandeja preciosa, y dijo a Aladino: "¡Esto vale dos monedas de oro!" Y Aladino, encantado, consintió en vendérsela, y tomó el dinero, que no quiso darle el judío más que con las dos tazas de plata como propina.

De esta manera tuvieron aún para mantenerse durante unos días Aladino y su madre. Y Aladino continuó yendo a los zocos a hablar formalmente con los mercaderes y las personas distinguidas; porque desde su vuelta había tenido cuidado de abstenerse del trato de sus antiguos camaradas, los niños del barrio; y a la sazón procuraba instruirse escuchando las conversaciones de las personas mayores; y como estaba lleno de sagacidad, en poco tiempo adquirió toda clase de nociones preciosas que muy escasos jóvenes de su edad serían capaces de adquirir.

Entre tanto, de nuevo hubo de faltar dinero en la casa, y como no podía obrar de otro modo, a pesar de todo el terror que inspiraba a su madre, Aladino se vio obligado a recurrir a la lámpara mágica. Pero advertida del proyecto de Aladino, la madre se apresuró a salir de la casa, sin poder soportar encontrarse allí en el momento de la aparición del efrit. Y libre entonces de obrar a su antojo, Aladino cogió la lámpara con la mano, y buscó el sitio que había que tocar precisamente, y que se conocía por la impresión dejada con la ceniza en la primera limpieza; y la frotó despacio y muy suavemente. Y al punto apareció el genio, que se inclinó, y con voz muy tenue, a causa precisamente de la suavidad del frotamiento, dijo a Aladino: "¡Aquí tienes entre tus manos a tu esclavo! ¿Qué quieres? Habla. ¡Soy el servidor de la lámpara en el aire por donde vuelo y en la tierra por donde me arrastro!" Y Aladino se apresuró a contestar: "¡Oh servidor de la lámpara! ¡Tengo mucha hambre, y deseo una bandeja de manjares en un todo semejante a la que me trajiste la primera vez!" Y el genio desapareció, pero para reaparecer, en menos de un abrir y cerrar de ojos, cargado con la bandeja consabida, que puso en el taburete; y se retiró sin saberse por dónde.

Poco tiempo después volvió la madre de Aladino; y vio la bandeja con su aroma y su contenido tan encantador; y no se maravilló menos que la primera vez. Y se sentó al lado de su hijo, y probó los manjares, encontrándolos más exquisitos todavía que los de la primera bandeja. Y a pesar del terror que le inspiraba el genio servidor de la lámpara, comió con mucho apetito; y ni ella ni Aladino pudieron separarse de la bandeja hasta que se hartaron completamente; pero como aquellos manjares excitaban el apetito conforme se iba comiendo, no se levantó ella hasta el anochecer, juntando así la comida de la mañana con la de mediodía y con la de la noche. Y Aladino hizo lo propio.

Cuando se terminaron las provisiones de la bandeja, como la vez primera…

En ese momento de su narración, Schahrazada vio aparecer la mañana, y se calló discretamente.

PERO CUANDO LLEGÓ LA NOCHE 744…

Ella dijo:

… Cuando se terminaron las provisiones de la bandeja, como la vez primera, Aladino no dejó de coger uno de los platos de oro e ir al zoco, según tenía por costumbre, para vendérselo al judío, lo mismo que había hecho con los otros platos. Y cuando pasaba por delante de la tienda de un venerable jeque musulmán, que era un orfebre muy estimado por su probidad y buena fe, oyó que le llamaban por su nombre y se detuvo. Y el venerable orfebre le hizo señas con la mano y le invitó a entrar un momento en la tienda. Y le dijo: "Hijo mío, he tenido ocasión de verte pasar por el zoco bastantes veces, y he notado que llevabas siempre entre la ropa algo que querías ocultar, y entrabas en la tienda de mi vecino el judío para salir luego sin el objeto que ocultabas. ¡Pero tengo que advertirte de una cosa que acaso ignores, a causa de tu tierna edad! Has de saber, en efecto, que los judíos son enemigos natos de los musulmanes; y creen que es lícito despojarnos de nuestros bienes por todos los medios posibles. ¡Y entre todos los judíos, precisamente ese es el más detestable, el más listo, el más embaucador y el más lleno de odio contra nosotros, los que creemos en Alá el Único! ¡Así, pues, si tienes que vender alguna cosa, oh hijo mío, empieza por enseñármela, y por la verdad de Alá el Altísimo te juro que la tasaré en su justo valor, a fin de que al cederla sepas exactamente lo que haces! Enséñame, pues, sin temor ni desconfianza, lo que ocultas en tu traje, ¡y Alá maldiga a los embaucadores y confunda al Maligno! ¡Alejado sea por siempre!"

Al oír estas palabras del viejo orfebre, Aladino, confiado, no dejó de sacar de debajo de su traje el plato de oro y mostrárselo. Y el jeque calculó al primer golpe de vista el valor del objeto y preguntó a Aladino: "¿Puedes decirme ahora, hijo mío, cuántos platos de esta clase vendiste al judío y el precio a que se los cediste?" Y Aladino contestó: "¡Por Alá, oh tío mío! Ya le he dado doce platos como este a un dinar cada uno." Y al oír estas palabras, el viejo orfebre llegó al límite de la indignación, y exclamó: "¡Ah maldito judío, hijo de perro, descendencia de Eblis!" Y al propio tiempo puso el plato en la balanza, lo pesó; y dijo: "¡Has de saber, hijo mío, que este plato es del oro más fino y que no vale un dinar, sino doscientos dinares exactamente! ¡Es decir, que el judío te ha robado a ti solo tanto como roban en un día, con perjuicio de los musulmanes, todos los judíos del zoco reunidos!" Luego añadió: "¡Ay, hijo mío! ¡Lo pasado, pasado está, y como no hay testigos, no podemos hacer empalar a ese judío maldito! ¡De todos modos, ya sabes a qué atenerte en lo sucesivo! Y si quieres, al momento voy a contarte doscientos dinares por tu plato. ¡Prefiero, sin embargo, que antes de vendérmelo vayas a proponerlo y a que te lo tasen otros mercaderes; y si te ofrecen más, consiento en pagarte la diferencia y algo más de sobreprecio!" Pero Aladino, que no tenía ningún motivo para dudar de la reconocida probidad del viejo orfebre, se dio por muy contento con cederle el plato a tan buen precio. Y tomó los doscientos dinares. Y en lo sucesivo no dejó de dirigirse al mismo honrado orfebre musulmán para venderle los otros once platos y la bandeja.

Y he aquí que, enriquecidos de aquel modo, Aladino y su madre no abusaron de los beneficios del Retribuidor. Y continuaron llevando una vida modesta, distribuyendo a los pobres y a los menesterosos lo que sobraba a sus necesidades. Y entre tanto, Aladino no perdonó ocasión de seguir instruyéndose y afinando su ingenio con el trato de las gentes del zoco, de los mercaderes distinguidos y de las personas de buen tono que frecuentaban los zocos. Y así aprendió en poco tiempo las maneras del gran mundo, y mantuvo relaciones sostenidas con los orfebres y joyeros, de quienes se convirtió en huésped asiduo. ¡Y habituándose entonces a ver joyas y pedrerías, se enteró de que las frutas que se había llevado de aquel jardín y que se imaginaba serían bolas de vidrio coloreado, eran maravillas inestimables que no tenían igual en casa de los reyes y sultanes más poderosos y más ricos! Y como se había vuelto muy prudente y muy inteligente, tuvo la precaución de no hablar de ello a nadie, ni siquiera a su madre. Pero en vez de dejar las frutas de pedrería tiradas debajo de los cojines del diván y por todos los rincones, las recogió con mucho cuidado y las guardó en un cofre que compró a propósito. Y he aquí que pronto habría de experimentar los efectos de su prudencia de la manera más brillante y más espléndida.

En efecto, un día entre los días, charlando él a la puerta de una tienda con algunos mercaderes amigos suyos, vio cruzar los zocos a dos pregoneros del sultán, armados de largas pértigas, y les oyó gritar al unísono en alta voz: "¡Oh vosotros todos, mercaderes y habitantes! ¡De orden de nuestro amo magnánimo, el rey del tiempo y el señor de los siglos y de los momentos, sabed que tenéis que cerrar vuestras tiendas al instante y encerraros en vuestras casas, con todas las puertas cerradas por fuera y por dentro! ¡Porque va a pasar para ir a tomar su baño en el hammam la perla única, la maravillosa, la bienhechora, nuestra joven ama Badrú'l-Budur; luna llena de las lunas llenas, hija de nuestro glorioso sultán! ¡Séale el baño delicioso! ¡En cuanto a los que se atrevan a infringir la orden y a mirar por puertas o ventanas, serán castigados con el alfanje, el palo o el patíbulo! ¡Sirva, pues, de aviso a quienes quieran conservar su sangre en su cuello!"

Al oír este pregón público, Aladino se sintió poseído de un deseo irresistible de ver pasar a la hija del sultán, a aquella maravillosa Badrú'l-Budur, de quien se hablaba en toda la ciudad y cuya belleza de luna y perfecciones eran muy elogiadas. Así es que, en vez de hacer como todo el mundo y correr a encerrarse en su casa, se le ocurrió ir a toda prisa al hammam y esconderse detrás de la puerta principal para poder, sin ser visto, mirar a través de las junturas y admirar a su gusto a la hija del sultán cuando entrara en el hammam.

Y he aquí que a los pocos instantes de situarse en aquel lugar vio llegar el cortejo de la princesa, precedido por la muchedumbre de eunucos. Y la vio a ella misma en medio de sus mujeres, cual la luna en medio de las estrellas, cubierta con sus velos de seda. Pero en cuanto llegó al umbral del hammam se apresuró a descubrirse el rostro; y apareció con todo el resplandor solar de una belleza que superaba a cuanto pudiera decirse. Porque era una joven de quince años, más bien menos que más, derecha como la letra alef, con una cintura que desafiaba a la rama tierna del árbol ban, con una frente deslumbradora, como el cuarto creciente de la luna en el mes de Ramadan, con cejas rectas y perfectamente trazadas, con ojos negros, grandes y lánguidos, como los ojos de la gacela sedienta, con párpados modestamente bajos y semejantes a pétalos de rosa, con una nariz impecable como labor selecta, una boca minúscula con dos labios encarnados, una tez de blancura lavada en el agua de la fuente Salsabil, un mentón sonriente, dientes como granizos, de igual tamaño, un cuello de tórtola, y lo demás, que no se veía, por el estilo. Y de ella es de quien ha dicho el poeta:

¡Sus ojos magos, avivados con kohl negro, traspasan los corazones con sus flechas aceradas!
¡A las rosas de sus mejillas roban los colores las rosas de los ramos!
¡Y su cabellera es una noche tenebrosa iluminada por la irradiación de su frente!

Cuando la princesa llegó a la puerta del hammam, como no temía las miradas indiscretas, se levantó el velillo del rostro, y apareció así en toda su belleza. Y Aladino la vio, y en el momento sintió bullirle la sangre en la cabeza tres veces más deprisa que antes. Y solo entonces se dio cuenta él, que jamás tuvo ocasión de ver al descubierto rostros de mujer, de que podía haber mujeres hermosas y mujeres feas y de que no todas eran viejas y semejantes a su madre. Y aquel descubrimiento, unido a la belleza incomparable de la princesa, le dejó estupefacto y le inmovilizó en un éxtasis detrás de la puerta. Y ya hacía mucho tiempo que había entrado la princesa en el hammam, mientras él permanecía aún allí asombrado y todo tembloroso de emoción. Y cuando pudo recobrar un poco el sentido, se decidió a escabullirse de su escondite y a regresar a su casa, ¡pero en qué estado de mudanza y turbación! Y pensaba: "¡Por Alá! ¿Quién hubiera podido imaginar jamás que sobre la tierra hubiese una criatura tan hermosa? ¡Bendita sea la que la ha formado y la ha dotado de perfección!" Y, asaltado por un cúmulo de pensamientos, entró en casa de su madre, y con la espalda quebrantada de emoción y el corazón arrebatado de amor por completo, se dejó caer en el diván, y estuvo sin moverse.

Y he aquí que su madre no tardó en verle en aquel estado tan extraordinario, y se acercó a él y le preguntó con ansiedad qué le pasaba. Pero él se negó a dar la menor respuesta. Entonces le llevó ella la bandeja de los manjares para que almorzase; pero él no quiso comer. Y le preguntó ella: "¿Qué tienes, oh hijo mío? ¿Te duele algo? ¡Dime qué te ha ocurrido!" Y acabó él por contestar: "¡Déjame!" Y ella insistió para que comiese, y hubo de instarle de tal manera, que consintió él en tocar los manjares, pero comió infinitamente menos que de ordinario; y tenía los ojos bajos, y guardaba silencio, sin querer contestar a las preguntas inquietas de su madre. Y estuvo en aquel estado de somnolencia, de palidez y de abatimiento hasta el día siguiente.

Entonces la madre de Aladino, en el límite de la ansiedad, se acercó a él, con lágrimas en los ojos, y le dijo: "¡Oh hijo mío! ¡Por Alá sobre ti, dime lo que te pasa y no me tortures más el corazón con tu silencio! ¡Si tienes alguna enfermedad, no me la ocultes, y en seguida iré a buscar al médico! Precisamente está hoy de paso en nuestra ciudad un médico famoso del país de los árabes, a quien ha hecho venir expresamente nuestro sultán para consultarle. ¡Y no se habla de otra cosa que de su ciencia y de sus remedios maravillosos! ¿Quieres que vaya a buscarle…”

En ese momento de su narración, Schahrazada vio aparecer la mañana, y guardó silencio discretamente.

PERO CUANDO LLEGÓ LA NOCHE 746…

Ella dijo:

“… ¡Y no se habla de otra cosa que de su ciencia y de sus remedios maravillosos! ¿Quieres que vaya a buscarle?” Entonces Aladino levantó la cabeza, y con un tono de voz muy triste, contestó: “¡Sabe, oh madre, que estoy bueno y no sufro de enfermedad! ¡Y si me ves en este estado de mudanza, es porque hasta el presente me imaginé que todas las mujeres se te parecían! ¡Y solo ayer hube de darme cuenta de que no era así!” Y la madre de Aladino alzó los brazos y exclamó: “¡Alejado sea el Maligno! ¿Qué estás diciendo, Aladino?” El joven contestó: “¡Estate tranquila, que sé bien lo que me digo! ¡Porque ayer vi entrar en el hammam a la princesa Badrú’l-Budur, hija del sultán, y su sola vista me reveló la existencia de la belleza! ¡Y ya no soy dueño de mí! ¡Y por eso no tendré reposo ni podré volver en mí mientras no la obtenga de su padre, el sultán, en matrimonio!”

Al oír estas palabras, la madre de Aladino pensó que su hijo había perdido el juicio, y le dijo: “¡El nombre de Alá sobre ti, hijo mío! ¡Vuelve a la razón! ¡Ah, pobre Aladino, piensa en tu condición y desecha esas locuras!” Aladino contestó: “¡Oh madre mía! No tengo para qué volver a la razón, pues no me cuento en el número de los locos. ¡Y tus palabras no me harán renunciar a mi idea de matrimonio con El Sett Badrú’l-Budur, la hermosa hija del sultán! ¡Y tengo más intención que nunca de pedírsela a su padre en matrimonio!” Ella dijo: “¡Oh hijo mío! ¡Por mi vida sobre ti, no pronuncies tales palabras, y ten cuidado de que no te oigan en la vecindad y transmitan tus palabras al sultán, que te haría ahorcar sin remisión! Y además, si de verdad tomaste una resolución tan loca, ¿crees que vas a encontrar quien se encargue de hacer esa petición?” El joven contestó: “¿Y a quién voy a encargar de una misión tan delicada estando tú aquí, oh madre? ¿Y en quién voy a tener más confianza que en ti? ¡Sí, ciertamente, tú serás quien vaya a hacer al sultán esa petición de matrimonio!” Ella exclamó: “¡Alá me preserve de llevar a cabo semejante empresa, oh hijo mío! ¡Yo no estoy, como tú, en el límite de la locura! ¡Ah! ¡Bien veo al presente que te olvidas de que eres hijo de uno de los sastres más pobres y más ignorados de la ciudad, y de que tampoco yo, tu madre, soy de familia más noble o más esclarecida! ¿Cómo, pues, te atreves a pensar en una princesa que su padre no concederá ni aun a los hijos de poderosos reyes y sultanes?" Y Aladino permaneció silencioso un momento; luego contestó: "Sabe, oh madre, que ya he pensado y reflexionado largamente en todo lo que acabas de decirme; pero eso no me impide tomar la resolución que te he explicado, ¡sino al contrario! ¡Te suplico, pues, que si verdaderamente soy tu hijo y me quieres, me prestes el servicio que te pido! ¡Si no, mi muerte será preferible a mi vida; y sin duda alguna me perderás muy pronto! ¡Por última vez, oh madre mía, no olvides que siempre seré tu hijo Aladino!"

Al oír estas palabras de su hijo, la madre de Aladino rompió en sollozos, y dijo lagrimosa: "¡Oh hijo mío! ¡Ciertamente, soy tu madre, y tú eres mi único hijo, el núcleo de mi corazón! ¡Y mi mayor anhelo siempre fue verte casado un día y regocijarme con tu dicha antes de morirme! ¡Así, pues, si quieres casarte, me apresuraré a buscarte mujer entre las gentes de nuestra condición! ¡Y aun así, no sabré qué contestarles cuando me pidan informes acerca de ti, del oficio que ejerces, de la ganancia que sacas y de los bienes y tierras que posees! ¡Y me azora mucho eso! Pero, ¿qué no será tratándose, no ya de ir a gentes de condición humilde, sino a pedir para ti al sultán de la China su hija única El Sett Badrú'l-Budur? ¡Vamos, hijo mío, reflexiona un instante con moderación! ¡Bien sé que nuestro sultán está lleno de benevolencia y que jamás despide a ningún súbdito suyo sin hacerle la justicia que necesita! ¡También sé que es generoso con exceso y que nunca rehúsa nada a quien ha merecido sus favores con alguna acción brillante, algún hecho de bravura o algún servicio grande o pequeño! Pero, ¿puedes decirme en qué has sobresalido tú hasta el presente, y qué títulos tienes para merecer ese favor incomparable que solicitas? Y además, ¿dónde están los regalos que, como solicitante de gracias, tienes que ofrecer al rey en calidad de homenaje de súbdito leal a su soberano?" El joven contestó: "¡Pues bien; si no se trata más que de hacer un buen regalo para obtener lo que anhela tanto mi alma, precisamente creo que ningún hombre sobre la tierra puede competir conmigo en ese terreno! Porque has de saber, oh madre, que esas frutas de todos colores que me traje del jardín subterráneo y que creía eran sencillamente bolas de vidrio sin valor alguno, y buenas, a lo más, para que jugasen los niños pequeños, son pedrerías inestimables como no las posee ningún sultán en la tierra. ¡Y vas a juzgar por ti misma, a pesar de tu poca experiencia en estas cosas! No tienes más que traerme de la cocina una fuente de porcelana en que quepan, y ya verás qué efecto tan maravilloso producen."

Y aunque muy sorprendida de cuanto oía, la madre de Aladino fue a la cocina a buscar una fuente grande de porcelana blanca muy limpia y se la entregó a su hijo. Y Aladino, que ya había sacado las frutas consabidas, se dedicó a colocarlas con mucho arte en la porcelana, combinando sus distintos colores, sus formas y sus variedades. Y cuando hubo acabado se las puso delante de los ojos de su madre, que quedó absolutamente deslumbrada, tanto a causa de su brillo como de su hermosura. Y a pesar de que no estaba muy acostumbrada a ver pedrerías, no pudo por menos de exclamar: "¡Ya Alá! ¡Qué admirable es esto!" Y hasta se vio precisada, al cabo de un momento, a cerrar los ojos. Y acabó por decir: "¡Bien veo al presente que agradará al sultán el regalo, sin duda! ¡Pero la dificultad no es esa, sino que está en el paso que voy a dar; porque me parece que no podré resistir la majestad de la presencia del sultán, y que me quedaré inmóvil, con la lengua turbada, y hasta quizá me desmaye de emoción y de confusión! Pero aun suponiendo que pueda forzarme a mí misma por satisfacer tu alma llena de ese deseo, y logre exponer al sultán tu petición concerniente a su hija Badrú'l-Budur, ¿qué va a ocurrir? Sí, ¿qué va a ocurrir? ¡Pues bien, hijo mío: creerán que estoy loca, y me echarán del palacio, o irritado por semejante pretensión, el sultán nos castigará a ambos de manera terrible! Si a pesar de todo crees lo contrario, y suponiendo que el sultán preste oídos a tu demanda, me interrogará luego acerca de tu estado y condición. Y me dirá: 'Sí, este regalo es muy hermoso, ¡oh mujer! ¿Pero quién eres? ¿Y quién es tu hijo Aladino? ¿Y qué hace? ¿Y quién es su padre? ¿Y con qué cuenta?' ¡Y entonces me veré obligada a decir que no ejerces ningún oficio y que tu padre no era más que un pobre sastre entre los sastres del zoco!" Pero Aladino contestó: "¡Oh madre, estate tranquila! ¡Es imposible que el sultán te haga semejantes preguntas cuando vea las maravillosas pedrerías colocadas a manera de frutas en la porcelana! No tengas, pues, miedo, y no te preocupes por lo que no va a pasar. ¡Levántate, por el contrario, y ve a ofrecerle el plato con su contenido y pídele para mí en matrimonio a su hija Badrú'l-Budur! ¡Y no agobies tu pensamiento con un asunto tan fácil y tan sencillo! ¡Tampoco olvides, además, si todavía abrigas dudas con respecto al éxito, que poseo una lámpara que suplirá para mí a todos los oficios y a todas las ganancias!"

Y continuó hablando a su madre con tanto calor y seguridad, que acabó por convencerla completamente. Y la apremió para que se pusiera sus mejores trajes; y le entregó la fuente de porcelana, que se apresuró ella a envolver en un pañuelo atado por las cuatro puntas, para llevarla así en la mano. Y salió de la casa y se encaminó al palacio del sultán. Y penetró en la sala de audiencias con la muchedumbre de solicitantes. Y se puso en primera fila, pero en una actitud muy humilde, en medio de los presentes, que permanecían con los brazos cruzados, y los ojos bajos en señal del más profundo respeto. Y se abrió la sesión del diván cuando el sultán hizo su entrada, seguido de sus visires, de sus emires y de sus guardias. Y el jefe de los escribas del sultán empezó a llamar a los solicitantes, unos tras otros, según la importancia de las súplicas. Y se despacharon los asuntos acto seguido. Y los solicitantes se marcharon, contentos unos por haber conseguido lo que deseaban, otros con la nariz alargada, y otros sin haber sido llamados por falta de tiempo. Y la madre de Aladino fue de estos últimos.

Así es que cuando vio que se había levantado la sesión y que el sultán se había retirado, seguido de sus visires, comprendió que no le quedaba qué hacer más que marcharse también ella. Y salió de palacio y volvió a su casa. Y Aladino, que en su impaciencia la esperaba a la puerta, la vio volver con la porcelana en la mano todavía; y se extrañó y se quedó muy perplejo, y temiendo que hubiese sobrevenido alguna desgracia o alguna siniestra circunstancia, no quiso hacerle preguntas en la calle y se apresuró a arrastrarla a la casa, en donde, con la cara muy amarilla, la interrogó con la actitud y con los ojos, pues de emoción no podía abrir la boca. Y la pobre mujer le contó lo que había ocurrido, añadiendo: "Tienes que disculpar a tu madre por esta vez, hijo mío, pues no estoy acostumbrada a frecuentar palacios; y la vista del sultán me ha turbado de tal modo, que no pude adelantarme a hacer mi petición. ¡Pero mañana, si Alá quiere, volveré a palacio y tendré más valor que hoy!" Y a pesar de toda su impaciencia, Aladino se dio por muy contento al saber que no obedecía a un motivo más grave el regreso de su madre con la porcelana entre las manos. Y hasta le satisfizo mucho que se hubiese dado el paso más difícil sin contratiempos ni malas consecuencias para su madre y para él. Y se consoló al pensar que pronto iba a repararse el retraso.

En efecto, al siguiente día la madre de Aladino fue a palacio teniendo cogido por las cuatro puntas el pañuelo que envolvía el obsequio de pedrerías…

En ese momento de su narración, Schahrazada vio aparecer la mañana, y guardó silencio discretamente.

PERO CUANDO LLEGÓ LA NOCHE 748…

Ella dijo:

…En efecto, al siguiente día la madre de Aladino fue a palacio teniendo cogido por las cuatro puntas el pañuelo que envolvía el obsequio de pedrerías. Y estaba muy resuelta a sobreponerse a su timidez y formular su petición. Y entró en el diván, y se colocó en primera fila ante el sultán. Pero, como la vez primera, no pudo dar un paso ni hacer un gesto que atrajese sobre ella la atención del jefe de los escribas. Y se levantó la sesión sin resultado; y se volvió ella a casa, con la cabeza baja, para anunciar a Aladino el fracaso de su tentativa, pero prometiéndole el éxito para la próxima vez. Y Aladino se vio precisado a hacer nueva provisión de paciencia, reprendiendo a su madre por su falta de valor y de firmeza. Pero no sirvió de gran cosa, pues la pobre mujer fue a palacio con la porcelana seis días consecutivos y se colocó siempre frente al sultán, aunque sin tener más valor ni lograr más éxito que la primera vez. Y sin duda habría vuelto cien veces más tan inútilmente, y Aladino habría muerto de desesperación y de impaciencia reconcentrada, si el propio sultán, que acabó por fijarse en ella, ya que estaba en primera fila a cada sesión del diván, no hubiese tenido la curiosidad de informarse acerca de ella y del motivo de su presencia.

En efecto, al séptimo día, terminado el diván, el sultán se encaró con su gran visir, y le dijo: "Mira a esa vieja que lleva en la mano un pañuelo con algo. Desde hace algunos días viene al diván con regularidad y permanece inmóvil sin pedir nada. ¿Puedes decirme a qué viene y qué desea?" Y el gran visir, que no conocía a la madre de Aladino, no quiso dejar al sultán sin respuesta, y le dijo: "¡Oh mi señor! Es una vieja entre las numerosas viejas que no vienen al diván más que por pequeñeces. ¡Y tendrá que quejarse sin duda de que le han vendido cebada podrida, por ejemplo, o de que la ha injuriado su vecina, o de que la ha golpeado su marido!" Pero el sultán no quedó contento con esta explicación, y dijo al visir: "Sin embargo, deseo interrogar a esa pobre mujer. ¡Hazla avanzar antes de que se retire con los demás!" Y el visir contestó con el oído y la obediencia, llevándose la mano a la frente. Y dio unos pasos hacia la madre de Aladino, y le hizo seña con la mano para que se acercara. Y la pobre mujer se adelantó al pie del trono, toda temblorosa, y besó la tierra entre las manos del sultán, como había visto hacer a los demás concurrentes. Y siguió en aquella postura hasta que el gran visir le tocó en el hombro y la ayudó a levantarse. Y se mantuvo entonces de pie, llena de emoción; y el sultán le dijo: "¡Oh mujer! Hace ya varios días que te veo venir al diván y permanecer inmóvil sin pedir nada. Dime, pues, qué te trae por aquí y qué deseas, a fin de que te haga justicia." Y un poco alentada por la voz benévola del sultán, contestó la madre de Aladino: "Alá haga descender sus bendiciones sobre la cabeza de nuestro amo el sultán. ¡En cuanto a tu servidora, oh rey del tiempo! antes de exponer su demanda te suplica que te dignes concederle la promesa de seguridad, pues, de no ser así, tendré miedo de ofender los oídos del sultán, ya que mi petición puede parecer extraña o singular." Y he aquí que el sultán, que era hombre bueno y magnánimo, se apresuró a prometerle la seguridad; e incluso dio orden de hacer desalojar completamente la sala, a fin de permitir a la mujer que hablara con toda libertad. Y no retuvo a su lado más que a su gran visir. Y se encaró con ella, y le dijo: "Puedes hablar, la seguridad de Alá está contigo, ¡oh mujer!" Pero la madre de Aladino, que había recobrado por completo el valor en vista de la acogida favorable del sultán, contestó: "¡También pido perdón de antemano al sultán por lo que en mi súplica pueda encontrar de inconveniente y por la audacia extraordinaria de mis palabras!" Y dijo el sultán, cada vez más intrigado: "Habla ya sin restricción, ¡oh mujer! ¡Contigo están el perdón y la gracia de Alá para todo lo que puedas decir y pedir!"

Entonces, después de prosternarse por segunda vez ante el trono y de haber llamado sobre el sultán todas las bendiciones y los favores del Altísimo, la madre de Aladino se puso a contar cuanto le había sucedido a su hijo desde el día en que oyó a los pregoneros públicos proclamar la orden de que los habitantes se ocultaran en sus casas para dejar paso al cortejo de Sett Badrú'l-Budur. Y no dejó de decirle el estado en que se hallaba Aladino, que hubo de amenazar con matarse si no obtenía a la princesa en matrimonio. Y narró la historia con todos sus detalles, desde el comienzo hasta el fin. Pero no hay utilidad en repetirla. Luego, cuando acabó de hablar, bajó la cabeza, presa de gran confusión, añadiendo: "¡Y yo, oh rey del tiempo! no me queda más que suplicar a Tu Alteza que no sea rigurosa con la locura de mi hijo y me excuse si la ternura de madre me ha impulsado a venir a transmitirte una petición tan singular!"

Cuando el sultán, que había escuchado estas palabras con mucha atención, pues era justo y benévolo, vio que había callado la madre de Aladino, lejos de mostrarse indignado por su demanda, se echó a reír con bondad y le dijo: "¡Oh pobre! ¿Y qué traes en ese pañuelo que sostienes por las cuatro puntas?"

Entonces la madre de Aladino desató el pañuelo en silencio, y sin añadir una palabra presentó al sultán la fuente de porcelana en que estaban dispuestas las frutas de pedrería. Y al punto se iluminó todo el diván con su resplandor, mucho más que si estuviese alumbrado con arañas y antorchas. Y el sultán quedó deslumbrado por su claridad y le pasmó su hermosura. Luego cogió la porcelana de manos de la buena mujer y examinó las maravillosas pedrerías, una tras otra, tomándolas entre sus dedos. Y estuvo mucho tiempo mirándolas y tocándolas, en el límite de la admiración. Y acabó por exclamar, encarándose con su gran visir: "¡Por vida de mi cabeza, oh visir mío! ¡Qué hermoso es todo esto y qué maravillosas son estas frutas! ¿Las viste alguna vez parecidas u oíste hablar siquiera de la existencia de cosas tan admirables sobre la faz de la tierra? ¿Qué te parece? ¡Di!" Y el visir contestó: "¡En verdad, oh rey del tiempo, que nunca he visto ni nunca he oído hablar de cosas tan maravillosas! ¡Ciertamente, estas pedrerías son únicas en su especie! ¡Y las joyas más preciosas del tesoro de nuestro rey no valen, reunidas, tanto como la más pequeña de estas frutas, a mi entender!" Y dijo el rey: "¿No es verdad, oh visir mío, que el joven Aladino, que por mediación de su madre me envía un presente tan hermoso, merece, sin duda alguna, mejor que cualquier hijo de rey, que se acoja bien su petición de matrimonio con mi hija Badrú'l-Budur?"

A esta pregunta del rey, la cual estaba muy lejos de esperarse, al visir se le mudó el color y se le trabó mucho la lengua y se apenó mucho. Porque, desde hacía largo tiempo, le había prometido el sultán que no daría en matrimonio a la princesa a otro que no fuese un hijo que tenía el visir y que ardía de amor por ella desde la niñez. Así es que tras largo rato de perplejidad, de emoción y de silencio, acabó por contestar con voz muy triste: "Sí, ¡oh rey del tiempo! ¡Pero Tu Serenidad olvida que has prometido la princesa al hijo de tu esclavo! ¡Solo te pido, pues, como gracia, ya que tanto te satisface este regalo de un desconocido, que me concedas un plazo de tres meses, al cabo del cual me comprometo a traer yo mismo un presente más hermoso todavía que este para ofrecérselo como dote a nuestro rey, en nombre de mi hijo!"

Y el rey, que a causa de sus conocimientos en materia de joyas y pedrerías sabía bien que ningún hombre, aunque fuese hijo de rey o de sultán, sería capaz de encontrar un regalo que compitiese de cerca ni de lejos con aquellas maravillas, únicas en su especie, no quiso desairar a su viejo visir rehusándole la gracia que solicitaba, por muy inútil que fuese; y con benevolencia le contestó: "¡Claro está, oh visir mío, que te concedo el plazo que pides! ¡Pero has de saber que, si al cabo de esos tres meses no has encontrado para tu hijo una dote que ofrecer a mi hija que supere o iguale solamente a la dote que me ofrece esta buena mujer en nombre de su hijo Aladino, no podré hacer más por tu hijo, a pesar de tus buenos y leales servicios!" Luego se encaró con la madre de Aladino y le dijo con mucha afabilidad: "¡Oh madre de Aladino! ¡Puedes volver con toda alegría y seguridad al lado de tu hijo y decirle que su petición ha sido bien acogida y que mi hija está comprometida con él en adelante! ¡Pero dile que no podrá celebrarse el matrimonio hasta pasados tres meses, para dar tiempo a preparar el equipo de mi hija y hacer el ajuar que corresponde a una princesa de su calidad!"

Y la madre de Aladino, en extremo emocionada, alzó los brazos al cielo e hizo votos por la prosperidad y la larga vida del sultán, y se despidió, para volar llena de alegría a su casa en cuanto salió de palacio.

Y no bien entró en ella, Aladino vio su rostro iluminado por la dicha y corrió hacia ella y le preguntó, muy turbado: "Y bien, ¡oh madre! ¿Debo vivir o debo morir?" Y la pobre mujer, extenuada de fatiga, comenzó por sentarse en el diván y quitarse el velo del rostro, y dijo: "¡Te traigo buenas noticias, oh Aladino! ¡La hija del sultán está comprometida contigo desde ahora! ¡Y tu regalo, como ves, ha sido acogido con alegría y contento! ¡Pero hasta dentro de tres meses no podrá celebrarse tu matrimonio con Badrú'l-Budur! ¡Y esta tardanza se debe al gran visir, barba calamitosa, que ha hablado en secreto con el rey y le ha convencido para retardar la ceremonia, no sé por qué razón! Pero ¡inshalah! todo saldrá bien. Y será satisfecho tu deseo por encima de todas las previsiones, ¡oh hijo mío!" Luego añadió: "¡En cuanto a ese gran visir, oh hijo mío, que Alá le maldiga y le reduzca al estado peor! ¡Porque estoy muy preocupada por lo que le haya podido decir al oído al rey! ¡A no ser por él, el matrimonio hubiera tenido lugar, al parecer, hoy o mañana, pues le han entusiasmado al rey las frutas de pedrería de la fuente de porcelana!"

Luego, sin interrumpirse para respirar, contó a su hijo todo lo que había ocurrido desde que entró en el diván, hasta que salió, y terminó diciendo: "Alá conserve la vida de nuestro glorioso sultán, y te guarde para la dicha que te espera, ¡oh hijo mío Aladino!"

Al oír lo que acababa de anunciarle su madre, Aladino rebosó de tranquilidad y contento, y exclamó: "¡Glorificado sea Alá, oh madre, que hace descender Sus gracias a nuestra casa y te da por hija a una princesa que tiene sangre de los más grandes reyes!" Y besó la mano a su madre y le dio muchas gracias por todas las penas que hubo de tomarse para la consecución de aquel asunto tan delicado. ¡Y su madre le besó con ternura y le deseó toda clase de prosperidades, y lloró al pensar que su esposo el sastre, padre de Aladino, no estaba allí para ver la fortuna y los efectos maravillosos del destino de su hijo, el holgazán de otro tiempo!

Y desde aquel día se pusieron a contar, con impaciencia extremada, las horas que les separaban de la dicha que se prometían hasta la expiración del plazo de tres meses. Y no cesaban de hablar de sus proyectos y de los festejos y limosnas que pensaban dar a los pobres, sin olvidar que ayer estaban ellos mismos en la miseria y que la cosa más meritoria a los ojos del Retribuidor era, sin duda alguna, la generosidad.

Y he aquí que de tal suerte transcurrieron dos meses. Y la madre de Aladino, que salía a diario para hacer las compras necesarias con anterioridad a las bodas, había ido al zoco una mañana y comenzaba a entrar en las tiendas, haciendo mil pedidos grandes y pequeños, cuando advirtió una cosa que no había notado al llegar. Vio, en efecto, que todas las tiendas estaban decoradas y adornadas con follaje, linternas y banderolas multicolores que iban de un extremo a otro de la calle, y que todos los tenderos, compradores y gentes del zoco, lo mismo ricos que pobres, hacían grandes demostraciones de alegría, y que todas las calles estaban atestadas de funcionarios de palacio ricamente vestidos con sus brocados de ceremonia y montados en caballos enjaezados maravillosamente, y que todo el mundo iba y venía con una animación inesperada. Así es que se apresuró a preguntar a un mercader de aceite, en cuya casa se aprovisionaba, qué fiesta, ignorada por ella, celebraba toda aquella alegre muchedumbre y qué significaban todas aquellas demostraciones. Y el mercader de aceite, en extremo asombrado de semejante pregunta, la miró de reojo, y contestó: "¡Por Alá, que se diría que te estás burlando! ¿Acaso eres una extranjera para ignorar así la boda del hijo del gran visir con la princesa Badrú'l-Budur, hija del sultán? ¡Y precisamente esta es la hora en que ella va a salir del hammam! ¡Y todos esos jinetes ricamente vestidos con trajes de oro son los guardias que la darán escolta hasta el palacio!"

Cuando la madre de Aladino hubo oído estas palabras del mercader de aceite, no quiso saber más, y enloquecida y desolada echó a correr por los zocos, olvidándose de sus compras a los mercaderes, y llegó a su casa, adonde entró, y se desplomó sin aliento en el diván, permaneciendo allí un instante sin poder pronunciar una palabra. Y cuando pudo hablar, dijo a Aladino, que había acudido: "¡Ah, hijo mío, el Destino ha vuelto contra ti la página fatal de su libro, y he aquí que todo está perdido, y que la dicha hacia la cual te encaminabas se desvaneció antes de realizarse!" Y Aladino, muy alarmado por el estado en que veía a su madre y por las palabras que oía, le preguntó: "¿Pero qué ha sucedido de fatal, oh madre? ¡Dímelo pronto!" Ella dijo: "¡Ay, hijo mío, el sultán se olvidó de la promesa que nos hizo! ¡Y hoy precisamente casa a su hija Badrú'l-Budur con el hijo del gran visir, de ese rostro de brea, de ese calamitoso a quien yo temía tanto! ¡Y toda la ciudad está adornada, como en las fiestas mayores, para la boda de esta noche!" Y al escuchar esta noticia, Aladino sintió que la fiebre le invadía el cerebro y hacía bullir su sangre a borbotones precipitados. Y se quedó un momento pasmado y confuso, como si fuera a caerse. Pero no tardó en dominarse, acordándose de la lámpara maravillosa que poseía, y que le iba a ser más útil que nunca. Y se encaró con su madre, y le dijo con acento muy tranquilo: "¡Por tu vida, oh madre! se me antoja que el hijo del visir no disfrutará esta noche de todas las delicias que se promete gozar en lugar mío. No temas, pues, por eso, y sin más dilación, levántate y prepáranos la comida. ¡Y ya veremos después lo que tenemos que hacer con asistencia del Altísimo!"

Se levantó, pues, la madre de Aladino y preparó la comida, comiendo Aladino con mucho apetito para retirarse a su habitación inmediatamente, diciendo: "¡Deseo estar solo y que no se me importune!" Y cerró tras de sí la puerta con llave, y sacó la lámpara mágica del lugar en que la tenía escondida. Y la cogió y la frotó en el sitio que conocía ya. Y en el mismo momento se le apareció el efrit esclavo de la lámpara, y dijo: "¡Aquí tienes entre tus manos a tu esclavo! ¿Qué quieres? Habla. ¡Soy el servidor de la lámpara en el aire por donde vuelo y en la tierra por donde me arrastro!" Y Aladino le dijo: "¡Escúchame bien, oh servidor de la lámpara! —pues ahora ya no se trata de traerme de comer y de beber, sino de servirme en un asunto de mucha más importancia—. Has de saber, en efecto, que el sultán me ha prometido en matrimonio a su maravillosa hija Badrú'l-Budur, tras de haber recibido de mí un presente de frutas de pedrería. Y me ha pedido un plazo de tres meses para la celebración de las bodas. ¡Y ahora se olvidó de su promesa, y sin pensar en devolverme mi regalo, casa a su hija con el hijo del gran visir! ¡Y como no quiero que sucedan así las cosas, acudo a ti para que me auxilies en la realización de mi proyecto!" Y contestó el efrit: "Habla, ¡oh mi amo Aladino! ¡Y no tienes necesidad de darme tantas explicaciones! ¡Ordena y obedeceré!" Y contestó Aladino: "¡Pues esta noche, en cuanto los recién casados se acuesten en su lecho nupcial, y antes de que siquiera tengan tiempo de tocarse, los cogerás con lecho y todo y los transportarás aquí mismo, en donde ya veré lo que tengo que hacer!" Y el efrit de la lámpara se llevó la mano a la frente, y contestó: "¡Escucho y obedezco!" Y desapareció. Y Aladino fue en busca de su madre y se sentó junto a ella y se puso a hablar con tranquilidad de unas cosas y de otras, sin preocuparse del matrimonio de la princesa, como si no hubiese ocurrido nada de aquello. Y cuando llegó la noche dejó que se acostara su madre, y volvió a su habitación, en donde se encerró de nuevo con llave, y esperó el regreso del efrit. ¡Y he aquí lo referente a él!

¡He aquí ahora lo que atañe a las bodas del hijo del gran visir! Cuando tuvieron fin la fiesta y los festines y las ceremonias y las recepciones y los regocijos, el recién casado, precedido por el jefe de los eunucos, penetró en la cámara nupcial. Y el jefe de los eunucos se apresuró a retirarse y a cerrar la puerta detrás de sí. Y el recién casado, después de desnudarse, levantó las cortinas y se acostó en el lecho para esperar allí la llegada de la princesa. No tardó en hacer su entrada ella, acompañada de su madre y las mujeres de su séquito, que la desnudaron, le pusieron una sencilla camisa de seda y destrenzaron su cabellera. Luego la metieron en el lecho a la fuerza, mientras ella fingía oponer mucha resistencia y daba vueltas en todos sentidos para escapar de sus manos, como suelen hacer en semejantes circunstancias las recién casadas. Y cuando la metieron en el lecho, sin mirar al hijo del visir que estaba ya acostado, se retiraron todas juntas, haciendo votos por la consumación del acto. Y la madre, que salió la última, cerró la puerta de la habitación, lanzando un gran suspiro, como es costumbre.

No bien estuvieron solos los recién casados, antes de que tuviesen tiempo de hacerse la menor caricia, se sintieron de pronto elevados con su lecho, sin poder darse cuenta de lo que les sucedía. Y en un abrir y cerrar de ojos se vieron transportados fuera del palacio y depositados en un lugar que no conocían, y que no era otro que la habitación de Aladino. Y dejándolos llenos de espanto, el efrit fue a prosternarse ante Aladino, y le dijo: "Ya se ha ejecutado tu orden, ¡oh mi señor! ¡Y heme aquí dispuesto a obedecerte en todo lo que tengas que mandarme!" Y le contestó Aladino: "¡Tengo que mandarte que cojas a ese joven y le encierres durante toda la noche en el retrete! ¡Y ven aquí a tomar órdenes mañana por la mañana!" Y el genio de la lámpara contestó con el oído y la obediencia, y se apresuró a obedecer. Cogió, pues, brutalmente al hijo del visir y fue a encerrarle en el retrete, metiéndole la cabeza en el agujero. Y sopló sobre él una bocanada fría y pestilente que lo dejó inmóvil como un madero en la postura en que estaba. ¡Y he aquí lo referente a él!

En cuanto a Aladino, cuando estuvo solo con la princesa Badrú'l-Budur, a pesar del gran amor que por ella sentía, no pensó ni por un instante en abusar de la situación. Y empezó por inclinarse ante ella, llevándose la mano al corazón, y le dijo con voz apasionada: "¡Oh princesa, sabe que aquí estás más segura que en el palacio de tu padre el sultán! ¡Si te hallas en este lugar que desconoces, solo es para que no sufras las caricias de ese joven cretino, hijo del visir de tu padre! ¡Y aunque es a mí a quien te prometieron en matrimonio, me guardaré bien de tocarte antes de tiempo y antes de que seas mi esposa legítima por el Libro y la Sunnah!"

Al oír estas palabras de Aladino, la princesa no pudo comprender nada, primeramente porque estaba muy emocionada, y además, porque ignoraba la antigua promesa de su padre y todos los pormenores del asunto. Y sin saber qué decir, se limitó a llorar mucho. Y Aladino, para demostrarle bien que no abrigaba ninguna mala intención con respecto a ella y para tranquilizarla, se tendió vestido en el lecho, en el mismo sitio que ocupaba el hijo del visir, y tuvo la precaución de poner un sable desenvainado entre ella y él, para dar a entender que antes se daría la muerte que tocarla, aunque fuese con las puntas de los dedos. Y hasta volvió la espalda a la princesa, para no importunarla en manera alguna. Y se durmió con toda tranquilidad, sin volver a ocuparse de la tan deseada presencia de Badrú'l-Budur, como si estuviese solo en su lecho de soltero.

En cuanto a la princesa, la emoción que le producía aquella aventura tan extraña, y la situación anómala en que se encontraba, y los pensamientos tumultuosos que la agitaban, mezcla de miedo y asombro, le impidieron pegar los ojos en toda la noche. Pero sin duda tenía menos motivo de queja que el hijo del visir, que estaba en el retrete con la cabeza metida en el agujero y no podía hacer ni un movimiento a causa de la espantosa bocanada que le había echado el efrit para inmovilizarle. De todos modos, la suerte de ambos esposos fue bastante aflictiva y calamitosa para una primera noche de bodas...

En ese momento de su narración, Schahrazada vio aparecer la mañana, y guardó silencio discretamente.

PERO CUANDO LLEGÓ LA NOCHE 752...

Ella dijo:

... De todos modos, la suerte de ambos esposos fue bastante aflictiva y calamitosa para una primera noche de bodas.

Al siguiente día por la mañana, sin que Aladino tuviese necesidad de frotar la lámpara de nuevo, el efrit, cumpliendo la orden que se le dio, fue solo a esperar que se despertase el dueño de la lámpara. Y como tardara en despertarse, lanzó varias exclamaciones que asustaron a la princesa, a la cual no le era posible verle. Y Aladino abrió los ojos, y en cuanto hubo reconocido al efrit, se levantó del lado de la princesa, y se separó del lecho un poco, para no ser oído más que por el efrit, y le dijo: "Date prisa a sacar del retrete al hijo del visir, y vuelve a dejarle en la cama en el sitio que ocupaba. Luego llévalos a ambos al palacio del sultán, dejándolos en el mismo lugar de donde los trajiste. ¡Y sobre todo, vigílales bien para impedirles que se acaricien, ni siquiera que se toquen!" Y el efrit de la lámpara contestó con el oído y la obediencia, y se apresuró primero a quitar el frío al joven del retrete y a ponerle en el lecho, al lado de la princesa, para transportarlos en seguida a ambos a la cámara nupcial del palacio del sultán en menos tiempo del que se necesita para parpadear, sin que pudiesen ellos ver ni comprender lo que les sucedía, ni a qué obedecía tan rápido cambio de lugar. Y a fe que era lo mejor que podía ocurrirles, porque la sola vista del espantable genio servidor de la lámpara, sin duda alguna, les habría asustado hasta morir.

Y he aquí que, apenas el efrit transportó a los dos recién casados a la habitación del palacio, el sultán y su esposa hicieron su entrada matinal, impacientes por saber cómo había pasado su hija aquella primera noche de bodas y deseosos de felicitarla y de ser los primeros en verla para desearle dicha y delicias prolongadas. Y muy emocionados se acercaron al lecho de su hija, y la besaron con ternura entre ambos ojos, diciéndole: "Bendita sea tu unión, oh hija de nuestro corazón. ¡Y ojalá veas germinar de tu fecundidad una larga sucesión de descendientes hermosos e ilustres que perpetúen la gloria y la nobleza de tu raza! ¡Ah! ¡Dinos cómo has pasado esta primera noche, y de qué manera se ha portado contigo tu esposo!" Y tras de hablar así, se callaron, aguardando su respuesta. Y he aquí que de pronto vieron que, en lugar de mostrar un rostro fresco y sonriente, estallaba ella en sollozos y les miraba con ojos muy abiertos, tristes y preñados de lágrimas.

Entonces quisieron interrogar al esposo, y miraron hacia el lado del lecho en que creían que aún estaría acostado; pero, precisamente en el mismo momento en que entraron ellas, había salido él de la habitación para lavarse todas las inmundicias con que tenía embadurnada la cara. Y creyeron que había ido al hammam del palacio para tomar el baño, como es costumbre después de la consumación del acto. Y de nuevo se volvieron hacia su hija y la interrogaron ansiosamente, con el gesto, con la mirada y con la voz, acerca del motivo de sus lágrimas y su tristeza. Y como continuara ella callada, creyeron que solo era el pudor propio de la primera noche de bodas lo que la impedía hablar, y que sus lágrimas eran lágrimas propias de las circunstancias, y esperaron un momento. Pero como la situación amenazaba con durar mucho tiempo y el llanto de la princesa aumentaba, a la reina le faltó paciencia; y acabó por decir a la princesa, con tono malhumorado: "Vaya, hija mía, ¿quieres contestarme y contestar a tu padre ya? ¿Y vas a seguir así por mucho rato todavía? También yo, hija mía, estuve recién casada como tú y antes que tú; pero supe tener tacto para no prolongar con exceso esas actitudes de gallina asustada. ¡Y además, te olvidas de que al presente nos estás faltando al respeto que nos debes con no contestar a nuestras preguntas!"

Al oír estas palabras de su madre, que se había puesto seria, la pobre princesa, abrumada en todos sentidos a la vez, se vio obligada a salir del silencio que guardaba, y lanzando un suspiro prolongado y muy triste, contestó: "¡Alá me perdone si falté al respeto que debo a mi padre y a mi madre; pero me disculpa el hecho de estar en extremo turbada y muy emocionada y muy triste y muy estupefacta de todo lo que me ha ocurrido esta noche!" Y contó todo lo que le había sucedido la noche anterior, no como las cosas habían pasado realmente, sino solo como pudo juzgar acerca de ellas con sus ojos. Dijo que apenas se acostó en el lecho al lado de su esposo, el hijo del visir, había sentido conmoverse el lecho debajo de ella; que se había visto transportada en un abrir y cerrar de ojos desde la cámara nupcial a una casa que jamás había visitado antes; que la habían separado de su esposo, sin que pudiese ella saber de qué manera le habían sacado y reintegrado luego; que le había reemplazado, durante toda la noche, un joven hermoso, muy respetuoso desde luego y en extremo atento, el cual, para no verse expuesto a abusar de ella, había dejado su sable desenvainado entre ambos y se había dormido con la cara vuelta a la pared; y por último, que a la mañana, vuelto ya al lecho su esposo, de nuevo se la había transportado con él a su cámara nupcial del palacio, apresurándose él a levantarse para correr al hammam con objeto de limpiarse un cúmulo de cosas horribles que le cubrían la cara. Y añadió: "¡Y en ese momento os vi entrar a ambos para darme los buenos días y pedirme noticias! ¡Ay de mí! ¡Ya solo me resta morir!" Y tras de hablar así, escondió la cabeza en las almohadas, sacudida por sollozos dolorosos.

Cuando el sultán y su esposa oyeron estas palabras de su hija Badrú'l-Budur, se quedaron estupefactos, y mirándose con los ojos muy abiertos y los rostros alargados, sin dudar ya de que hubiese ella perdido la razón aquella noche en que su virginidad fue herida por primera vez, no quisieron dar fe a ninguna de sus palabras; y su madre le dijo con voz confidencial: "¡Así ocurren siempre estas cosas, hija mía! ¡Pero guárdate bien de decírselo a nadie, porque estas cosas no se cuentan nunca! ¡Y las personas que te oyeran te tomarían por loca! Levántate, pues, y no te preocupes por eso, y procura no turbar con tu mala cara los festejos que se dan hoy en palacio en honor tuyo, y que van a durar cuarenta días y cuarenta noches, no solamente en nuestra ciudad, sino en todo el reino. ¡Vamos, hija mía, alégrate y olvida ya los diversos incidentes de esta noche!"

Luego la reina llamó a sus mujeres y les encargó que se cuidaran del tocado de la princesa; y con el sultán, que estaba muy perplejo, salió en busca de su yerno, el hijo del visir. Y acabaron por encontrarle cuando volvía del hammam. Y para saber a qué atenerse con respecto a lo que decía su hija, la reina empezó a interrogar al asustado joven acerca de lo que había pasado. Pero no quiso él declarar nada de lo que hubo de sufrir, y ocultando toda la aventura por miedo de que le tomaran a broma y le rechazaran otra vez los padres de su esposa, se limitó a contestar: "¡Por Alá! ¿Y qué ha pasado para que me interroguéis con ese aspecto tan singular?" Y entonces, cada vez más persuadida la sultana de que todo lo que le había contado su hija era efecto de alguna pesadilla, creyó lo más oportuno no insistir con su yerno, y le dijo: "¡Glorificado sea Alá, por todo lo que pasó sin daño ni dolor! ¡Te recomiendo, hijo mío, mucha suavidad con tu esposa, porque está delicada!"

Y después de estas palabras le dejó y fue a sus aposentos para ocuparse de los regocijos y diversiones del día. ¡Y he aquí lo referente a ella y a los recién casados!

En cuanto a Aladino, que sospechaba lo que ocurría en palacio, pasó el día deleitándose al pensar en la broma excelente de que acababa de hacer víctima al hijo del visir. Pero no se dio por satisfecho, y quiso saborear hasta el fin la humillación de su rival. Así es que le pareció lo más acertado no dejarle un momento de tranquilidad; y en cuanto llegó la noche cogió la lámpara y la frotó. Y se le apareció el genio, pronunciando la misma fórmula que las otras veces. Y le dijo Aladino: "¡Oh servidor de la lámpara, ve al palacio del sultán! Y en cuanto veas acostados juntos a los recién casados, cógelos con lecho y todo y tráemelos aquí, como hiciste la noche anterior." Y el genio se apresuró a ejecutar la orden, y no tardó en volver con su carga, depositándola en el cuarto de Aladino para coger en seguida al hijo del visir y meterle de cabeza en el retrete. Y no dejó Aladino de ocupar el sitio vacío y de acostarse al lado de la princesa, pero con tanta decencia como la vez primera. Y tras de colocar el sable entre ambos, se volvió de cara a la pared y se durmió tranquilamente. Y al siguiente día todo ocurrió exactamente igual que la víspera, pues el efrit, siguiendo las órdenes de Aladino, volvió a dejar al joven junto a Badrú'l-Budur, y les transportó a ambos con el lecho a la cámara nupcial del palacio del sultán.

Pero el sultán, más impaciente que nunca por saber de su hija después de la segunda noche, llegó a la cámara nupcial en aquel mismo momento, completamente solo, porque temía el mal humor de su esposa la sultana y prefería interrogar por sí mismo a la princesa. Y no bien el hijo del visir, en el límite de la mortificación, oyó los pasos del sultán, saltó del lecho y huyó fuera de la habitación para correr a limpiarse en el hammam. Y entró el sultán y se acercó al lecho de su hija; y levantó las cortinas; y después de besar a la princesa, le dijo: "¡Supongo, hija mía, que esta noche no habrás tenido una pesadilla tan horrible como la que ayer nos contaste con sus extravagantes peripecias! ¡Vaya! ¿Quieres decirme cómo has pasado esta noche?" Pero en vez de contestar, la princesa rompió en sollozos, y se tapó la cara con las manos para no ver los ojos irritados de su padre, que no comprendía nada de todo aquello. Y estuvo esperando él un buen rato para darle tiempo a que se calmase; pero como ella continuara llorando y suspirando, acabó por enfurecerse y sacó su sable, y exclamó: "¡Por mi vida, que si no quieres decirme en seguida la verdad, te separo de los hombros la cabeza!"

Entonces, doblemente espantada, la pobre princesa se vio en la precisión de interrumpir sus lágrimas; y dijo con voz entrecortada: "¡Oh padre mío bienamado! ¡Por favor, no te enfades conmigo! ¡Porque, si quieres escucharme ahora que no está mi madre para excitarte contra mí, sin duda alguna me disculparás y me compadecerás y tomarás las precauciones necesarias para impedir que me muera de confusión y espanto! ¡Pues si vuelvo a soportar las cosas terribles que he soportado esta noche, al día siguiente me encontrarás muerta en mi lecho! ¡Ten piedad de mí, pues, oh padre mío! y deja que tu oído y tu corazón se compadezcan de mis penas y de mi emoción!" Y como entonces no sentía la presencia de su esposa, el sultán, que tenía un corazón compasivo, se inclinó hacia su hija, y la besó y la acarició y apaciguó su inquieta alma. Luego le dijo: "¡Y ahora, hija mía, calma tu espíritu y refresca tus ojos! ¡Y con toda confianza cuéntale a tu padre detalladamente los incidentes que esta noche te han puesto en tal estado de emoción y terror!" Y apoyando la cabeza en el pecho de su padre, la princesa le contó, sin olvidar nada, todas las molestias que había sufrido las dos noches que acababa de pasar; y terminó su relato, añadiendo: "¡Mejor será, oh padre mío bienamado, que interrogues también al hijo del visir, a fin de que te confirme mis palabras!"

Y el sultán, al oír el relato de aquella extraña aventura, llegó al límite de la perplejidad, y compartió la pena de su hija, y como la amaba tanto, sintió humedecerse de lágrimas sus ojos. Y le dijo él: "La verdad, hija mía, es que yo solo soy el causante de todo eso tan terrible que te sucede, pues te casé con un pasmado que no sabe defenderte y resguardarte de esas aventuras singulares. ¡Porque lo cierto es que quise labrar tu dicha con ese matrimonio, y no tu desdicha y tu muerte! ¡Por Alá, que en seguida voy a hacer que vengan el visir y el cretino de su hijo, y les voy a pedir explicaciones de todo esto! ¡Pero, de todos modos, puedes estar tranquila en absoluto, hija mía, porque no se repetirán esos sucesos! ¡Te lo juro por vida de mi cabeza!" Luego se separó de ella, dejándola al cuidado de sus mujeres, y regresó a sus aposentos, hirviendo en cólera.

Y al punto hizo llamar a su gran visir, y en cuanto se presentó ante él, le gritó: "¿Dónde está el entrometido de tu hijo? ¿Y qué te ha dicho de los sucesos ocurridos estas dos últimas noches?" El gran visir contestó estupefacto: "No sé a qué te refieres, oh rey del tiempo. ¡Nada me ha dicho mi hijo que pueda explicarme la cólera de nuestro rey! ¡Pero, si me lo permites, ahora mismo iré a buscarle y a interrogarle!" Y dijo el sultán: "¡Ve! ¡Y vuelve pronto a traerme la respuesta!" Y el gran visir, con la nariz muy alargada, salió doblando la espalda, y fue en busca de su hijo, a quien encontró en el hammam dedicado a lavarse las inmundicias que le cubrían. Y le gritó: "¡Oh hijo de perro! ¿Por qué me has ocultado la verdad? ¡Si no me pones en seguida al corriente de los sucesos de estas dos últimas noches, será este tu último día!" Y el hijo bajó la cabeza y contestó: "¡Ay, oh padre mío! ¡Solo la vergüenza me impidió hasta el presente revelarte las enfadosas aventuras de estas dos últimas noches y los incalificables tratos que sufrí, sin tener posibilidad de defenderme ni siquiera de saber cómo y en virtud de qué poderes enemigos nos ha sucedido todo eso a ambos en nuestro lecho!" Y contó a su padre la historia con todos sus detalles, sin olvidar nada. Pero no hay utilidad en repetirla. Y añadió: "¡En cuanto a mí, oh padre mío, prefiero la muerte a semejante vida! ¡Y hago ante ti el triple juramento del divorcio definitivo con la hija del sultán! ¡Te suplico, pues, que vayas en busca del sultán y le hagas admitir la declaración de nulidad de mi matrimonio con su hija Badrú'l-Budur! ¡Porque es el único medio de que cesen esos malos tratos y de tener tranquilidad! ¡Y entonces podré dormir en mi lecho en lugar de pasarme las noches en los retretes!"

Al oír estas palabras de su hijo, el gran visir quedó muy apenado. Porque la aspiración de su vida había sido ver casado a su hijo con la hija del sultán, y le costaba mucho trabajo renunciar a tan gran honor. Así es que, aunque convencido de la necesidad del divorcio en tales circunstancias, dijo a su hijo: "Claro, oh hijo mío, que no es posible soportar por más tiempo semejantes tratos. ¡Pero piensa en lo que pierdes con ese divorcio! ¿No será mejor tener paciencia todavía una noche, durante la cual vigilaremos todos junto a la cámara nupcial, con los eunucos armados de sables y de palos? ¿Qué te parece?" El hijo contestó: "Haz lo que gustes, oh gran visir, padre mío. ¡En cuanto a mí, estoy resuelto a no entrar ya en esa habitación de brea!"

Entonces el visir se separó de su hijo, y fue en busca del rey. Y se mantuvo de pie ante él, bajando la cabeza. Y el rey le preguntó: "¿Qué tienes que decirme?" El visir contestó: "¡Por vida de nuestro amo, que es muy cierto lo que ha contado la princesa Badrú'l-Budur! ¡Pero la culpa no la tiene mi hijo! De todos modos, no conviene que la princesa siga expuesta a nuevas molestias por causa de mi hijo. ¡Y si lo permites, mejor será que ambos esposos vivan en adelante separados por el divorcio!" Y dijo el rey: "¡Por Alá, que tienes razón! ¡Pero, a no ser hijo tuyo el esposo de mi hija, la hubiera dejado libre a ella con la muerte de él! ¡Que se divorcien, pues!" Y al punto dio el sultán las órdenes oportunas para que cesaran los regocijos públicos, tanto en el palacio como en la ciudad y en todo el reino de la China, e hizo proclamar el divorcio de su hija Badrú'l-Budur con el hijo del gran visir, dando a entender que no se había consumado nada.

En ese momento de su narración, Schahrazada vio aparecer la mañana, y guardó silencio discretamente.

PERO CUANDO LLEGÓ LA NOCHE 755…

Ella dijo:

… e hizo proclamar el divorcio de su hija Badrú'l-Budur con el hijo del gran visir, dando a entender que no se había consumado nada. En cuanto al hijo del gran visir, el sultán, por consideración a su padre, le nombró gobernador de una provincia lejana de China, y le dio orden de partir sin demora. Lo cual fue ejecutado.

Cuando Aladino, al mismo tiempo que los habitantes de la ciudad, se enteró, por la proclama de los pregoneros públicos, del divorcio de Badrú'l-Budur sin haberse consumado el matrimonio y de la partida del burlado, se dilató hasta el límite de la dilatación, y se dijo: "¡Bendita sea esta lámpara maravillosa, causa inicial de todas mis prosperidades! ¡Preferible es que haya tenido lugar el divorcio sin una intervención más directa del genio de la lámpara, el cual, sin duda, habría acabado con ese cretino!" Y también se alegró de que hubiese tenido éxito su venganza sin que nadie, ni el rey, ni el gran visir, ni su misma madre sospechara la parte que había tenido él en todo aquel asunto. Y sin preocuparse ya, como si no hubiese ocurrido nada anómalo desde su petición de matrimonio, esperó con toda tranquilidad a que transcurriesen los tres meses del plazo exigido, enviando a palacio, en la mañana que siguió al último día del plazo consabido, a su madre, vestida con sus mejores trajes, para que recordase al sultán su promesa.

Y he aquí que, en cuanto entró en el diván la madre de Aladino, el sultán, que estaba dedicado a despachar los asuntos del reino, como de costumbre, dirigió la vista hacia ella y la reconoció en seguida. Y no tuvo ella necesidad de hablar, porque el sultán recordó por sí mismo la promesa que le había dado y el plazo que había fijado. Y se encaró con su gran visir, y le dijo: "¡Aquí está, oh visir, la madre de Aladino! Ella fue quien nos trajo, hace tres meses, la maravillosa porcelana llena de pedrerías. ¡Y me parece que, con motivo de expirar el plazo, viene a pedirme el cumplimiento de la promesa que le hice concerniente a mi hija! ¡Bendito sea Alá, que no ha permitido el matrimonio de tu hijo, para que así haga honor a la palabra dada cuando olvidé mis compromisos por ti!" Y el visir, que en su fuero interno seguía estando muy despechado por todo lo ocurrido, contestó: "¡Claro, oh mi señor, que jamás los reyes deben olvidar sus promesas! ¡Pero el caso es que, cuando se casa a la hija, debe uno informarse acerca del esposo, y nuestro amo el rey no ha tomado informes de este Aladino y de su familia! ¡Pero yo sé que es hijo de un pobre sastre muerto en la miseria, y de baja condición! ¿De dónde puede venirle la riqueza al hijo de un sastre?" El rey dijo: "La riqueza viene de Alá, ¡oh visir!" El visir dijo: "Así es, ¡oh rey! ¡Pero no sabemos si ese Aladino es tan rico realmente como su presente dio a entender! Para estar seguros, no tendrá el rey más que pedir por la princesa una dote tan considerable que solo pueda pagarla un hijo de rey o de sultán. ¡Y de tal suerte el rey casará a su hija sobre seguro, sin correr el riesgo de darle otra vez un esposo indigno de sus méritos!" Y dijo el rey: "De tu lengua brota elocuencia, ¡oh visir! ¡Di que se acerque esa mujer para que yo le hable!" Y el visir hizo una seña al jefe de los guardias, que mandó avanzar hasta el pie del trono a la madre de Aladino.

Entonces la madre de Aladino se prosternó, y besó la tierra por tres veces entre las manos del rey, quien le dijo: "¡Has de saber, oh tía, que no he olvidado mi promesa! ¡Pero hasta el presente no hablé aún de la dote exigida por mi hija, cuyos méritos son muy grandes! Dirás, pues, a tu hijo, que se efectuará su matrimonio con mi hija El Sett Badrú'l-Budur cuando me haya enviado lo que exijo como dote para mi hija, a saber: cuarenta fuentes de oro macizo llenas hasta los bordes de las mismas especies de pedrerías en forma de frutas de todos colores y todos tamaños, como las que me envió en la fuente de porcelana; y estas fuentes las traerán a palacio cuarenta esclavas jóvenes, bellas como lunas, que serán conducidas por cuarenta esclavos negros, jóvenes y robustos; e irán todos formados en cortejo, vestidos con mucha magnificencia, y vendrán a depositar en mis manos las cuarenta fuentes de pedrerías. ¡Y eso es todo lo que pido, mi buena tía! ¡Pues no quiero exigir más a tu hijo, en consideración al presente que me ha enviado ya!"

Y la madre de Aladino, muy aterrada por aquella petición exorbitante, se limitó a prosternarse por segunda vez ante el trono, y se retiró para ir a dar cuenta de sumisión a su hijo. Y le dijo: "¡Oh, hijo mío, yo te aconsejé desde un principio que no pensaras en el matrimonio con la princesa Badrú'l-Budur!" Y suspirando mucho, contó a su hijo la manera, muy afable desde luego, que tuvo al recibirla el sultán, y las condiciones que ponía antes de consentir definitivamente en el matrimonio. Y añadió: "¡Qué locura la tuya, oh hijo mío! ¡Admito lo de las fuentes de oro, y las pedrerías exigidas, porque imagino que serás lo bastante insensato para ir al subterráneo a despojar a los árboles de sus frutas encantadas! Pero, ¿quieres decirme cómo vas a arreglarte para disponer de las cuarenta esclavas jóvenes y de los cuarenta jóvenes negros? ¡Ah, hijo mío, la culpa de esta pretensión tan exorbitante la tiene también ese maldito visir, porque le vi inclinarse al oído del rey, cuando yo entraba, y hablarle en secreto! ¡Créeme, Aladino, renuncia a ese proyecto que te llevará a la perdición sin remedio!" Pero Aladino se limitó a sonreír, y contestó a su madre: "¡Por Alá, oh madre, que al verte entrar con esa cara tan triste creí que ibas a darme una mala noticia! ¡Pero ya veo que te preocupas siempre por cosas que verdaderamente no valen la pena! ¡Porque has de saber que todo lo que acaba de pedirme el rey como precio de su hija no es nada en comparación con lo que realmente podría darle! Refresca, pues, tus ojos y tranquiliza tu espíritu. Y por tu parte, no pienses más que en preparar la comida, pues tengo hambre. ¡Y deja para mí el cuidado de complacer al rey!"

Y he aquí que, en cuanto la madre salió para ir al zoco a comprar las provisiones necesarias, Aladino se apresuró a encerrarse en su cuarto. Y cogió la lámpara y la frotó en el sitio que sabía. Y al punto apareció el genio, quien después de inclinarse ante él, dijo: "¡Aquí tienes entre tus manos a tu esclavo! ¿Qué quieres? Habla. ¡Soy el servidor de la lámpara en el aire por donde vuelo y en la tierra por donde me arrastro!" Y Aladino le dijo: "Sabe, oh efrit, que el sultán consiente en darme a su hija, la maravillosa Badrú'l-Budur, a quien ya conoces; pero lo hace a condición de que le envíe lo más pronto posible cuarenta bandejas de oro macizo, de pura calidad, llenas hasta el borde de frutas de pedrerías semejantes a las de la fuente de porcelana, que cogí en los árboles del jardín que hay en el sitio donde encontré la lámpara de que eres servidor. ¡Pero no es eso todo! Para llevar esas bandejas de oro, llenas de pedrerías, me pide además cuarenta esclavas jóvenes, bellas como lunas, que han de ser conducidas por cuarenta negros jóvenes, hermosos, fuertes y vestidos con mucha magnificencia. ¡Eso es lo que, a mi vez, exijo de ti! ¡Date prisa a complacerme, en virtud del poder que tengo sobre ti como dueño de la lámpara!" Y el genio contestó: "¡Escucho y obedezco!" Y desapareció, pero para volver al cabo de un momento.

Y le acompañaban los ochenta esclavos consabidos, hombres y mujeres, a los que puso en fila en el patio, a lo largo del muro de la casa. Y cada una de las esclavas llevaba a la cabeza una bandeja de oro macizo llena hasta el borde de perlas, diamantes, rubíes, esmeraldas, turquesas y otras mil especies de pedrerías en forma de frutas de todos colores y de todos tamaños. Y cada bandeja estaba cubierta con una gasa de seda con florones de oro en el tejido. Y verdaderamente eran las pedrerías mucho más maravillosas que las presentadas al sultán en la porcelana. Y una vez alineados contra el muro los cuarenta esclavos, el genio fue a inclinarse ante Aladino, y le preguntó: "¿Tienes todavía, oh mi señor, que exigir alguna cosa al servidor de la lámpara?" Y Aladino le dijo: "¡No, por el momento nada más!" Y al punto desapareció el efrit.

En aquel instante entró la madre de Aladino cargada con las provisiones que había comprado en el zoco. Y se sorprendió mucho al ver su casa invadida por tanta gente; y al pronto creyó que el sultán mandaba detener a Aladino para castigarle por la insolencia de su petición. Pero no tardó Aladino en disuadirla de ello, pues sin darle lugar a quitarse el velo del rostro, le dijo: "¡No pierdas el tiempo en levantarte el velo, oh madre, porque vas a verte obligada a salir sin tardanza para acompañar al palacio a estos esclavos que ves formados en el patio! ¡Como puedes observar, las cuarenta esclavas llevan la dote reclamada por el sultán como precio de su hija! ¡Te ruego, pues, que, antes de preparar la comida, me prestes el servicio de acompañar al cortejo para presentárselo al sultán!"

Inmediatamente la madre de Aladino hizo salir de la casa por orden a los ochenta esclavos, formándolos en hilera por parejas: una esclava joven precedida de un negro, y así sucesivamente hasta la última pareja. Y cada pareja estaba separada de la anterior por un espacio de diez pies. Y cuando traspuso la puerta la última pareja, la madre de Aladino echó a andar detrás del cortejo. Y Aladino cerró la puerta, seguro del resultado, y fue a su cuarto a esperar tranquilamente el regreso de su madre.

En cuanto salió a la calle la primera pareja comenzaron a aglomerarse los transeúntes; y cuando estuvo completo el cortejo la calle se había llenado de una muchedumbre inmensa, que prorrumpía en murmullos y exclamaciones. Y acudió todo el zoco para ver el cortejo y admirar un espectáculo tan magnífico y tan extraordinario. ¡Porque cada pareja era por sí sola una cumplida maravilla; pues su atavío, admirable de gusto y esplendor, su hermosura, compuesta de una belleza blanca de mujer y una belleza negra de negro, su buen aspecto, su continente aventajado, su marcha reposada y cadenciosa, a igual distancia, el resplandor de la bandeja de pedrerías que llevaba a la cabeza cada joven, los destellos lanzados por las joyas engastadas en los cinturones de oro de los negros, las chispas que brotaban de sus gorros de brocado en que se balanceaban airones, todo aquello constituía un espectáculo arrebatador, a ninguno otro parecido, que hacía que ni por un instante dudase el pueblo de que se trataba de la llegada a palacio de algún asombroso hijo de rey o de sultán.

Y en medio de la estupefacción de todo un pueblo, acabó el cortejo por llegar a palacio. Y no bien los guardias y porteros divisaron a la primera pareja, llegaron a tal estado de maravilla que, poseídos de respeto y admiración, se formaron espontáneamente en dos filas para que pasaran. Y su jefe, al ver al primer negro, convencido de que iba a visitar al rey el sultán de los negros en persona, avanzó hacia él y se prosternó y quiso besarle la mano; pero entonces vio la hilera maravillosa que le seguía. Y al mismo tiempo le dijo el primer negro, sonriendo, porque había recibido del efrit las instrucciones necesarias: "¡Yo y todos nosotros no somos más que esclavos del que vendrá cuando llegue el momento oportuno!" Y tras de hablar así, franqueó la puerta seguido de la joven que llevaba la bandeja de oro y toda la hilera de parejas armoniosas. Y los ochenta esclavos franquearon el primer patio y fueron a ponerse en fila por orden en el segundo patio, al cual daba el diván de recepción.

En cuanto al sultán, que en aquel momento despachaba los asuntos del reino, vio en el patio aquel cortejo magnífico, que borraba con su esplendor el brillo de todo lo que él poseía en el palacio, hizo desalojar el diván inmediatamente, y dio orden de recibir a los recién llegados. Y entraron estos gravemente, de dos en dos, y se alinearon con lentitud, formando una gran media luna ante el trono del sultán. Y cada una de las esclavas jóvenes, ayudada por su compañero negro, depositó en la alfombra la bandeja que llevaba. Luego se prosternaron a la vez los ochenta y besaron la tierra entre las manos del sultán, levantándose en seguida, y todos a una descubrieron con igual diestro ademán las bandejas rebosantes de frutas maravillosas. Y con los brazos cruzados sobre el pecho permanecieron de pie, en actitud del más profundo respeto.

Sólo entonces fue cuando la madre de Aladino, que iba la última, se destacó de la media luna que formaban las parejas alternadas, y después de las prosternaciones y las zalemas de rigor, dijo al rey, que había enmudecido por completo ante aquel espectáculo sin par: "¡Oh rey del tiempo, mi hijo Aladino, esclavo tuyo, me envía con la dote que has pedido como precio de Sett Badrú'l-Budur, tu hija honorable! ¡Y me encarga te diga que te equivocaste al apreciar la valía de la princesa, y que todo esto está muy por debajo de sus méritos! Pero cree que le disculparás por ofrecerte tan poco, y que admitirás este insignificante tributo en espera de lo que piensa hacer en lo sucesivo!"

Así habló la madre de Aladino. Pero el rey, que no estaba en estado de escuchar lo que ella le decía, seguía absorto y con los ojos muy abiertos ante el espectáculo que se ofrecía a su vista. Y miraba alternativamente las cuarenta bandejas, el contenido de las cuarenta bandejas, las esclavas jóvenes que habían llevado las cuarenta bandejas y los jóvenes negros que habían acompañado a las portadoras de las bandejas. ¡Y no sabía qué debía admirar más, si aquellas joyas, que eran las más extraordinarias que vio nunca en el mundo, o aquellas esclavas jóvenes, que eran como lunas, o aquellos esclavos negros, que se dirían otros tantos reyes! Y así se estuvo una hora entera, sin poder pronunciar una palabra ni separar sus miradas de las maravillas que tenía ante sí. Y en lugar de dirigirse a la madre de Aladino para manifestarle su opinión acerca de lo que le llevaba, acabó por encararse con su gran visir y decirle: "¡Por mi vida! ¿Qué suponen las riquezas que poseemos y qué supone mi palacio ante tal magnificencia? ¿Y qué debemos pensar del hombre que, en menos tiempo del preciso para desearlos, realiza tales esplendores y nos los envía? ¿Y qué son los méritos de mi hija comparados con semejante profusión de hermosura?" Y no obstante el despecho y el rencor que experimentaba por cuanto le había sucedido a su hijo, el visir no pudo menos de decir: "¡Sí, por Alá, hermoso es todo esto; pero, aun así, no vale lo que un tesoro único como la princesa Badrú'l-Budur!" Y dijo el rey: "¡Por Alá, ya lo creo que vale tanto como ella y la supera con mucho en valor! ¡Por eso no me parece mal negocio concedérsela en matrimonio a un hombre tan rico, tan generoso y tan magnífico como el gran Aladino, nuestro hijo!" Y se encaró con los demás visires y emires y notables que le rodeaban, y les interrogó con la mirada. Y todos contestaron inclinándose profundamente hasta el suelo por tres veces para indicar bien su aprobación a las palabras de su rey.

Entonces no vaciló más el rey. Y sin preocuparse ya de saber si Aladino reunía todas las cualidades requeridas para ser esposo de una hija de rey, se encaró con la madre de Aladino, y le dijo: "¡Oh venerable madre de Aladino! ¡Te ruego que vayas a decir a tu hijo que desde este instante ha entrado en mi raza y en mi descendencia, y que ya no aguardo más que a verle para besarle como un padre besaría a su hijo, y para unirle a mi hija Badrú'l-Budur por el Libro y la Sunnah!"

Y después de las zalemas, por una y otra parte, la madre de Aladino se apresuró a retirarse para volar en seguida a su casa, desafiando a la rapidez del viento, y poner a su hijo Aladino al corriente de lo que acababa de pasar. Y le apremió para que se diera prisa en presentarse al rey, que tenía la más viva impaciencia por verle. Y Aladino, que con aquella noticia veía satisfechos sus anhelos después de tan larga espera, no quiso dejar ver cuán embriagado de alegría estaba. Y contestó con aire muy tranquilo y acento mesurado: "Toda esta dicha me viene de Alá y de tu bendición, ¡oh madre!, y de tu celo infatigable." Y le besó las manos y le dio muchas gracias y le pidió permiso para retirarse a su cuarto, a fin de prepararse para ir a ver al sultán.

No bien estuvo solo, Aladino cogió la lámpara mágica, que hasta entonces había sido de tanta utilidad para él, y la frotó como de ordinario. Y al instante apareció el efrit, quien, después de inclinarse ante él, le preguntó con la fórmula habitual qué servicio podía prestarle. Y Aladino contestó: "¡Oh efrit de la lámpara! ¡Deseo tomar un baño! ¡Y para después del baño quiero que me traigas un traje que no tenga igual en magnificencia entre los sultanes más grandes de la tierra, y tan bueno, que los entendidos puedan estimarlo en más de mil millares de dinares de oro, por lo menos! ¡Y basta por el momento!"

Entonces, tras inclinarse en prueba de obediencia, el efrit de la lámpara dobló completamente el espinazo, y dijo a Aladino: "Móntate en mis hombros, ¡oh dueño de la lámpara!" Y Aladino se montó en los hombros del efrit, dejando colgar sus piernas sobre el pecho del genio; y el efrit se elevó por los aires, haciéndole invisible, como él lo era, y le transportó a un hammam tan hermoso que no podría encontrársele semejante en casa de los reyes y césares. Y el hammam era todo de jade y alabastro transparente, con piscinas de cornalina rosa y coral blanco y con ornamentos de piedra de esmeralda de una delicadeza encantadora. ¡Y verdaderamente podían deleitarse allá los ojos y los sentidos, porque en aquel recinto nada molestaba a la vista en el conjunto ni en los detalles! Y era deliciosa la frescura que se sentía allí y el calor estaba graduado y proporcionado. Y no había ni un bañista que turbara con su presencia o con su voz la paz de las bóvedas blancas.

Pero en cuanto el genio dejó a Aladino en el estrado de la sala de entrada, apareció ante él un joven efrit de lo más hermoso, semejante a una muchacha, aunque más seductor, y le ayudó a desnudarse, y le echó por los hombros una toalla grande perfumada, y le cogió con mucha precaución y dulzura y le condujo a la más hermosa de las salas, que estaba toda pavimentada de pedrerías de colores diversos. Y al punto fueron a cogerle de manos de su compañero otros jóvenes efrits, no menos bellos y no menos seductores, y le sentaron cómodamente en un banco de mármol, y se dedicaron a frotarle y a lavarle con varias clases de aguas olorosas; le dieron masaje con un arte admirable, y volvieron a lavarle con agua de rosas almizclada. Y sus sabios cuidados le pusieron la tez tan fresca como un pétalo de rosa y blanca y encarnada, a medida de los deseos. Y se sintió ligero hasta el punto de poder volar como los pájaros. Y el joven y hermoso efrit que le había conducido se presentó para volver a cogerle y llevarle al estrado, donde le ofreció, como refresco, un delicioso sorbete de ámbar gris. Y se encontró con el genio de la lámpara, que tenía entre sus manos un traje de suntuosidad incomparable. Y ayudado por el joven efrit de manos suaves, se puso aquella magnificencia, y estaba semejante a cualquier rey entre los grandes reyes, aunque tenía mejor aspecto aún. Y de nuevo le tomó el efrit sobre sus hombros y se lo llevó, sin sacudidas, a la habitación de su casa.

Entonces Aladino se encaró con el efrit de la lámpara, y le dijo: "¿Y ahora sabes lo que tienes que hacer?" El genio contestó: "No, ¡oh dueño de la lámpara! ¡Pero ordena y obedeceré en los aires por donde vuelo o en la tierra por donde me arrastro!" Y dijo Aladino: "Deseo que me traigas un caballo de pura raza, que no tenga semejante en hermosura ni en las caballerizas del sultán ni en las de los monarcas más poderosos del mundo. Y es preciso que sus arreos valgan por sí solos mil millares de dinares de oro, por lo menos. Al mismo tiempo me traerás cuarenta y ocho esclavos jóvenes, bien formados, de talla aventajada y llenos de gracia, vestidos con mucha limpieza, elegancia y riqueza, para que abran marcha delante de mi caballo veinticuatro de ellos puestos en dos hileras de a doce, mientras los otros veinticuatro irán detrás de mí en dos hileras de a doce también. Tampoco has de olvidarte, sobre todo, de buscar para el servicio de mi madre doce jóvenes como lunas, únicas en su especie, vestidas con mucho gusto y magnificencia y llevando en los brazos cada una un traje de tela y color diferentes y con el cual pueda vestirse con toda confianza una hija de rey. Por último, a cada uno de mis cuarenta y ocho esclavos le darás, para que se lo cuelgue al cuello, un saco con cinco mil dinares de oro, a fin de que haga yo de ello el uso que me parezca. ¡Y eso es todo lo que deseo de ti por hoy…"

En ese momento de su narración, Schahrazada vio aparecer la mañana, y guardó silencio discretamente.

PERO CUANDO LLEGÓ LA NOCHE 759…

Ella dijo:

"… ¡Y eso es todo lo que deseo de ti por hoy!"

Apenas acabó de hablar Aladino, cuando el genio, después de responder con el oído y la obediencia, se apresuró a desaparecer, pero para volver al cabo de un momento con el caballo, los cuarenta y ocho esclavos jóvenes, las doce jóvenes, los cuarenta y ocho sacos con cinco mil dinares cada uno y los doce trajes de tela y color diferentes. Y todo era absolutamente de la calidad pedida, aunque más hermoso aún. Y Aladino se posesionó de todo y despidió al genio, diciéndole: "¡Te llamaré cuando tenga necesidad de ti!" Y sin pérdida de tiempo se despidió de su madre, besándole una vez más las manos, y puso a su servicio a las doce esclavas jóvenes, recomendándoles que no dejaran de hacer todo lo posible por tener contenta a su ama y que le enseñaran la manera de ponerse los hermosos trajes que habían llevado.

Tras todo lo cual, Aladino se apresuró a montar a caballo y a salir al patio de la casa. Y aunque subía entonces por primera vez a lomos de un caballo, supo sostenerse con una elegancia y una firmeza que le hubieran envidiado los más consumados jinetes. Y se puso en marcha, con arreglo al plan que había imaginado para el cortejo, precedido por veinticuatro esclavos formados en dos hileras de a doce, acompañado por cuatro esclavos que iban a ambos lados llevando los cordones de la gualdrapa del caballo, y seguido por los demás, que cerraban la marcha.

Cuando el cortejo echó a andar por las calles se aglomeró en todas partes, lo mismo en zocos que en ventanas y terrazas, una inmensa muchedumbre mucho más considerable que la que había acudido a ver el primer cortejo. Y siguiendo las órdenes que les había dado Aladino, los cuarenta y ocho esclavos empezaron entonces a coger oro de sus sacos y a arrojárselo a puñados a derecha y a izquierda al pueblo que se aglomeraba a su paso. Y resonaban por toda la ciudad las aclamaciones, no sólo a causa de la generosidad del magnífico donador, sino también a causa de la belleza del jinete y de sus esclavos espléndidos. Porque en su caballo, Aladino estaba verdaderamente muy arrogante, con su rostro, al que la virtud de la lámpara mágica hacía aún más encantador, con su aspecto real y el airón de diamantes que se balanceaba sobre su turbante. Y así fue como, en medio de las aclamaciones y la admiración de todo un pueblo, Aladino llegó a palacio precedido por el rumor de su llegada; y todo estaba preparado allí para recibirle con todos los honores debidos al esposo de la princesa Badrú'l-Budur.

Y he aquí que el sultán le esperaba precisamente en la parte alta de la escalera de honor, que empezaba en el segundo patio. Y no bien Aladino echó pie a tierra, ayudado por el propio gran visir, que le tenía el estribo, el sultán descendió en honor suyo dos o tres escalones. Y Aladino subió en dirección a él y quiso prosternarse entre sus manos; pero se lo impidió el sultán, que le recibió en sus brazos y le besó como si de su propio hijo se tratara, maravillado de su arrogancia, de su buen aspecto y de la riqueza de sus atavíos. Y en el mismo momento retembló el aire con las aclamaciones lanzadas por todos los emires, visires y guardias, y con el sonido de trompetas, clarinetes, oboes y tambores. Y pasando el brazo por el hombro de Aladino, el sultán le condujo al salón de recepciones, y le hizo sentarse a su lado en el lecho del trono, y le besó por segunda vez, y le dijo: "¡Por Alá, oh hijo mío Aladino, que siento mucho que mi destino no me haya hecho encontrarte antes de este día, y haber diferido así tres meses tu matrimonio con mi hija Badrú'l-Budur, esclava tuya!" Y le contestó Aladino de una manera tan encantadora, que el sultán sintió aumentar el cariño que le tenía, y le dijo: "¡En verdad, oh Aladino, qué rey no anhelaría que fueras el esposo de su hija!" Y se puso a hablar con él y a interrogarle con mucho afecto, admirándose de la prudencia de sus respuestas y de la elocuencia y sutileza de sus discursos. Y mandó preparar, en la misma sala del trono, un festín magnífico, y comió solo con Aladino, haciéndose servir por el gran visir, a quien se le había alargado con el despecho la nariz hasta el límite del alargamiento, y por los emires y los demás altos dignatarios.

Cuando terminó la comida, el sultán, que no quería prolongar por más tiempo la realización de su promesa, mandó llamar al kadí y a los testigos, y les ordenó que redactaran inmediatamente el contrato de matrimonio de Aladino y su hija la princesa Badrú'l-Budur. Y en presencia de los testigos el kadí se apresuró a ejecutar la orden y a extender el contrato con todas las fórmulas requeridas por el Libro y la Sunnah. Y cuando el kadí hubo acabado, el sultán besó a Aladino, y le dijo: "¡Oh hijo mío! ¿Penetrarás en la cámara nupcial para que tenga efecto la consumación esta misma noche?" Y contestó Aladino: "¡Oh rey del tiempo! Sin duda que penetraría esta misma noche para que tuviese efecto la consumación, si no escuchase otra voz que la del gran amor que experimento por mi esposa. Pero deseo que la cosa se haga en un palacio digno de la princesa y que le pertenezca en propiedad. Permíteme, pues, que aplace la plena realización de mi dicha hasta que haga construir el palacio que le destino. ¡Y a este efecto, te ruego que me otorgues la concesión de un vasto terreno situado frente por frente de tu palacio, a fin de que mi esposa no esté muy alejada de su padre, y yo mismo esté siempre cerca de ti para servirte! ¡Y por mi parte, me comprometo a hacer construir este palacio en el plazo más breve posible!" Y el sultán contestó: "¡Ah, hijo mío, no tienes necesidad de pedirme permiso para eso! ¡Adueñate de todo el terreno que te haga falta enfrente de mi palacio. ¡Pero te ruego que procures que ese palacio se acabe lo más pronto posible, pues quisiera gozar de la posteridad de mi descendencia antes de morir!" Y Aladino sonrió, y dijo: "Tranquilice su espíritu el rey respecto a esto. ¡Se construirá el palacio con más diligencia de la que pudiera esperarse!" Y se despidió del sultán, que le besó con ternura, y regresó a su casa con el mismo cortejo que le había acompañado, seguido por las aclamaciones del pueblo y por votos de dicha y prosperidad.

En cuanto entró en su casa puso a su madre al corriente de lo que había pasado, y se apresuró a retirarse a su cuarto completamente solo. Y cogió la lámpara mágica y la frotó como de costumbre. Y no dejó el efrit de aparecer y de ponerse a sus órdenes. Y le dijo Aladino: "¡Oh efrit de la lámpara! Ante todo, te felicito por el celo que desplegaste en servicio mío. Y después tengo que pedirte otra cosa, según creo, más difícil de realizar que cuanto hiciste por mí hasta hoy, a causa del poder que ejercen sobre ti las virtudes de tu señora, que es esta lámpara de mi pertenencia. ¡Escucha! ¡Quiero que en el plazo más corto posible me construyas, frente por frente del palacio del sultán, un palacio que sea digno de mi esposa El Sett Badrú'l-Budur! ¡Y a tal fin, dejo a tu buen gusto y a tus conocimientos ya acreditados el cuidado de todos los detalles de ornamentación y la elección de materiales preciosos, tales como piedras de jade, pórfido, alabastro, ágata, lazulita, jaspe, mármol y granito! Solamente, te recomiendo que en medio de ese palacio eleves una gran cúpula de cristal, construida sobre columnas de oro macizo y de plata, alternadas y agujereada con noventa y nueve ventanas enriquecidas con diamantes, rubíes, esmeraldas y otras pedrerías, pero procurando que la ventana número noventa y nueve quede imperfecta, no de arquitectura, sino de ornamentación. Porque tengo un proyecto al respecto. Y no te olvides de trazar un jardín hermoso, con estanques y saltos de agua y plazoletas espaciosas. Y sobre todo, ¡oh efrit!, pon un tesoro enorme lleno de dinares de oro en cierto subterráneo, cuyo emplazamiento has de indicarme. ¡Y en cuanto a lo demás, así como en lo referente a cocinas, caballerizas y servidores, te dejo en completa libertad, confiando en tu sagacidad y en tu buena voluntad!" Y añadió: "¡En seguida que esté dispuesto todo, vendrás a avisarme!" Y contestó el genio: "¡Escucho y obedezco!" Y desapareció.

Y he aquí que al despuntar el día siguiente estaba todavía en su lecho Aladino, cuando vio aparecer ante él al efrit de la lámpara, quien, después de las zalemas de rigor, le dijo: "¡Oh dueño de la lámpara! Se han ejecutado tus órdenes. ¡Y te ruego que vengas a revisar su realización!" Y Aladino accedió, y el efrit le transportó inmediatamente al sitio designado, y le mostró, frente por frente del palacio del sultán, en medio de un magnífico jardín, y precedido de dos inmensos patios de mármol, un palacio mucho más hermoso de lo que el joven esperaba. Y tras de haberle hecho admirar la arquitectura y el aspecto general, el genio le hizo visitar una por una todas las habitaciones y dependencias. Y le pareció a Aladino que se habían hecho las cosas con un fasto, un esplendor y una magnificencia inconcebibles; y en un inmenso subterráneo encontró un tesoro formado por sacos superpuestos y llenos de dinares de oro, que se apilaban hasta la bóveda. Y también visitó las cocinas, las reposterías, las despensas y las caballerizas, encontrándolas muy de su gusto y perfectamente limpias; y se admiró de los caballos y yeguas, que comían en pesebres de plata, mientras los palafreneros los cuidaban y les echaban el pienso. Y pasó revista a los esclavos de ambos sexos y a los eunucos, formados por orden, según la importancia de sus funciones. Y cuando lo hubo visto todo y examinado todo, se encaró con el efrit de la lámpara, el cual sólo para él era visible y le acompañaba por todas partes, y hubo de felicitarle por la rapidez, el buen gusto y la inteligencia de que había dado prueba en aquella obra perfecta. Luego añadió: "¡Pero te has olvidado, oh efrit, de extender desde la puerta de mi palacio a la del sultán una gran alfombra que permita que mi esposa no se canse los pies al atravesar esa distancia!" Y contestó el genio: "¡Oh dueño de la lámpara, tienes razón! ¡Pero eso se hace en un instante!" Y efectivamente, en un abrir y cerrar de ojos se extendió en el espacio que separaba ambos palacios una magnífica alfombra de terciopelo con colores que armonizaban a maravilla con los tonos del césped y de los macizos.

Entonces Aladino, en el límite de la satisfacción, dijo al efrit: "¡Todo está perfecto ahora! ¡Llévame a casa!" Y el efrit le cogió y le transportó a su cuarto cuando en el palacio del sultán los individuos de la servidumbre comenzaban a abrir las puertas para dedicarse a sus ocupaciones.

Y he aquí que, en cuanto abrieron las puertas, los esclavos y los porteros llegaron al límite de la estupefacción al notar que algo se oponía a su vista en el sitio donde la víspera se veía un inmenso meydán para torneos y cabalgatas. Y lo primero que vieron fue la magnífica alfombra de terciopelo que se extendía entre el césped lozano y sacaba sus colores con los matices naturales de flores y arbustos. Y siguiendo con la mirada aquella alfombra, entre las hierbas del jardín milagroso divisaron entonces el soberbio palacio construido con piedras preciosas y cuya cúpula de cristal brillaba como el sol. Y sin saber ya qué pensar, prefirieron ir a contar el hecho al gran visir, quien, después de mirar el nuevo palacio, a su vez fue a informar de ello al sultán, diciéndole: "No cabe duda, ¡oh rey del tiempo! ¡El esposo de Sett Badrú'l-Budur es un insigne mago!" Pero el sultán le contestó: "¡Mucho me asombra, oh visir, que quieras insinuarme que el palacio del que hablas es obra de magia! ¡Bien sabes, sin embargo, que el hombre que me hizo tan maravillosos presentes es muy capaz de hacer construir todo un palacio en una sola noche, teniendo en cuenta las riquezas que debe poseer y el número considerable de obreros de que se habrá servido, gracias a su fortuna. ¿Por qué, pues, vacilas en creer que ha obtenido ese resultado por medios naturales? ¿No te cegarán los celos, haciéndote juzgar mal los hechos e impulsándote a murmurar de mi yerno Aladino?" Y comprendiendo, por aquellas palabras, que el sultán quería a Aladino, el visir no se atrevió a insistir por miedo a perjudicarse a sí mismo, y guardó silencio por prudencia. ¡Y he aquí lo referente a él!

En cuanto a Aladino, una vez que el efrit de la lámpara le transportó a su antigua casa, dijo a una de las doce esclavas jóvenes que fueran a despertar a su madre, y les dio a todas orden de ponerle uno de los hermosos trajes que habían llevado, y de ataviarla lo mejor que pudieran. Y cuando estuvo vestida su madre conforme el joven deseaba, le dijo él que había llegado el momento de ir al palacio del sultán para llevarse a la recién casada y conducirla al palacio que había hecho construir para ella. Y tras de recibir acerca del particular todas las instrucciones necesarias, la madre de Aladino salió de su casa acompañada por sus doce esclavas, y no tardó Aladino en seguirla a caballo en medio de su cortejo. Pero, cuando llegaron a cierta distancia del palacio, se separaron: Aladino para ir a su nuevo palacio, y su madre para ver al sultán.

No bien los guardias del sultán divisaron a la madre de Aladino en medio de las doce jóvenes que le servían de cortejo, corrieron a avisar al sultán, que se apresuró a ir a su encuentro. Y la recibió con las señales de respeto y los miramientos debidos a su nuevo rango. Y dio orden al jefe de los eunucos para que la introdujera en el harén, a presencia de Sett Badrú'l-Budur. Y en cuanto la princesa la vio y supo que era la madre de su esposo Aladino, se levantó en honor suyo y fue a besarla. Luego la hizo sentarse a su lado, y la agasajó con diversas confituras y golosinas, y terminó de hacerse vestir por sus mujeres y de adornarse con las más preciosas joyas con que le obsequió su esposo Aladino. Y poco después entró el sultán, y pudo ver al descubierto entonces por primera vez, gracias al nuevo parentesco, el rostro de la madre de Aladino. Y en la delicadeza de sus facciones notó que debía haber sido muy agraciada en su juventud, y que aun entonces, vestida como estaba con un buen traje y arreglada con lo que más le favorecía, tenía mejor aspecto que muchas princesas y esposas de visires y de emires. Y la cumplimentó mucho por ello, lo cual conmovió y enterneció profundamente el corazón de la pobre mujer del difunto sastre Mustafá, que fue tan desdichada, y hubo de llenarle de lágrimas los ojos.

Tras lo cual se pusieron a conversar los tres con toda cordialidad, haciendo así más amplio conocimiento, hasta la llegada de la sultana, madre de Badrú'l-Budur. Pero la vieja sultana estaba lejos de ver con buenos ojos aquel matrimonio de su hija con el hijo de gentes desconocidas; y era del bando del gran visir, que seguía estando muy mortificado en secreto por el buen curso que el asunto tomaba en detrimento suyo. Sin embargo, no se atrevió a mostrar demasiada mala cara a la madre de Aladino, a pesar de las ganas que tenía de hacerlo; y tras las zalemas por una y otra parte, se sentó con los demás, aunque sin interesarse en la conversación.

Y he aquí que cuando llegó el momento de las despedidas para marcharse al nuevo palacio, la princesa Badrú'l-Budur se levantó y besó con mucha ternura a su padre y a su madre, mezclando a los besos muchas lágrimas, apropiadas a las circunstancias. Luego, apoyándose en la madre de Aladino, que iba a su izquierda, y precedida de diez eunucos vestidos con ropa de ceremonia y seguida de cien jóvenes esclavas ataviadas con una magnificencia de libélulas, se puso en marcha hacia el nuevo palacio, entre dos filas de cuatrocientos jóvenes esclavos blancos y negros alternados, que formaban entre los dos palacios y tenían cada uno una antorcha de oro en que ardía una bujía grande de ámbar y de alcanfor blanco. Y la princesa avanzó lentamente en medio de aquel cortejo, pasando por la alfombra de terciopelo, mientras que a su paso se dejaba oír un concierto admirable de instrumentos en las avenidas del jardín y en lo alto de las terrazas del palacio de Aladino. Y a lo lejos resonaban las aclamaciones lanzadas por todo el pueblo, que había acudido a las inmediaciones de ambos palacios, y unía el rumor de su alegría a toda aquella gloria. Y acabó la princesa por llegar a la puerta del nuevo palacio, en donde la esperaba Aladino. Y salió él a su encuentro sonriendo; y ella quedó encantada de verle tan hermoso y tan brillante. Y entró con él en la sala del festín, bajo la gran cúpula con ventanas de pedrerías. Y se sentaron los tres ante las bandejas de oro debidas a los cuidados del efrit de la lámpara; y Aladino estaba sentado en medio, con su esposa a la derecha y su madre a la izquierda. Y empezaron a comer al son de una música que no se veía y que era ejecutada por un coro de efrits de ambos sexos. Y Badrú'l-Budur, encantada de cuanto veía y oía, decía para sí: "¡En mi vida me imaginé cosas tan maravillosas!" Y hasta dejó de comer para escuchar mejor los cánticos y el concierto de los efrits. Y Aladino y su madre no cesaban de servirla y de ofrecerle bebidas que no necesitaba, pues ya estaba ebria de admiración. Y fue para ellos una jornada espléndida que no tuvo igual en los tiempos de Iskandar y de Soleimán…

En ese momento de su narración, Schahrazada vio aparecer la mañana, y guardó silencio discretamente.

PERO CUANDO LLEGÓ LA NOCHE 762…

Ella dijo:

… Y fue para ellos una jornada espléndida que no tuvo igual en los tiempos de Iskandar y de Soleimán.

Y cuando llegó la noche levantaron los manteles e hizo al punto su entrada en la sala de la cúpula un grupo de danzarinas. Y estaba compuesto de cuatrocientas jóvenes, hijas de efrits, vestidas como flores y ligeras como pájaros. Y al son de una música aérea se pusieron a bailar varias clases de motivos y con pasos de danza como no pueden verse más que en las regiones del paraíso. Y entonces fue cuando Aladino se levantó y, cogiendo de la mano a su esposa, se encaminó con ella a la cámara nupcial con paso cadencioso. Y les siguieron ordenadamente las esclavas jóvenes, precedidas por la madre de Aladino. Y desnudaron a

Badrú'l-Budur; y no le pusieron sobre el cuerpo más que lo estrictamente necesario para la noche. Y así era ella comparable a un narciso que saliera de su cáliz. Y tras desearles delicias y alegría, les dejaron solos en la cámara nupcial. Y por fin pudo Aladino, en el límite de la dicha, unirse a la princesa Badrú'l-Budur, hija del rey. Y su noche, como su día, no tuvo par en los tiempos de Iskandar y de Soleimán.

Al día siguiente, después de toda una noche de delicias, Aladino salió de los brazos de su esposa Badrú'l-Budur para hacer que al punto le pusieran un traje más magnífico todavía que el de la víspera, y disponerse a ir a ver al sultán. Y mandó que le llevaran un soberbio caballo de las caballerizas pobladas por el efrit de la lámpara, y lo montó y se encaminó al palacio del padre de su esposa en medio de una escolta de honor. Y el sultán le recibió con muestras del más vivo regocijo, y le besó y le pidió con mucho interés noticias suyas y noticias de Badrú'l-Budur. Y Aladino le dio la respuesta conveniente acerca del particular, y le dijo: "¡Vengo sin tardanza, oh rey del tiempo, para invitarte a que vayas hoy a iluminar mi morada con tu presencia y a compartir con nosotros la primera comida que celebramos después de las bodas! ¡Y te ruego que, para visitar el palacio de tu hija, te hagas acompañar del gran visir y los emires!" Y el sultán, para demostrarle su estimación y su afecto, no puso ninguna dificultad al aceptar la invitación, se levantó en aquella hora y en aquel instante, y seguido de su gran visir y de sus emires salió con Aladino.

Y he aquí que, a medida que el sultán se aproximaba al palacio de su hija, su admiración crecía considerablemente y sus exclamaciones se hacían más vivas, más acentuadas y más altisonantes. Y eso que aún estaba fuera del palacio. ¡Pero cómo se maravilló cuando estuvo dentro! ¡No veía por doquiera más que esplendores, suntuosidades, riquezas, buen gusto, armonía y magnificencia! Y lo que acabó de deslumbrarle fue la sala de la cúpula de cristal, cuya arquitectura aérea y cuya ornamentación no podía dejar de admirar. Y quiso contar el número de ventanas enriquecidas con pedrerías, y vio que, en efecto, ascendían al número de noventa y nueve, ni una más ni una menos. Y se asombró enormemente. Pero asimismo notó que la ventana que hacía el número noventa y nueve no estaba concluida y carecía de todo adorno; y se encaró con Aladino y le dijo, muy sorprendido: "¡Oh hijo mío Aladino! ¡He aquí, ciertamente, el palacio más maravilloso que existió jamás sobre la faz de la tierra! ¡Y estoy lleno de admiración por cuanto veo! Pero, ¿puedes decirme qué motivo te ha impedido acabar la labor de esa ventana que con su imperfección afea la hermosura de sus hermanas?" Y Aladino sonrió y contestó: "¡Oh rey del tiempo! Te ruego que no creas que fue por olvido o por economía o por simple negligencia por lo que dejé esa ventana en el estado imperfecto en que la ves, porque la he querido así a sabiendas. Y el motivo consiste en dejar a Tu Alteza el cuidado de hacer acabar esa labor para sellar de tal suerte en la piedra de este palacio tu nombre glorioso y el recuerdo de tu reinado. ¡Por eso te suplico que consagres con tu consentimiento la construcción de esta morada que, por muy confortable que sea, resulta indigna de los méritos de mi esposa, tu hija!" Y extremadamente halagado por aquella delicada atención de Aladino, el rey le dio las gracias y quiso que al instante se comenzara aquel trabajo. Y a este efecto dio orden a sus guardias para que hicieran ir al palacio, sin demora, a los joyeros más hábiles y mejor surtidos de pedrerías, para acabar las incrustaciones de la ventana. Y mientras llegaban fue a ver a su hija y a pedirle noticias de su primera noche de bodas. Y sólo por la sonrisa con que le recibió ella y por su aire satisfecho comprendió que sería superfluo insistir. Y besó a Aladino, felicitándole mucho, y fue con él a la sala en que ya estaba preparada la comida con todo el esplendor conveniente. Y comió de todo, y le parecieron los manjares los más excelentes que había probado nunca, y el servicio muy superior al de su palacio, y la plata y los accesorios admirables en absoluto.

Entre tanto llegaron los joyeros y orfebres a quienes habían ido a buscar los guardias por toda la capital; y se pasó recado al rey, que en seguida subió a la cúpula de las noventa y nueve ventanas. Y enseñó a los orfebres la ventana sin terminar, diciéndoles: "¡Es preciso que en el plazo más breve posible acabéis la labor que necesita esta ventana en cuanto a incrustaciones de perlas y pedrerías de todos colores!" Y los orfebres y joyeros contestaron con el oído y la obediencia, y se pusieron a examinar con mucha minuciosidad la labor y las incrustaciones de las demás ventanas, mirándose unos a otros con ojos muy dilatados de asombro. Y después de ponerse de acuerdo entre ellos, volvieron junto al sultán, y tras de las prosternaciones, le dijeron: "¡Oh rey del tiempo! ¡No obstante todo nuestro repuesto de piedras preciosas, no tenemos en nuestras tiendas con qué adornar la centésima parte de esta ventana!" Y dijo el rey: "¡Yo os proporcionaré lo que os haga falta!" Y mandó llevar las frutas de piedras preciosas que Aladino le había dado como presente, y les dijo: "¡Emplead lo necesario y devolvedme lo que sobre!" Y los joyeros tomaron sus medidas e hicieron sus cálculos, repitiéndolos varias veces, y contestaron: "¡Oh rey del tiempo! ¡Con todo lo que nos das y con todo lo que poseemos no habrá bastante para adornar la décima parte de la ventana!" Y el rey se encaró con sus guardias, y les dijo: "¡Invadid las casas de mis visires, grandes y pequeños, de mis emires y de todas las personas ricas de mi reino, y haced que os entreguen de grado o por fuerza todas las piedras preciosas que posean!" Y los guardias se apresuraron a ejecutar la orden.

En espera de que regresasen, Aladino, que veía que el rey empezaba a estar inquieto por el resultado de la empresa y que interiormente se regocijaba en extremo de la cosa, quiso distraerle con un concierto. E hizo una seña a uno de los jóvenes efrits esclavos suyos, el cual hizo entrar al punto un grupo de cantarinas, tan hermosas, que cada una de ellas podía decir a la luna: "¡Levántate para que me siente en tu sitio!", y dotadas de una voz encantadora que podía decir al ruiseñor: "¡Cállate para escuchar cómo canto!" Y en efecto, consiguieron con la armonía que el rey tuviese un poco de paciencia.

Pero en cuanto llegaron los guardias el sultán entregó en seguida a joyeros y orfebres las pedrerías procedentes del despojo de las consabidas personas ricas, y les dijo: "Y bien, ¿qué tenéis que decir ahora?" Ellos contestaron: "¡Por Alá, oh señor nuestro, que aun nos falta mucho! ¡Y necesitaremos ocho veces más materiales que los que poseemos al presente! ¡Además, para hacer bien este trabajo, precisamos por lo menos de un plazo de tres meses, poniendo manos a la obra de día y de noche!"

Al oír estas palabras, el rey llegó al límite del desaliento y de la perplejidad, y sintió alargársele la nariz hasta los pies de lo que le avergonzaba su impotencia en circunstancias tan penosas para su amor propio. Entonces Aladino, sin querer ya prolongar más la prueba a la que le hubo de someter, y dándose por satisfecho, se encaró con los orfebres y joyeros, y les dijo: "¡Recoged lo que os pertenece y salid!" Y dijo a los guardias: "¡Devolved las pedrerías a sus dueños!" Y dijo al rey: "¡Oh rey del tiempo! ¡No estaría bien que admitiera de ti yo lo que te di una vez! ¡Te ruego, pues, que veas con agrado que te restituya yo estas frutas de pedrerías y te reemplace en lo que falta hacer para llevar a cabo la ornamentación de esa ventana! ¡Solamente te suplico que me esperes en el aposento de mi esposa Badrú'l-Budur, porque no puedo trabajar ni dar ninguna orden cuando sé que me están mirando!" Y el rey se retiró con su hija Badrú'l-Budur para no importunar a Aladino.

Entonces Aladino sacó del fondo de un armario de nácar la lámpara mágica, que había tenido mucho cuidado de no olvidar en la mudanza de la antigua casa al palacio, y la frotó como tenía por costumbre hacerlo. Y al instante apareció el efrit y se inclinó ante Aladino esperando sus órdenes. Y Aladino le dijo: "¡Oh efrit de la lámpara! ¡Te he hecho venir para que hagas, de todo punto semejante a sus hermanas, la ventana número noventa y nueve!" Y apenas había él formulado esta petición cuando desapareció el efrit. Y oyó Aladino como una infinidad de martillazos y chirridos de limas en la ventana consabida; y en menos tiempo del que el sediento necesita para beberse un vaso de agua fresca, vio aparecer y quedar rematada la milagrosa ornamentación de pedrerías de la ventana. Y no pudo encontrar la diferencia con las otras. Y fue en busca del sultán y le rogó que le acompañara a la sala de la cúpula.

Cuando el sultán llegó frente a la ventana, que había visto tan imperfecta unos instantes antes, creyó que se había equivocado de sitio, sin poder diferenciarla de las otras. Pero cuando, después de dar la vuelta varias veces a la cúpula, comprobó que en tan poco tiempo se había hecho aquel trabajo, para cuya terminación exigían tres meses enteros todos los joyeros y orfebres reunidos, llegó al límite de la maravilla, y besó a Aladino entre ambos ojos, y le dijo: "¡Ah! ¡Hijo mío Aladino, conforme te conozco más, me pareces más admirable!" Y envió a buscar al gran visir, y le mostró con el dedo la maravilla que le entusiasmaba, y le dijo con acento irónico: "Y bien, visir, ¿qué te parece?" Y el visir, que no se olvidaba de su antiguo rencor, se convenció cada vez más, al ver la cosa, de que Aladino era un hechicero, un herético y un filósofo alquimista. Pero se guardó mucho de dejar translucir sus pensamientos al sultán, a quien sabía muy adicto a su nuevo yerno, y sin entrar en conversación con él le dejó con su maravilla y se limitó a contestar: "¡Alá es el más grande!"

Y he aquí que, desde aquel día, el sultán no dejó de ir a pasar, después del diván, algunas horas cada tarde en compañía de su yerno Aladino y de su hija Badrú'l-Budur, para contemplar las maravillas del palacio, en donde siempre encontraba cosas nuevas más admirables que las antiguas, y que le maravillaban y le transportaban.

En cuanto a Aladino, lejos de envanecerse con lo agradable de su nueva vida, tuvo cuidado de consagrarse, durante las horas que no pasaba con su esposa Badrú'l-Budur, a hacer el bien a su alrededor y a informarse de las gentes pobres para socorrerlas. Porque no olvidaba su antigua condición y la miseria en que había vivido con su madre en los años de su niñez. Y además, siempre que salía a caballo se hacía escoltar por algunos esclavos que, siguiendo órdenes suyas, no dejaban de tirar en todo el recorrido puñados de dinares de oro a la muchedumbre que acudía a su paso. Y a diario, después de la comida del mediodía y de la noche, hacía repartir entre los pobres las sobras de su mesa, que bastarían para alimentar a más de cinco mil personas. Así es que su conducta tan generosa y su bondad y su modestia le granjearon el afecto de todo el pueblo y le atrajeron las bendiciones de todos los habitantes. Y no había ni uno que no jurase por su nombre y por su vida. Pero lo que acabó de conquistarle los corazones y cimentar su fama fue cierta gran victoria que logró sobre unas tribus rebeladas contra el sultán, y donde había dado prueba de un valor maravilloso y de cualidades guerreras que superaban a las hazañas de los héroes más famosos. Y Badrú'l-Budur le amó cada vez más, y cada vez se felicitó más de su feliz destino que le había dado por esposo al único hombre que se la merecía verdaderamente. Y de tal suerte vivió Aladino varios años de dicha perfecta entre su esposa y su madre, rodeado del afecto y la abnegación de grandes y pequeños, y más querido y más respetado que el mismo sultán, quien, por cierto, continuaba teniéndole en alta estima y sintiendo por él una admiración ilimitada. ¡Y he aquí lo referente a Aladino!

¡He aquí ahora lo que se refiere al mago magrebí a quien encontramos al principio de todos estos acontecimientos y que, sin querer, fue causa de la fortuna de Aladino!

Cuando abandonó a Aladino en el subterráneo, para dejarle morir de sed y de hambre, se volvió a su país al fondo del Magreb lejano. Y se pasaba el tiempo entristeciéndose con el mal resultado de su expedición y lamentando las penas y fatigas que había soportado tan vanamente para conquistar la lámpara mágica. Y pensaba en la fatalidad que le había quitado de los labios el bocado que tanto trabajo le costó preparar. Y no transcurría día sin que el recuerdo lleno de amargura de aquellas cosas asaltase su memoria y le hiciese maldecir a Aladino y el momento en que se encontró con Aladino. Y un día que estaba más lleno de rencor que de costumbre acabó por sentir curiosidad por los detalles de la muerte de Aladino. Y a este efecto, como estaba muy versado en la geomancia, cogió su mesa de arena adivinatoria, que hubo de sacar del fondo de un armario, se sentó sobre una estera cuadrada en medio de un círculo trazado con rojo, alisó la arena, arregló los granos machos y los granos hembras, las madres y los hijos, murmuró las fórmulas geománticas, y dijo: "Está bien, oh arena, veamos. ¿Qué ha sido de la lámpara mágica? ¿Y cómo murió ese miserable, que se llamaba Aladino?" Y pronunciando estas palabras agitó la arena con arreglo al rito. Y he aquí que nacieron las figuras y se formó el horóscopo. Y el magrebí, en el límite de la estupefacción, después de un examen detallado de las figuras del horóscopo, descubrió sin ningún género de duda que Aladino no estaba muerto, sino muy vivo, que era dueño de la lámpara mágica, y que vivía con esplendor, riquezas y honores, casado con la princesa Badrú'l-Budur, hija del rey de la China, a la cual amaba y la cual le amaba, y por último, que no se le conocía en todo el imperio de la China e incluso en las fronteras del mundo más que con el nombre del emir Aladino.

Cuando el mago se enteró de tal suerte, por medio de las operaciones de su geomancia y de su descreimiento, de aquellas cosas que estaba tan lejos de esperarse, echó espuma de rabia y escupió al aire y al suelo, diciendo: "Escupo en tu cara. Piso tu cabeza, ¡oh Aladino! ¡oh pájaro de horca! ¡oh rostro de pez y de brea!…"

En ese momento de su narración, Schahrazada vio aparecer la mañana, y guardó silencio discretamente.

Al día siguiente, después de toda una noche de delicias, Aladino salió de los brazos de su esposa Badrú'l-Budur para hacer que al punto le pusieran un traje más magnífico todavía que el de la víspera, y disponerse a ir a ver al sultán. Y mandó que le llevaran un soberbio caballo de las caballerizas pobladas por el efrit de la lámpara, y lo montó y se encaminó al palacio del padre de su esposa en medio de una escolta de honor. Y el sultán le recibió con muestras del más vivo regocijo, y le besó y le pidió con mucho interés noticias suyas y noticias de Badrú'l-Budur. Y Aladino le dio la respuesta conveniente acerca del particular, y le dijo: "¡Vengo sin tardanza, oh rey del tiempo, para invitarte a que vayas hoy a iluminar mi morada con tu presencia y a compartir con nosotros la primera comida que celebramos después de las bodas! ¡Y te ruego que, para visitar el palacio de tu hija, te hagas acompañar del gran visir y los emires!" Y el sultán, para demostrarle su estimación y su afecto, no puso ninguna dificultad al aceptar la invitación, se levantó en aquella hora y en aquel instante, y, seguido de su gran visir y de sus emires, salió con Aladino.

Y he aquí que, a medida que el sultán se aproximaba al palacio de su hija, su admiración crecía considerablemente y sus exclamaciones se hacían más vivas, más acentuadas y más altisonantes. Y eso que aún estaba fuera del palacio. ¡Pero cómo se maravilló cuando estuvo dentro! ¡No veía por doquiera más que esplendores, suntuosidades, riquezas, buen gusto, armonía y magnificencia! Y lo que acabó de deslumbrarle fue la sala de la cúpula de cristal, cuya arquitectura aérea y cuya ornamentación no podía dejar de admirar. Y quiso contar el número de ventanas enriquecidas con pedrerías, y vio que, en efecto, ascendían al número de noventa y nueve, ni una más ni una menos. Y se asombró enormemente. Pero asimismo notó que la ventana que hacía el número noventa y nueve no estaba concluida y carecía de todo adorno; y se encaró con Aladino y le dijo, muy sorprendido: "¡Oh hijo mío Aladino! ¡He aquí, ciertamente, el palacio más maravilloso que existió jamás sobre la faz de la tierra! ¡Y estoy lleno de admiración por cuanto veo! Pero, ¿puedes decirme qué motivo te ha impedido acabar la labor de esa ventana que con su imperfección afea la hermosura de sus hermanas?" Y Aladino sonrió y contestó: "¡Oh rey del tiempo! Te ruego que no creas que fue por olvido o por economía o por simple negligencia por lo que dejé esa ventana en el estado imperfecto en que la ves, porque la he querido así a sabiendas. Y el motivo consiste en dejar a Tu Alteza el cuidado de hacer acabar esa labor para sellar de tal suerte en la piedra de este palacio tu nombre glorioso y el recuerdo de tu reinado. ¡Por eso te suplico que consagres con tu consentimiento la construcción de esta morada que, por muy confortable que sea, resulta indigna de los méritos de mi esposa, tu hija!" Y extremadamente halagado por aquella delicada atención de Aladino, el rey le dio las gracias y quiso que al instante se comenzara aquel trabajo. Y a este efecto dio orden a sus guardias para que hicieran ir al palacio, sin demora, a los joyeros más hábiles y mejor surtidos de pedrerías, para acabar las incrustaciones de la ventana. Y mientras llegaban fue a ver a su hija y a pedirle noticias de su primera noche de bodas. Y solo por la sonrisa con que le recibió ella y por su aire satisfecho comprendió que sería superfluo insistir. Y besó a Aladino, felicitándole mucho, y fue con él a la sala en que ya estaba preparada la comida con todo el esplendor conveniente. Y comió de todo, y le parecieron los manjares los más excelentes que había probado nunca, y el servicio muy superior al de su palacio, y la plata y los accesorios admirables en absoluto.

Entre tanto llegaron los joyeros y orfebres a quienes habían ido a buscar los guardias por toda la capital; y se pasó recado al rey, que en seguida subió a la cúpula de las noventa y nueve ventanas. Y enseñó a los orfebres la ventana sin terminar, diciéndoles: "¡Es preciso que en el plazo más breve posible acabéis la labor que necesita esta ventana en cuanto a incrustaciones de perlas y pedrerías de todos colores!" Y los orfebres y joyeros contestaron con el oído y la obediencia, y se pusieron a examinar con mucha minuciosidad la labor y las incrustaciones de las demás ventanas, mirándose unos a otros con ojos muy dilatados de asombro. Y después de ponerse de acuerdo entre ellos, volvieron junto al sultán, y tras las prosternaciones, le dijeron: "¡Oh rey del tiempo! ¡No obstante todo nuestro repuesto de piedras preciosas, no tenemos en nuestras tiendas con qué adornar la centésima parte de esta ventana!" Y dijo el rey: "¡Yo os proporcionaré lo que os haga falta!" Y mandó llevar las frutas de piedras preciosas que Aladino le había dado como presente, y les dijo: "¡Emplead lo necesario y devolvedme lo que sobre!" Y los joyeros tomaron sus medidas e hicieron sus cálculos, repitiéndolos varias veces, y contestaron: "¡Oh rey del tiempo! ¡Con todo lo que nos das y con todo lo que poseemos no habrá bastante para adornar la décima parte de la ventana!" Y el rey se encaró con sus guardias, y les dijo: "¡Invadid las casas de mis visires, grandes y pequeños, de mis emires y de todas las personas ricas de mi reino, y haced que os entreguen de grado o por fuerza todas las piedras preciosas que posean!" Y los guardias se apresuraron a ejecutar la orden.

En espera de que regresasen, Aladino, que veía que el rey empezaba a estar inquieto por el resultado de la empresa y que interiormente se regocijaba en extremo de la cosa, quiso distraerle con un concierto. E hizo una seña a uno de los jóvenes efrits esclavos suyos, el cual hizo entrar al punto un grupo de cantarinas, tan hermosas que cada una de ellas podía decir a la luna: "¡Levántate para que me siente en tu sitio!", y dotadas de una voz encantadora que podía decir al ruiseñor: "¡Cállate para escuchar cómo canto!" Y en efecto, consiguieron con la armonía que el rey tuviese un poco de paciencia.

Pero en cuanto llegaron los guardias, el sultán entregó en seguida a joyeros y orfebres las pedrerías procedentes del despojo de las consabidas personas ricas, y les dijo: "Y bien, ¿qué tenéis que decir ahora?" Ellos contestaron: "¡Por Alá, oh señor nuestro, que aún nos falta mucho! ¡Y necesitaremos ocho veces más materiales que los que poseemos al presente! ¡Además, para hacer bien este trabajo, precisamos por lo menos de un plazo de tres meses, poniendo manos a la obra de día y de noche!"

Al oír estas palabras, el rey llegó al límite del desaliento y de la perplejidad, y sintió alargársele la nariz hasta los pies de lo que le avergonzaba su impotencia en circunstancias tan penosas para su amor propio. Entonces Aladino, sin querer ya prolongar más la prueba a la que le hubo de someter, y dándose por satisfecho, se encaró con los orfebres y joyeros, y les dijo: "¡Recoged lo que os pertenece y salid!" Y dijo a los guardias: "¡Devolved las pedrerías a sus dueños!" Y dijo al rey: "¡Oh rey del tiempo! ¡No sería justo que admitiera de ti yo lo que te di una vez! ¡Te ruego, pues, que veas con agrado que te restituya yo estas frutas de pedrerías y te reemplace en lo que falta hacer para llevar a cabo la ornamentación de esa ventana! ¡Solamente te suplico que me esperes en el aposento de mi esposa Badrú'l-Budur, porque no puedo trabajar ni dar ninguna orden cuando sé que me están mirando!" Y el rey se retiró con su hija Badrú'l-Budur para no importunar a Aladino.

Entonces Aladino sacó del fondo de un armario de nácar la lámpara mágica, que había tenido mucho cuidado de no olvidar en la mudanza de la antigua casa al palacio, y la frotó como tenía por costumbre hacerlo. Y al instante apareció el efrit y se inclinó ante Aladino esperando sus órdenes. Y Aladino le dijo: "¡Oh efrit de la lámpara! ¡Te he hecho venir para que hagas, de todo punto semejante a sus hermanas, la ventana número noventa y nueve!" Y apenas había él formulado esta petición cuando desapareció el efrit. Y oyó Aladino como una infinidad de martillazos y chirridos de limas en la ventana consabida; y en menos tiempo del que el sediento necesita para beberse un vaso de agua fresca, vio aparecer y quedar rematada la milagrosa ornamentación de pedrerías de la ventana. Y no pudo encontrar la diferencia con las otras. Y fue en busca del sultán y le rogó que le acompañara a la sala de la cúpula.

Cuando el sultán llegó frente a la ventana, que había visto tan imperfecta unos instantes antes, creyó que se había equivocado de sitio, sin poder diferenciarla de las otras. Pero cuando después de dar la vuelta varias veces a la cúpula, comprobó que en tan poco tiempo se había hecho aquel trabajo, para cuya terminación exigían tres meses enteros todos los joyeros y orfebres reunidos, llegó al límite de la maravilla, y besó a Aladino entre ambos ojos, y le dijo: "¡Ah! ¡Hijo mío Aladino, conforme te conozco más, me pareces más admirable!" Y envió a buscar al gran visir, y le mostró con el dedo la maravilla que le entusiasmaba, y le dijo con acento irónico: "Y bien, visir, ¿qué te parece?" Y el visir, que no se olvidaba de su antiguo rencor, se convenció cada vez más, al ver la cosa, de que Aladino era un hechicero, un hereje y un filósofo alquimista. Pero se guardó mucho de dejar translucir sus pensamientos al sultán, a quien sabía muy adicto a su nuevo yerno, y sin entrar en conversación con él le dejó con su maravilla y se limitó a contestar: "¡Alá es el más grande!"

Y he aquí que, desde aquel día, el sultán no dejó de ir a pasar, después del diván, algunas horas cada tarde en compañía de su yerno Aladino y de su hija Badrú'l-Budur, para contemplar las maravillas del palacio, en donde siempre encontraba cosas nuevas más admirables que las antiguas, y que le maravillaban y le transportaban.

En cuanto a Aladino, lejos de envanecerse con lo agradable de su nueva vida, tuvo cuidado de consagrarse, durante las horas que no pasaba con su esposa Badrú'l-Budur, a hacer el bien a su alrededor y a informarse de las gentes pobres para socorrerlas. Porque no olvidaba su antigua condición y la miseria en que había vivido con su madre en los años de su niñez. Y además, siempre que salía a caballo se hacía escoltar por algunos esclavos que, siguiendo órdenes suyas, no dejaban de tirar en todo el recorrido puñados de dinares de oro a la muchedumbre que acudía a su paso. Y a diario, después de la comida del mediodía y de la noche, hacía repartir entre los pobres las sobras de su mesa, que bastarían para alimentar a más de cinco mil personas. Así es que su conducta tan generosa y su bondad y su modestia le granjearon el afecto de todo el pueblo y le atrajeron las bendiciones de todos los habitantes. Y no había ni uno que no jurase por su nombre y por su vida. Pero lo que acabó de conquistarle los corazones y cimentar su fama fue cierta gran victoria que logró sobre unas tribus rebeladas contra el sultán, y donde había dado prueba de un valor maravilloso y de cualidades guerreras que superaban a las hazañas de los héroes más famosos. Y Badrú'l-Budur le amó cada vez más, y cada vez se felicitó más de su feliz destino que le había dado por esposo al único hombre que se la merecía verdaderamente. Y de tal suerte vivió Aladino varios años de dicha perfecta entre su esposa y su madre, rodeado del afecto y la abnegación de grandes y pequeños, y más querido y más respetado que el mismo sultán, quien, por cierto, continuaba teniéndole en alta estima y sintiendo por él una admiración ilimitada. ¡Y he aquí lo referente a Aladino!

¡He aquí ahora lo que se refiere al mago magrebí a quien encontramos al principio de todos estos acontecimientos y que, sin querer, fue causa de la fortuna de Aladino!

Cuando abandonó a Aladino en el subterráneo, para dejarle morir de sed y de hambre, se volvió a su país al fondo del Magreb lejano. Y se pasaba el tiempo entristeciéndose con el mal resultado de su expedición y lamentando las penas y fatigas que había soportado tan vanamente para conquistar la lámpara mágica. Y pensaba en la fatalidad que le había quitado de los labios el bocado que tanto trabajo le costó preparar. Y no transcurría día sin que el recuerdo lleno de amargura de aquellas cosas asaltase su memoria y le hiciese maldecir a Aladino y el momento en que se encontró con Aladino. Y un día que estaba más lleno de rencor que de ordinario acabó por sentir curiosidad por los detalles de la muerte de Aladino. Y a este efecto, como estaba muy versado en la geomancia, cogió su mesa de arena adivinatoria, que hubo de sacar del fondo de un armario, se sentó sobre una estera cuadrada en medio de un círculo trazado con rojo, alisó la arena, arregló los granos machos y los granos hembras, las madres y los hijos, murmuró las fórmulas geománticas, y dijo: "Está bien, ¡oh arena! Veamos. ¿Qué ha sido de la lámpara mágica? ¿Y cómo murió ese miserable, que se llamaba Aladino?" Y pronunciando estas palabras agitó la arena con arreglo al rito. Y he aquí que nacieron las figuras y se formó el horóscopo. Y el magrebí, en el límite de la estupefacción, después de un examen detallado de las figuras del horóscopo, descubrió sin ningún género de duda que Aladino no estaba muerto, sino muy vivo, que era dueño de la lámpara mágica, y que vivía con esplendor, riquezas y honores, casado con la princesa Badrú'l-Budur, hija del rey de la China, a la cual amaba y la cual le amaba, y por último, que no se le conocía en todo el imperio de la China e incluso en las fronteras del mundo más que con el nombre del emir Aladino.

Cuando el mago se enteró de tal suerte, por medio de las operaciones de su geomancia y de su descreimiento, de aquellas cosas que estaba tan lejos de esperarse, echó espuma de rabia y escupió al aire y al suelo, diciendo: "Escupo en tu cara. Piso tu cabeza, ¡oh Aladino! ¡oh pájaro de horca! ¡oh rostro de pez y de brea!…"

En ese momento de su narración, Schahrazada vio aparecer la mañana, y guardó silencio discretamente.

PERO CUANDO LLEGÓ LA NOCHE 765…

Ella dijo:

"…Escupo en tu cara. Piso tu cabeza, ¡oh Aladino! ¡oh pájaro de horca! ¡oh rostro de pez y de brea!" Y durante una hora entera estuvo escupiendo al aire y al suelo, hollando con los pies a un Aladino imaginario y abrumándole con juramentos atroces y con insultos de todas las variedades, hasta que se calmó un poco. Pero entonces resolvió vengarse a toda costa de Aladino y hacerle expiar las felicidades de que, en detrimento suyo, gozaba con la posesión de aquella lámpara mágica que le había costado al mago tantos esfuerzos y tantas penas inútiles. Y sin vacilar un instante se puso en camino para la China. Y como la rabia y el deseo de venganza le daban alas, viajó sin detenerse, meditando largamente sobre los medios de que se valdría para apoderarse de Aladino; y no tardó en llegar a la capital del reino de China. Y paró en un khan, donde alquiló una vivienda. Y desde el día siguiente a su llegada empezó a recorrer los sitios públicos y los lugares más frecuentados; y por todas partes sólo oyó hablar del emir Aladino, de la hermosura del emir Aladino, de la generosidad del emir Aladino y de la magnificencia del emir Aladino. Y se dijo: "¡Por el fuego y por la luz, que no tardará en pronunciarse este nombre para sentenciarlo a muerte!" Y llegó al palacio de Aladino, y exclamó al ver su aspecto imponente: "¡Ah! ¡ah! ¡ahí habita ahora el hijo del sastre Mustafá, el que no tenía un pedazo de pan que echarse a la boca al llegar la noche! ¡Ah! ¡ah! ¡pronto verás, Aladino, si mi Destino vence o no al tuyo, y si obligo o no a tu madre a hilar lana, como en otro tiempo, para no morirse de hambre, y si cavo o no con mis propias manos la fosa adonde irá ella a llorar!" Luego se acercó a la puerta principal del palacio, y después de entablar conversación con el portero consiguió enterarse de que Aladino había ido de caza por varios días. Y pensó: "¡He aquí ya el principio de la caída de Aladino! ¡En ausencia suya podré obrar más libremente! ¡Pero, ante todo, es preciso que sepa si Aladino se ha llevado la lámpara consigo o si la ha dejado en el palacio!" Y se apresuró a volver a su habitación del khan, donde cogió su mesa geomántica y la interrogó. Y el horóscopo le reveló que Aladino había dejado la lámpara en el palacio.

Entonces el magrebí, ebrio de alegría, fue al zoco de los caldereros y entró en la tienda de un mercader de linternas y lámparas de cobre, y le dijo: "¡Oh mi señor! Necesito una docena de lámparas de cobre completamente nuevas y muy bruñidas." Y contestó el mercader: "¡Tengo lo que necesitas!" Y le puso delante doce lámparas muy brillantes y le pidió un precio que le pagó el mago sin regatear. Y las cogió y las puso en un cesto que había comprado en casa del cestero. Y salió del zoco.

Y entonces se dedicó a recorrer las calles con el cesto de lámparas al brazo, gritando: "¡Lámparas nuevas! ¡A las lámparas nuevas! ¡Cambio lámparas nuevas por otras viejas! ¡Quien quiera el cambio que venga por la nueva!" Y de este modo se encaminó al palacio de Aladino.

En cuanto los pilluelos de las calles oyeron aquel pregón insólito y vieron el amplio turbante del magrebí, dejaron de jugar y acudieron en tropel. Y se pusieron a hacer piruetas detrás de él, mofándose y gritando a coro: "¡Al loco! ¡al loco!" Pero él, sin prestar la menor atención a sus burlas, seguía con su pregón, que dominaba las cuchufletas: "¡Lámparas nuevas! ¡A las lámparas nuevas! ¡Cambio lámparas nuevas por otras viejas! ¡Quien quiera el cambio que venga por la nueva!"

Y de tal suerte, seguido por la burlona muchedumbre de chiquillos, llegó a la plaza que había delante de la puerta del palacio y se dedicó a recorrerla de un extremo a otro para volver sobre sus pasos y recomenzar, repitiendo, cada vez más fuerte, su pregón sin cansarse. Y tanta maña se dio, que la princesa Badrú'l-Budur, que en aquel momento se encontraba en la sala de las noventa y nueve ventanas, oyó aquel vocerío insólito y abrió una de las ventanas y miró a la plaza. Y vio a la muchedumbre insolente y burlona de pilluelos, y entendió el extraño pregón del magrebí. Y se echó a reír. Y sus mujeres entendieron el pregón y también se echaron a reír con ella. Y le dijo una: "¡Oh mi señora! ¡Precisamente hoy, al limpiar el cuarto de mi amo Aladino, he visto en una mesita una lámpara vieja de cobre! ¡Permíteme, pues, que vaya a cogerla y a enseñársela a ese viejo magrebí, para ver si realmente está tan loco como nos da a entender su pregón, y si consiente en cambiárnosla por una lámpara nueva!" Y he aquí que la lámpara vieja de que hablaba aquella esclava era precisamente la lámpara mágica de Aladino. ¡Y por una desgracia escrita por el Destino, se había olvidado él, antes de partir, de guardarla en el armario de nácar en que generalmente la tenía escondida, y la había dejado encima de la mesilla! ¿Pero es posible luchar contra los decretos del Destino?

Por otra parte, la princesa Badrú'l-Budur ignoraba completamente la existencia de aquella lámpara y sus virtudes maravillosas. Así es que no vio ningún inconveniente en el cambio del que le hablaba su esclava, y contestó: "¡Desde luego! ¡Coge esa lámpara y dásela al agha de los eunucos, a fin de que vaya a cambiarla por una lámpara nueva y nos riamos a costa de ese loco!" Entonces la joven esclava fue al aposento de Aladino, cogió la lámpara mágica que estaba encima de la mesilla y se la entregó al agha de los eunucos. Y el agha bajó al punto a la plaza, llamó al magrebí, le enseñó la lámpara que tenía, y le dijo: "¡Mi señora desea cambiar esta lámpara por una de las nuevas que llevas en ese cesto!"

Cuando el mago vio la lámpara la reconoció al primer golpe de vista y empezó a temblar de emoción. Y el eunuco le dijo: "¿Qué te pasa? ¿Acaso encuentras esta lámpara demasiado vieja para cambiarla?" Pero el mago, que había dominado ya su excitación, tendió la mano con la rapidez del buitre que cae sobre la tórtola, cogió la lámpara que le ofrecía el eunuco y se la guardó en el pecho. Luego presentó al eunuco el cesto, diciendo: "¡Coge la que más te guste!" Y el eunuco escogió una lámpara muy bruñida y completamente nueva, y se apresuró a llevársela a su ama Badrú'l-Budur, echándose a reír y burlándose de la locura del magrebí. ¡Y he aquí lo referente al agha de los eunucos y al cambio de la lámpara mágica en ausencia de Aladino!

En cuanto al mago, echó a correr en seguida, tirando el cesto con su contenido a la cabeza de los pilluelos, que continuaban mofándose de él, para impedirles que le siguieran. Y de tal modo desembarazado, franqueó recintos de palacios y jardines y se aventuró por las calles de la ciudad, dando mil rodeos, a fin de que perdieran su pista quienes hubiesen querido perseguirle. Y cuando llegó a un barrio completamente desierto, se sacó del pecho la lámpara y la frotó. Y el efrit de la lámpara respondió a esta llamada, apareciéndose ante él al punto, y diciendo: "¡Aquí tienes entre tus manos a tu esclavo! ¿Qué quieres? Habla. ¡Soy el servidor de la lámpara en el aire por donde vuelo y en la tierra por donde me arrastro!" Porque el efrit obedecía indistintamente a quienquiera que fuese el poseedor de aquella lámpara, aunque, como el mago, fuera por el camino de la maldad y de la perdición.

Entonces el magrebí le dijo: "¡Oh efrit de la lámpara! Te ordeno que cojas el palacio que edificaste para Aladino y lo transportes con todos los seres y todas las cosas que contiene a mi país, que ya sabes cuál es, y que está en el fondo del Magreb, entre jardines. ¡Y también me transportarás a mí allá con el palacio!" Y contestó el efrit esclavo de la lámpara: "¡Escucho y obedezco! ¡Cierra un ojo y abre un ojo, y te encontrarás en tu país, en medio del palacio de Aladino!" Y efectivamente, en un abrir y cerrar de ojos se hizo todo. Y el magrebí se encontró transportado, con el palacio de Aladino, en medio de su país, en el Magreb africano. ¡Y esto es lo referente a él!

Pero en cuanto al sultán, padre de Badrú'l-Budur, al despertarse el día siguiente salió de su palacio, como tenía por costumbre, para ir a visitar a su hija, a la que quería tanto. Y en el sitio en que se alzaba el maravilloso palacio no vio más que un amplio meydán agujereado por las zanjas vacías de los cimientos. Y en el límite de la perplejidad, ya no supo si habría perdido la razón; y empezó a restregarse los ojos para darse cuenta mejor de lo que veía. ¡Y comprobó que con la claridad del sol saliente y la limpidez de la mañana no había manera de engañarse, y que el palacio ya no estaba allí! Pero quiso convencerse más aún de aquella realidad enloquecedora, y subió al piso más alto, y abrió la ventana que daba enfrente de los aposentos de su hija. Y no vio palacio ni huella de palacio, ni jardines ni huella de jardines, sino sólo un inmenso meydán donde, de no estar las zanjas, habrían podido los caballeros justar a su antojo.

Entonces, desgarrado de ansiedad, el desdichado padre empezó a golpearse las manos una contra otra y a mesarse la barba llorando, por más que no pudiese darse cuenta exacta de la naturaleza y de la magnitud de su desgracia. Y mientras de tal suerte se desplomaba sobre el diván, su gran visir entró para anunciarle, como de costumbre, la apertura de la sesión de justicia. Y vio el estado en que se hallaba, y no supo qué pensar. Y el sultán le dijo: "¡Acércate aquí!" Y el visir se acercó, y el sultán le dijo: "¿Dónde está el palacio de mi hija?" El otro dijo: "¡Alá guarde al sultán! ¡Pero no comprendo lo que quiere decir!" El sultán dijo: "¡Cualquiera creería, oh visir, que no estás al corriente de la triste nueva!" El visir dijo: "Claro que no lo estoy, ¡oh mi señor! ¡Por Alá, que no sé nada, absolutamente nada!" El sultán dijo: "¡En ese caso, no has mirado hacia el palacio de Aladino!" El visir dijo: "¡Ayer tarde estuve paseándome por los jardines que lo rodean, y no he notado ninguna cosa de particular, sino que la puerta principal estaba cerrada a causa de la ausencia del emir Aladino!" El sultán dijo: "¡En ese caso, oh visir, mira por esta ventana y dime si no notas ninguna cosa de particular en ese palacio que ayer viste con la puerta cerrada!" Y el visir sacó la cabeza por la ventana y miró, pero fue para levantar los brazos al cielo, exclamando: "¡Alejado sea el Maligno! ¡El palacio ha desaparecido!" Luego se encaró con el sultán, y le dijo: "¡Y ahora, oh mi señor!, ¿vacilas en creer que ese palacio, cuya arquitectura y ornamentación admirabas tanto, sea otra cosa que la obra de la más admirable hechicería?" Y el sultán bajó la cabeza y reflexionó durante una hora entera. Tras lo cual levantó la cabeza, y tenía el rostro revestido de furor. Y exclamó: "¿Dónde está ese malvado, ese aventurero, ese mago, ese impostor, ese hijo de mil perros, que se llama Aladino?" Y el visir contestó con el corazón dilatado de triunfo: "¡Está ausente de casa; pero me ha anunciado su regreso para hoy antes de la plegaria del mediodía! ¡Y si quieres, me encargo de ir yo mismo a informarme acerca de él sobre lo que ha sido del palacio con su contenido!" Y el rey se puso a gritar: "¡No, por Alá! ¡Hay que tratarle como a los ladrones y a los embusteros! ¡Que me le traigan los guardias cargado de cadenas!"

Al punto el gran visir salió a comunicar la orden del sultán al jefe de los guardias, instruyéndole acerca de cómo debía arreglarse para que no se le escapara Aladino. Y acompañado por cien jinetes, el jefe de los guardias salió de la ciudad al camino por donde tenía que volver Aladino, y se encontró con él a cien parasangas de las puertas. Y en seguida hizo que le cercaran los jinetes, y le dijo: "Emir Aladino, ¡oh amo nuestro! ¡Dispénsanos, por favor! ¡Pero el sultán, de quien somos esclavos, nos ha ordenado que te detengamos y te pongamos entre sus manos cargado de cadenas como a los criminales! ¡Y no podemos desobedecer una orden real! ¡Pero repetimos que nos disculpes por tratarte así, aunque a todos nosotros nos ha inundado tu generosidad!"

Al oír estas palabras del jefe de los guardias, a Aladino se le trabó la lengua de sorpresa y de emoción. Pero acabó por poder hablar, y dijo: "¡Oh buenas gentes! ¿Sabéis, al menos, por qué motivo os ha dado el sultán semejante orden, siendo yo inocente de todo crimen con respecto a él o al Estado?" Y contestó el jefe de los guardias: "¡Por Alá, que no lo sabemos!" Entonces Aladino se apeó de su caballo, y dijo: "¡Haced de mí lo que os haya ordenado el sultán, pues las órdenes del sultán están por encima de la cabeza y de los ojos!" Y los guardias, muy a disgusto suyo, se apoderaron de Aladino, le ataron los brazos, le echaron al cuello una cadena muy gruesa y muy pesada, con la que también le sujetaron por la cintura, y cogiendo el extremo de aquella cadena le arrastraron a la ciudad, haciéndole caminar a pie mientras ellos seguían a caballo su camino.

Llegados que fueron los guardias a los primeros arrabales de la ciudad, los transeúntes que vieron de este modo a Aladino no dudaron de que el sultán, por motivos que ignoraban, se disponía a hacer que le cortaran la cabeza. Y como Aladino se había captado, por su generosidad y su afabilidad, el afecto de todos los súbditos del reino, los que le vieron se apresuraron a echar a andar detrás de él, armándose de sables unos, y de estacas otros, y de piedras y palos los demás. Y aumentaban en número a medida que el convoy se aproximaba a palacio; de modo que ya eran millares y millares al llegar a la plaza del meydán. Y todos gritaban y protestaban, blandiendo sus armas y amenazando a los guardias, que a duras penas pudieron contenerles y penetrar en palacio sin ser maltratados. Y en tanto que los otros continuaban vociferando y chillando en el meydán para que se les devolviese sano y salvo a su señor Aladino, los guardias introdujeron a Aladino, que seguía cargado de cadenas, en la sala donde le esperaba el sultán lleno de cólera y de ansiedad.

No bien tuvo en su presencia a Aladino, el sultán, poseído de un furor inconcebible, no quiso perder el tiempo en preguntarle qué había sido del palacio que guardaba a su hija Badrú'l-Budur, y gritó al porta-alfanje: "¡Corta en seguida la cabeza a este impostor maldito!" Y no quiso oírle ni verle un instante más. Y el porta-alfanje se llevó a Aladino a la terraza desde la cual se dominaba el meydán en donde estaba apiñada la muchedumbre tumultuosa, hizo arrodillarse a Aladino sobre el cuero rojo de las ejecuciones, y después de vendarle los ojos le quitó la cadena que llevaba al cuello y alrededor del cuerpo, y le dijo: "¡Pronuncia tu acto de fe antes de morir!" Y se dispuso a darle el golpe de muerte, volteando por tres veces y haciendo flamear el sable en el aire en torno a él. Pero en aquel momento, al ver que el porta-alfanje iba a ejecutar a Aladino, la muchedumbre empezó a escalar los muros del palacio y a forzar las puertas. Y el sultán vio aquello, y temiéndose algún acontecimiento funesto se sintió poseído de gran espanto. Y se encaró con el porta-alfanje, y le dijo: "¡Aplaza por el momento el acto de cortar la cabeza a ese criminal!" Y dijo al jefe de los guardias: "¡Haz que pregonen al pueblo que le otorgo la gracia de la sangre de ese maldito!" Y aquella orden, pregonada en seguida desde lo alto de las terrazas, calmó el tumulto y el furor de la muchedumbre, e hizo abandonar su propósito a los que forzaban las puertas y a los que escalaban los muros del palacio.

Entonces Aladino, a quien se había tenido cuidado de quitar la venda de los ojos y a quien habían soltado las ligaduras que le ataban las manos a la espalda, se levantó del cuero de las ejecuciones en donde estaba arrodillado y alzó la cabeza hacia el sultán, y con los ojos llenos de lágrimas le preguntó: "¡Oh rey del tiempo! ¡Suplico a Tu Alteza que me diga solamente el crimen que he podido cometer para ocasionar tu cólera y esta desgracia!" Y con el color muy amarillo y la voz llena de cólera reconcentrada, el sultán le dijo: "¿Que te diga tu crimen, miserable? ¿Es que finges ignorarlo? ¡Pero no fingirás más cuando te lo haya hecho ver con tus propios ojos!" Y le gritó: "¡Sígueme!" Y echó a andar delante de él y le condujo al otro extremo del palacio, hacia la parte que daba al segundo meydán, donde se erguía antes el palacio de Badrú'l-Budur rodeado de sus jardines, y le dijo: "¡Mira por esta ventana y dime, ya que debes saberlo, qué ha sido del palacio que guardaba a mi hija!" Y Aladino sacó la cabeza por la ventana y miró. Y no vio ni palacio, ni jardín, ni huella de palacio o de jardín, sino el inmenso meydán desierto, tal como estaba el día en que dio él al efrit de la lámpara orden de construir allí la morada maravillosa. Y sintió tal estupefacción y tal dolor y tal conmoción, que estuvo a punto de caer desmayado. Y no pudo pronunciar una sola palabra. Y el sultán le gritó: "Dime, maldito impostor, ¿dónde está el palacio y dónde está mi hija, el núcleo de mi corazón, mi única hija?" Y Aladino lanzó un gran suspiro y vertió abundantes lágrimas; luego dijo: "¡Oh rey del tiempo, no lo sé!" Y le dijo el sultán: "¡Escúchame bien! No quiero pedirte que restituyas tu maldito palacio; pero sí te ordeno que me devuelvas a mi hija. Y si no lo haces al instante o si no quieres decirme qué ha sido de ella, ¡por mi cabeza, que haré que te corten la cabeza!" Y en el límite de la emoción, Aladino bajó los ojos y reflexionó durante una hora entera. Luego levantó la cabeza, y dijo: "¡Oh rey del tiempo! Nadie escapa a su destino. ¡Y si mi destino es que se me corte la cabeza por un crimen que no he cometido, ningún poder logrará salvarme! Sólo te pido, pues, antes de morir, un plazo de cuarenta días para hacer las pesquisas necesarias con respecto a mi esposa bienamada, que ha desaparecido con el palacio mientras yo estaba de caza y sin que pudiera sospechar cómo ha sobrevenido esta calamidad. ¡Te lo juro por la verdad de nuestra fe y los méritos de nuestro señor Mahoma (¡con él la plegaria y la paz!)" Y el sultán contestó: "Está bien; te concederé lo que me pides. ¡Pero has de saber que, pasado ese plazo, nada podrá salvarte de entre mis manos si no me traes a mi hija! ¡Porque sabré apoderarme de ti y castigarte, sea donde sea el paraje de la tierra en que te ocultes!" Y al oír estas palabras Aladino salió de la presencia del sultán, y muy cabizbajo atravesó el palacio en medio de los dignatarios, que se apenaban mucho al reconocerle y verle tan demudado por la emoción y el dolor. Y llegó ante la muchedumbre y empezó a preguntar, con torvos ojos: "¿Dónde está mi palacio? ¿Dónde está mi esposa?" Y cuantos le veían y oían dijeron: "¡El pobre ha perdido la razón! ¡El haber caído en desgracia con el sultán y la proximidad de la muerte le han vuelto loco!" Y al ver que ya sólo era para todo el mundo un motivo de compasión, Aladino se alejó rápidamente sin que nadie tuviese corazón para seguirle. Y salió de la ciudad, y comenzó a errar por el campo, sin saber lo que hacía. Y de tal suerte llegó a orillas de un gran río, presa de la desesperación, y diciéndose: "¿Dónde hallarás tu palacio, Aladino, y a tu esposa Badrú'l-Budur, oh pobre? ¿A qué país desconocido irás a buscarla, si es que está viva todavía? ¿Y acaso sabes siquiera cómo ha desaparecido?" Y con el alma oscurecida por estos pensamientos, y sin ver ya más que tinieblas y tristeza delante de sus ojos, quiso arrojarse al agua y ahogar allí su vida y su dolor. ¡Pero en aquel momento se acordó de que era un musulmán, un creyente, un puro! Y dio fe de la unidad de Alá y de la misión de Su Enviado. Y reconfortado con su acto de fe y su abandono a la voluntad del Altísimo, en lugar de arrojarse al agua se dedicó a hacer sus abluciones para la plegaria de la tarde. Y se puso en cuclillas a la orilla del río y cogió agua en el hueco de las manos y se puso a frotarse los dedos y las extremidades. Y he aquí que, al hacer estos movimientos, frotó el anillo que le había dado en la cueva el magrebí. Y en el mismo momento apareció el efrit del anillo, que se prosternó ante él, diciendo: "¡Aquí tienes entre tus manos a tu esclavo! ¿Qué quieres? Habla. ¡Soy el servidor del anillo en la tierra, en el aire y en el agua!" Y Aladino reconoció perfectamente, por su aspecto repulsivo y por su voz aterradora, al efrit que en otra ocasión hubo de sacarle del subterráneo. Y agradablemente sorprendido por aquella aparición, que estaba tan lejos de esperarse en el estado miserable en que se encontraba, interrumpió sus abluciones y se irguió sobre ambos pies, y dijo al efrit: "¡Oh efrit del anillo, oh compasivo, oh excelente! ¡Alá te bendiga y te tenga en su gracia! Pero apresúrate a traerme mi palacio y mi esposa, la princesa Badrú'l-Budur." Pero el efrit del anillo le contestó: "¡Oh dueño del anillo! ¡Lo que me pides no está en mi facultad, porque en la tierra, en el aire y en el agua yo sólo soy servidor del anillo! ¡Y siento mucho no poder complacerte en esto, que es de la competencia del servidor de la lámpara! ¡A tal fin, no tienes más que dirigirte a ese efrit, y él te complacerá!" Entonces Aladino, muy perplejo, le dijo: "¡En ese caso, oh efrit del anillo! Y puesto que no puedes mezclarte en lo que no te incumbe, transportando aquí el palacio de mi esposa, por las virtudes del anillo a quien sirves te ordeno que me transportes a mí mismo al paraje de la tierra en que se halla mi palacio, y me dejes, sin hacerme sufrir sacudidas, debajo de las ventanas de mi esposa, la princesa Badrú'l-Budur."

Apenas había formulado Aladino esta petición, el efrit del anillo contestó con el oído y la obediencia, y en el tiempo que se tarda solamente en cerrar un ojo y abrir un ojo, le transportó al fondo del Magreb, en medio de un jardín magnífico, donde se alzaba, con su hermosura arquitectónica, el palacio de Badrú'l-Budur. Y le dejó con mucho cuidado debajo de las ventanas de la princesa, y desapareció.

Entonces, a la vista de su palacio, sintió Aladino dilatársele el corazón y tranquilizársele el alma y refrescársele los ojos. Y de nuevo entraron en él la alegría y la esperanza. Y de la misma manera que está preocupado y no duerme quien confía una cabeza al vendedor de cabezas cocidas al horno, así Aladino, a pesar de sus fatigas y sus penas, no quiso descansar lo más mínimo. Y se limitó a elevar su alma hacia el Creador para darle gracias por sus bondades y reconocer que sus designios son impenetrables para las criaturas limitadas. Tras de lo cual se puso muy en evidencia debajo de las ventanas de su esposa Badrú'l-Budur.

Y he aquí que, desde que fue arrebatada con el palacio por el mago magrebí, la princesa tenía la costumbre de levantarse todos los días a la hora del alba, y se pasaba el tiempo llorando y las noches en vela, poseída de tristes pensamientos en su dolor por verse separada de su padre y de su esposo bienamado, además de todas las violencias de que la hacía víctima el maldito magrebí, aunque sin ceder ella. Y no dormía, ni comía, ni bebía. Y aquella tarde, por decreto del destino, su servidora había entrado a verla para distraerla. Y abrió una de las ventanas de la sala de cristal, y miró hacia fuera, diciendo: "¡Oh mi señora! ¡Ven a ver cuán delicioso es el aire de esta tarde!" Luego lanzó de pronto un grito, exclamando: "¡Ya setti, ya setti! ¡He ahí a mi amo Aladino, he ahí a mi amo Aladino! ¡Está bajo las ventanas del palacio…"

En ese momento de su narración, Schahrazada vio aparecer la mañana, y guardó silencio discretamente.

PERO CUANDO LLEGÓ LA NOCHE 769…

Ella dijo:

"¡Ya setti, ya setti! ¡He ahí a mi amo Aladino, he ahí a mi amo Aladino! ¡Está bajo las ventanas del palacio!"

Al oír estas palabras de su servidora, Badrú'l-Budur se precipitó a la ventana, y vio a Aladino, el cual la vio también. Y casi enloquecieron ambos de alegría. Y fue Badrú'l-Budur la primera que pudo abrir la boca, y gritó a Aladino: "¡Oh querido mío! ¡Ven pronto, ven pronto! ¡Mi servidora va a bajar para abrirte la puerta secreta! ¡Puedes subir aquí sin temor! ¡El mago maldito está ausente por el momento!" Y cuando la servidora le hubo abierto la puerta secreta, Aladino subió al aposento de su esposa y la recibió en sus brazos. Y se besaron, ebrios de alegría, llorando y riendo. Y cuando estuvieron un poco calmados se sentaron uno junto a otro, y Aladino dijo a su esposa: "¡Oh Badrú'l-Budur! Antes de nada tengo que preguntarte qué ha sido de la lámpara de cobre que dejé en mi cuarto sobre una mesilla antes de salir de caza." Y exclamó la princesa: "¡Ah! ¡Querido mío, esa lámpara precisamente es la causa de nuestra desdicha! ¡Pero todo ha sido por mi culpa, sólo por mi culpa!" Y contó a Aladino cuanto había ocurrido en el palacio desde su ausencia, y cómo, por reírse de la locura del vendedor de lámparas, había cambiado la lámpara de la mesilla por una lámpara nueva; y todo lo que ocurrió después, sin olvidar un detalle. Pero no hay utilidad en repetirlo. Y concluyó diciendo: "Y sólo después de transportarnos aquí con el palacio es cuando el maldito magrebí ha venido a revelarme que, por el poder de su hechicería y las virtudes de la lámpara cambiada, consiguió arrebatarme a tu afecto con el fin de poseerme. ¡Y me dijo que era magrebí y que estábamos en el Magreb, su país!" Entonces Aladino, sin hacerle el menor reproche, le preguntó: "¿Y qué desea hacer contigo ese maldito?" Ella dijo: "Viene una vez al día, nada más, a hacerme una visita, y trata por todos los medios de seducirme. ¡Y como está lleno de perfidia, para vencer mi resistencia no ha cesado de afirmarme que el sultán te había hecho cortar la cabeza por impostor, y que, al fin y al cabo, no eras más que el hijo de una pobre gente, de un miserable sastre llamado Mustafá, y que sólo a él debías la fortuna y los honores de que disfrutabas! Pero hasta ahora no ha recibido de mí, por toda respuesta, más que el silencio del desprecio y que le vuelva la espalda. ¡Y se ha visto obligado a retirarse siempre con las orejas caídas y la nariz alargada! ¡Y a cada vez temía yo que recurriera a la violencia! Pero hete aquí ya. ¡Loado sea Alá!" Y Aladino le dijo: "Dime ahora, oh Badrú'l-Budur, en qué sitio del palacio está escondida, si lo sabes, la lámpara que consiguió arrebatarme ese maldito magrebí." Ella dijo: "Nunca la deja en el palacio, sino que la lleva en el pecho continuamente. ¡Cuántas veces se la he visto sacar en mi presencia para enseñármela como un trofeo!" Entonces Aladino le dijo: "¡Está bien! Pero, ¡por tu vida, que no ha de seguir enseñándotela mucho tiempo! ¡Para eso únicamente te pido que me dejes un instante solo en esta habitación!" Y Badrú'l-Budur salió de la sala y fue a reunirse con sus servidoras.

Entonces Aladino frotó el anillo mágico que llevaba al dedo, y dijo al efrit que se presentó: "¡Oh efrit del anillo! ¿Conoces las diversas especies de polvos soporíferos?" El efrit contestó: "¡Es lo que mejor conozco!" Aladino dijo: "¡En ese caso te ordeno que me traigas una onza de bang cretense, una sola toma del cual sea capaz de derribar a un elefante!" Y desapareció el efrit, pero para volver al cabo de un momento, llevando en los dedos una cajita, que entregó a Aladino, diciéndole: "¡Aquí tienes, oh amo del anillo, bang cretense de la calidad más fina!" Y se fue. Y Aladino llamó a su esposa Badrú'l-Budur, y le dijo: "¡Oh mi señora Badrú'l-Budur! Si quieres que triunfemos de ese maldito magrebí, no tienes más que seguir el consejo que voy a darte. ¡Y te advierto que el tiempo apremia, pues me has dicho que el magrebí estaba a punto de llegar para intentar seducirte! ¡He aquí, pues, lo que tendrás que hacer!" Y le dijo: "¡Harás estas cosas, y le dirás estas otras cosas!" Y le dio amplias instrucciones respecto a la conducta que debía seguir con el mago. Y añadió: "En cuanto a mí, voy a ocultarme en esta arca. ¡Y saldré en el momento oportuno!" Y le entregó la cajita de bang, diciendo: "¡No te olvides de lo que acabo de indicarte!" Y la dejó para ir a encerrarse en el arca.

Entonces la princesa Badrú'l-Budur, a pesar de la repugnancia que tenía a desempeñar el papel consabido, no quiso perder la oportunidad de vengarse del mago, y se propuso seguir las instrucciones de su esposo Aladino. Se levantó, pues, y mandó a sus mujeres que la peinaran y le pusieran el tocado que sentaba mejor a su cara de luna, y se hizo vestir con el traje más hermoso de sus arcas. Luego se ciñó el talle con un cinturón de oro incrustado de diamantes, y se adornó el cuello con un collar de perlas nobles de igual tamaño, excepto la de en medio, que tenía el volumen de una nuez; y en las muñecas y en los tobillos se puso pulseras de oro con pedrerías que armonizaban maravillosamente con los colores de los demás adornos. Y perfumada y semejante a una hurí escogida, y más brillante que las reinas y sultanas más brillantes, se miró enternecida en su espejo, mientras sus mujeres se maravillaban de su belleza y prorrumpían en exclamaciones de admiración. Y se tendió perezosamente en los almohadones, esperando la llegada del mago.

No dejó este de ir a la hora anunciada. Y la princesa, contra lo que acostumbraba, se levantó en honor suyo, y con una sonrisa le invitó a sentarse junto a ella en el diván. Y el magrebí, muy emocionado por aquel recibimiento, y deslumbrado por el brillo de los hermosos ojos que le miraban y por la belleza arrebatadora de aquella princesa tan deseada, sólo se permitió sentarse al borde del diván por cortesía y deferencia. Y la princesa, siempre sonriente, le dijo: "¡Oh mi señor! No te asombres de verme hoy tan cambiada, porque mi temperamento, que por naturaleza es muy refractario a la tristeza, ha acabado por sobreponerse a mi pena y a mi inquietud. Y además, he reflexionado sobre tus palabras con respecto a mi esposo Aladino, y ahora estoy convencida de que ha muerto a causa de la terrible cólera de mi padre el rey. ¡Lo que está escrito ha de ocurrir! Y mis lágrimas y mis pesares no darán vida a un muerto. Por eso he renunciado a la tristeza y al duelo y he resuelto no rechazar ya tus proposiciones y tus bondades. ¡Y ese es el motivo de mi cambio de humor!" Luego añadió: "¡Pero aún no te he ofrecido los refrescos de amistad!" Y se levantó, ostentando su deslumbradora belleza, y se dirigió a la mesa grande en que estaba la bandeja de los vinos y sorbetes, y mientras llamaba a una de sus servidoras para que sirviera la bandeja, echó un poco de bang cretense en la copa de oro que había en la bandeja. Y el magrebí no sabía cómo darle gracias por sus bondades. Y cuando se acercó la doncella con la bandeja de los sorbetes, cogió él la copa y dijo a Badrú'l-Budur: "¡Oh princesa! ¡Por muy deliciosa que sea esta bebida, no podrá refrescarme tanto como la sonrisa de tus ojos!" Y tras hablar así se llevó la copa a los labios y la vació de un solo trago, sin respirar. ¡Pero al instante fue a caer sobre el tapiz con la cabeza antes que con los pies, a las plantas de Badrú'l-Budur!

Al ruido de la caída, Aladino lanzó un inmenso grito de triunfo y salió del armario para correr en seguida hacia el cuerpo inerte de su enemigo. Y se precipitó sobre él, le abrió la parte superior del traje y le sacó del pecho la lámpara que estaba allí escondida. Y se encaró con Badrú'l-Budur, que acudía a besarle en el límite de la alegría, y le dijo: "¡Te ruego que me dejes solo otra vez! ¡Porque ha de terminarse hoy todo!" Y cuando se alejó Badrú'l-Budur, frotó la lámpara en el sitio que sabía, y al punto vio aparecer al efrit de la lámpara, quien, después de la fórmula acostumbrada, esperó la orden. Y Aladino le dijo: "¡Oh efrit de la lámpara! ¡Por las virtudes de esta lámpara que sirves, te ordeno que transportes este palacio, con todo lo que contiene, a la capital del reino de la China, situándolo exactamente en el mismo lugar de donde lo quitaste para traerlo aquí! ¡Y hazlo de manera que el transporte se efectúe sin conmoción, sin contratiempo y sin sacudidas!" Y el genio contestó: "¡Oír es obedecer!" Y desapareció. Y en el mismo momento, sin tardar más tiempo del que se necesita para cerrar un ojo y abrir un ojo, se hizo el transporte, sin que nadie lo advirtiera, porque apenas si se hicieron sentir dos ligeras agitaciones, una al salir y otra a la llegada.

Entonces Aladino, después de comprobar que el palacio estaba en realidad frente por frente al palacio del sultán, en el sitio que ocupaba antes, fue en busca de su esposa Badrú'l-Budur y la besó mucho, y le dijo: "¡Ya estamos en la ciudad de tu padre! ¡Pero, como es de noche, más vale que esperemos a mañana por la mañana para ir a anunciar al sultán nuestro regreso! Por el momento, no pensemos más que en regocijarnos con nuestro triunfo y con nuestra reunión, ¡oh Badrú'l-Budur!" Y como desde la víspera Aladino aún no había comido nada, se sentaron ambos y se hicieron servir por los esclavos una comida suculenta en la sala de las noventa y nueve ventanas cruzadas. Luego pasaron juntos aquella noche en medio de delicias y dicha.

Al día siguiente salió de su palacio el sultán para ir, según costumbre, a llorar por su hija en el paraje donde no creía encontrar más que las zanjas de los cimientos. Y muy entristecido y dolorido, echó una ojeada por aquel lado, y se quedó estupefacto al ver ocupado de nuevo el sitio del meydán por el palacio magnífico, y no vacío, como él se imaginaba. Y en un principio creyó que sería efecto de la niebla o de algún ensueño de su espíritu inquieto, y se frotó los ojos varias veces. Pero como la visión subsistía siempre, ya no pudo dudar de su realidad, y sin preocuparse de su dignidad de sultán echó a correr agitando los brazos y lanzando gritos de alegría, y atropellando a guardias y porteros subió la escalera de alabastro sin tomar aliento, no obstante su edad, y entró en la sala de la bóveda de cristal con noventa y nueve ventanas, en la cual precisamente esperaban su llegada, sonriendo, Aladino y Badrú'l-Budur. Y al verle se levantaron ambos y corrieron a su encuentro. Y besó él a su hija, derramando lágrimas de alegría y en el límite de la ternura; y ella también.

Y cuando pudo abrir la boca y articular una palabra, dijo: "¡Oh hija mía! ¡Veo con asombro que no se te ha demudado el rostro ni se te ha puesto la tez más amarilla, a pesar de todo lo sucedido desde el día en que te vi por última vez! ¡Sin embargo, oh hija de mi corazón, debes haber sufrido mucho, y no habrás visto sin alarmas y terribles angustias cómo te transportaban de un sitio a otro con todo el palacio! ¡Porque, nada más que con pensarlo, yo mismo me siento invadido por el temblor y el espanto! ¡Date prisa, pues, oh hija mía, a explicarme el motivo de tan escaso cambio en tu fisonomía, y a contarme, sin ocultarme nada, cuanto te ha ocurrido desde el comienzo hasta el fin!" Y Badrú'l-Budur contestó: "¡Oh padre mío! Has de saber que si se me ha demudado tan poco el rostro es porque ya he ganado lo que había perdido con mi alejamiento de ti y de mi esposo Aladino. Pues la alegría de volver a estar entre ambos me devuelve mi frescura y mi color de antes. Pero he sufrido y he llorado mucho, tanto por verme arrebatada a tu afecto y al de mi esposo bienamado, como por haber caído en poder de un maldito mago magrebí que es el causante de todo lo que ha sucedido, y que me decía cosas desagradables y quería seducirme después de raptarme. ¡Pero todo fue por culpa de mi atolondramiento, que me impulsó a ceder a otro lo que no me pertenecía!" Y en seguida contó a su padre toda la historia con los menores detalles, sin olvidar nada. Pero no hay ninguna utilidad en repetirla. Y cuando acabó de hablar, Aladino, que no había abierto la boca hasta entonces, se encaró con el sultán, estupefacto hasta el límite de la estupefacción, y le mostró, detrás de una cortina, el cuerpo inerte del mago, que tenía la cara toda negra por efecto de la violencia del bang, y le dijo: "¡He aquí al impostor, causante de nuestra pasada desdicha y de mi caída en desgracia! ¡Pero Alá le ha castigado!"

Al ver aquello, el sultán, enteramente convencido de la inocencia de Aladino, le besó muy tiernamente, oprimiéndole contra su pecho, y le dijo: "¡Oh hijo mío Aladino! ¡No me censures con exceso por mi conducta para contigo, y perdóname los malos tratos que te infligí! ¡Porque merece alguna excusa el afecto que experimento por mi hija única Badrú'l-Budur, y bien sabes que el corazón de un padre está lleno de ternura, y que hubiese preferido yo perder todo mi reino antes que un cabello de la cabeza de mi hija bienamada!" Y contestó Aladino: "Verdaderamente, tienes excusa, oh padre de Badrú'l-Budur, porque sólo el afecto que sientes por tu hija, a la cual creías perdida por mi culpa, te hizo usar conmigo procedimientos enérgicos. Y no tengo derecho a reprocharte de ninguna manera. Porque a mí me correspondía prevenir las asechanzas pérfidas de ese infame mago y tomar precauciones contra él. ¡Y no te darás cuenta bien de toda su malicia hasta que, cuando tenga tiempo, te relate yo la historia de cuanto me ocurrió con él!" Y el sultán besó a Aladino una vez más, y le dijo: "En verdad, oh Aladino, que es absolutamente preciso que busques ocasión de contarme todo eso. ¡Pero aún es más urgente desembarazarme ya del espectáculo de ese cuerpo maldito que yace inanimado a nuestros pies, y regocijarnos juntos de tu triunfo!" Y Aladino dio orden a sus efrits jóvenes de que se llevaran el cuerpo del magrebí y lo quemaran en medio de la plaza del meydán sobre un montón de estiércol y echaran las cenizas en el hoyo de la basura. Lo cual se ejecutó puntualmente en presencia de toda la ciudad reunida, que se alegraba de aquel castigo merecido y de la vuelta del emir Aladino a la gracia del sultán.

Tras de lo cual, por medio de los pregoneros, que iban seguidos por tañedores de clarines, de timbales y de tambores, el sultán hizo anunciar que daba libertad a los presos en señal de regocijo público; y mandó repartir muchas limosnas a los pobres y a los menesterosos. Y por la noche hizo iluminar toda la ciudad, así como su palacio y el de Aladino y Badrú'l-Budur. Y así fue cómo Aladino, gracias a la bendición que llevaba consigo, escapó por segunda vez a un peligro de muerte. Y aquella misma bendición debía aún salvarle por tercera vez, como vais a saber, ¡oh oyentes míos!

En efecto, hacía ya algunos meses que Aladino estaba de regreso y llevaba con su esposa una vida feliz bajo la mirada enternecida y vigilante de su madre, que entonces era una dama venerable de aspecto imponente, aunque desprovista de orgullo y de arrogancia, cuando la esposa del joven entró un día, con rostro un poco triste y dolorido, en la sala de la bóveda de cristal, donde él estaba casi siempre para disfrutar la vista de los jardines, y se le acercó, y le dijo: "¡Oh mi señor Aladino! Alá, que nos ha colmado con sus favores a ambos, hasta el presente me ha negado el consuelo de tener un hijo. Porque ya hace bastante tiempo que estamos casados y no siento fecundadas por la vida mis entrañas. ¡Vengo, pues, a suplicarte que me permitas mandar venir al palacio a una santa vieja llamada Fatmah que ha llegado a nuestra ciudad hace unos días, y a quien todo el mundo venera por las curaciones y alivios que proporciona y por la fecundidad que otorga a las mujeres sólo con la imposición de sus manos…"

En ese momento de su narración, Schahrazada vio aparecer la mañana, y se calló discrtamente.

PERO CUANDO LLEGÓ LA NOCHE 772…

Ella dijo:

"… ¡Vengo, pues, a suplicarte que me permitas mandar venir al palacio a una santa vieja llamada Fatmah, que ha llegado a nuestra ciudad hace unos días, y a quien todo el mundo venera por las curaciones y alivios que proporciona y por la fecundidad que otorga a las mujeres sólo con la imposición de sus manos!" Y Aladino, que no quería contrariar a su esposa Badrú'l-Budur, no puso ninguna dificultad para acceder a su deseo, y dio orden a cuatro eunucos de que fueran en busca de la santa vieja y la llevaran al palacio. Y los eunucos ejecutaron la orden y no tardaron en regresar con la santa vieja, que iba con el rostro cubierto por un velo muy espeso y con el cuello rodeado por un inmenso rosario de tres vueltas que le bajaba hasta la cintura. Y llevaba en la mano un gran báculo, sobre el cual apoyaba su marcha vacilante por la edad y las prácticas piadosas. Y en cuanto la vio la princesa salió vivamente a su encuentro, y le besó la mano con fervor, y le pidió su bendición. Y la santa vieja, con acento muy digno, invocó para ella las bendiciones de Alá y sus gracias, y pronunció en su favor una larga plegaria, con el fin de pedir a Alá que prolongase y aumentase en ella la prosperidad y la dicha y satisfaciese sus menores deseos. Y Badrú'l-Budur le rogó que se sentara en el sitio de honor del diván, y le dijo: "¡Oh santa de Alá! ¡Te agradezco tus buenos deseos y tus plegarias! ¡Y como sé que Alá no ha de negarte nada de lo que le pidas, espero de su bondad, por intercesión tuya, lo que es el más ferviente anhelo de mi alma!" Y la santa contestó: "¡Yo soy la más humilde de las criaturas de Alá; pero Él es el Omnipotente, el Excelente! ¡No tengas miedo, pues, oh mi señora Badrú'l-Budur, de formular lo que anhela tu alma!" Y Badrú'l-Budur se puso muy colorada, y bajó la voz, y con acento muy ardiente dijo: "¡Oh santa de Alá! Deseo de la generosidad de Alá tener un hijo. ¡Dime qué tengo que hacer para eso y qué beneficios y qué buenas acciones habré de llevar a cabo para merecer semejante favor! ¡Habla! ¡Estoy dispuesta a todo para obtener ese bien, que lo estimo en más que mi propia vida! ¡Y para demostrarte mi gratitud, yo te daré en cambio cuanto puedas anhelar y desear, no para ti, que ya sé, oh madre de todos nosotros, que te hallas al abrigo de las necesidades de las criaturas débiles, sino para alivio de los infortunados y de los pobres de Alá!"

Al oír estas palabras de la princesa Badrú'l-Budur, los ojos de la santa, que hasta entonces habían permanecido bajos, se abrieron y se iluminaron tras el velo con un brillo extraordinario, e irradió su rostro cual si tuviese fuego dentro, y todas sus facciones expresaron el sentimiento de un éxtasis de júbilo. Y miró a la princesa durante un momento sin pronunciar ni una palabra; luego tendió los brazos hacia ella, y le hizo en la cabeza la imposición de las manos, moviendo los labios como si rezase una plegaria entre dientes, y acabó por decirle: "¡Oh hija mía! ¡Oh mi señora Badrú'l-Budur! ¡Los santos de Alá acaban de dictarme el medio infalible de que debes valerte para ver habitar en tus entrañas la fecundidad! ¡Pero, oh hija mía, entiendo que ese medio es muy difícil, si no imposible de emplear, porque se necesita un poder sobrehumano para realizar los actos de fuerza y valor que reclamo!" Y al oír estas palabras la princesa Badrú'l-Budur no pudo reprimir más su emoción, y se arrojó a los pies de la santa, rodeándole las rodillas con sus brazos, y le dijo: "¡Por favor, oh madre nuestra, indícame ese medio, sea cual sea, pues nada resulta imposible de realizar para mi esposo bienamado, el emir Aladino! ¡Ah! ¡Habla, o a tus pies moriré de deseo reconcentrado!" Entonces la santa levantó un dedo en el aire y dijo: "Hija mía, para que la fecundidad penetre en ti es necesario que cuelgues en la bóveda de cristal de esta sala un huevo del pájaro rokh, que habita en la cima más alta del monte Cáucaso. ¡Y la contemplación de ese huevo, que mirarás todo el tiempo que puedas durante días y días, modificará tu naturaleza íntima y removerá el fondo inerte de tu maternidad! ¡Y eso es lo que tenía que decirte, hija mía!" Y Badrú'l-Budur exclamó: "¡Por mi vida, oh madre nuestra, que no sé cuál es el pájaro rokh, ni jamás vi huevos suyos; pero no dudo de que Aladino podrá al instante procurarme uno de esos huevos fecundantes, aunque el nido de esa ave esté en la cima más alta del monte Cáucaso!" Luego quiso retener a la santa, que se levantaba ya para marcharse, pero esta le dijo: "No, hija mía; déjame ahora marcharme a aliviar otros infortunios y dolores más grandes todavía que los tuyos. ¡Pero mañana, inschalah, yo misma vendré a visitarte y a saber noticias tuyas, que son preciosas para mí!" Y no obstante todos los esfuerzos y ruegos de Badrú'l-Budur, que, llena de gratitud, quería hacerle don de varios collares y otras joyas de valor inestimable, no quiso detenerse un momento más en el palacio y se fue como había ido, rehusando todos los regalos.

Algunos momentos después de partir la santa, Aladino fue al lado de su esposa y la besó tiernamente, como lo hacía siempre que se ausentaba, aunque fuese por un instante; pero le pareció que tenía ella un aspecto muy distraído y preocupado; y le preguntó la causa con mucha ansiedad.

Entonces le dijo Sett Badrú'l-Budur, sin tomar aliento: "¡Seguramente moriré si no tengo lo más pronto posible un huevo de pájaro rokh, que habita en la cima más alta del monte Cáucaso!" Y al oír estas palabras Aladino se echó a reír, y dijo: "¡Por Alá, oh mi señora Badrú'l-Budur, si no se trata más que de obtener ese huevo para impedir que mueras, refresca tus ojos! ¡Pero para que yo lo sepa, dime solamente qué piensas hacer con el huevo de ese pájaro!" Y Badrú'l-Budur contestó: "¡Es la santa vieja quien acaba de prescribirme que lo mire, como remedio soberanamente eficaz contra la esterilidad de la mujer! ¡Y quiero tenerlo para colgarlo del centro de la bóveda de cristal de la sala de las noventa y nueve ventanas!" Y Aladino contestó: "Por encima de mi cabeza y de mis ojos, oh mi señora Badrú'l-Budur, ¡al instante tendrás ese huevo de rokh!" Al punto dejó a su esposa y fue a encerrarse en su aposento. Y se sacó del pecho la lámpara mágica, que llevaba siempre consigo desde el terrible peligro que hubo de correr por culpa de su negligencia, y la frotó. Y en el mismo momento se apareció ante él el efrit de la lámpara, pronto a ejecutar sus órdenes. Y Aladino le dijo: "¡Oh excelente efrit, que me obedeces gracias a las virtudes de la lámpara que sirves! Te pido que al instante me traigas, para colgarlo del centro de la bóveda de cristal, un huevo del gigantesco pájaro rokh, que habita en la cima más alta del monte Cáucaso."

Apenas Aladino había pronunciado estas palabras, el efrit se convulsionó de manera espantosa, y le llamearon los ojos, y lanzó ante Aladino un grito tan amedrentador, que se conmovió el palacio en sus cimientos, y como una piedra disparada con honda, Aladino fue proyectado contra el muro de la sala de un modo tan violento, que por poco entra su longitud en su anchura. Y le gritó el efrit con su voz poderosa de trueno: "¿Cómo te atreves a pedirme eso, miserable adamita? ¡Oh el más ingrato entre las gentes de baja condición! ¡He aquí que ahora, no obstante los servicios que te presté con todo el oído y toda la obediencia, tienes la osadía de ordenarme que vaya a buscar al hijo de rokh, mi amo supremo, para colgarle en la bóveda de tu palacio! ¿Ignoras, insensato, que yo y la lámpara y todos los genios servidores de la lámpara somos esclavos del gran rokh, padre de los huevos? ¡Ah! ¡Suerte tienes con estar bajo la salvaguardia de la lámpara que sirvo, y con llevar al dedo ese anillo lleno de virtudes saludables! ¡De no ser así ya hubiera entrado tu longitud en tu anchura!" Y dijo Aladino, estupefacto e inmóvil contra el muro: "¡Oh efrit de la lámpara! ¡Por Alá, que no es mía esta petición, sino que se la sugirió a mi esposa Badrú'l-Budur la santa vieja, madre de la fecundación y curadora de la esterilidad!" Entonces se calmó de repente el efrit y recobró su acento acostumbrado para con Aladino, y le dijo: "¡Ah! ¡Lo ignoraba! ¡Ah! ¡Está bien! ¿Conque es esa criatura la que aconsejó el atentado? ¡Puedes alegrarte mucho, Aladino, de no haber tenido la menor participación en ello! ¡Pues has de saber que por ese medio se quería obtener tu destrucción y la de tu esposa y la de tu palacio. La persona a quien llamas santa vieja no es santa ni vieja, sino un hombre disfrazado de mujer. Y ese hombre no es otro que el propio hermano del magrebí, tu enemigo exterminado. Y se asemeja a su hermano como media haba se asemeja a su hermana. Y ese nuevo enemigo, a quien no conoces, todavía está más versado en la magia y en la perfidia que su hermano mayor. Y cuando, por medio de las operaciones de su geomancia, se enteró de que su hermano había sido exterminado por ti, y quemado por orden del sultán, padre de tu esposa Badrú'l-Budur, determinó vengarle en todos vosotros, y vino desde el Magreb aquí disfrazado de vieja santa para llegar hasta este palacio. ¡Y consiguió introducirse en él y sugerir a tu esposa esa petición perniciosa, que es el mayor atentado que se puede realizar contra mi amo supremo, el rokh! Te prevengo, pues, acerca de sus proyectos pérfidos, a fin de que los puedas evitar. ¡Uassalam!" Y tras haber hablado así a Aladino, desapareció el efrit.

Entonces Aladino, en el límite de la cólera, se apresuró a ir a la sala de las noventa y nueve ventanas en busca de su esposa Badrú'l-Budur. Y sin revelarle nada de lo que el efrit acababa de contarle, le dijo: "¡Oh Badrú'l-Budur, ojos míos! Antes de traerte el huevo del pájaro rokh es absolutamente necesario que oiga yo con mis propios oídos a la santa vieja que te ha recetado ese remedio. ¡Te ruego, pues, que envíes a buscarla con toda urgencia y que, con pretexto de que no la recuerdas exactamente, le hagas repetir su prescripción, mientras yo estoy escondido detrás del tapiz!" Y contestó Badrú'l-Budur: "¡Por encima de mi cabeza y de mis ojos!" Y al punto envió a buscar a la santa vieja.

En cuanto esta hubo entrado en la sala de la bóveda de cristal, y cubierta siempre con su espeso velo que le tapaba la cara, se acercó a Badrú'l-Budur, Aladino salió de su escondite, abalanzándose sobre ella con el alfanje en la mano, y antes de que ella pudiese decir: "¡Bem!", de un solo tajo le separó la cabeza de los hombros.

Al ver aquello, exclamó Badrú'l-Budur, aterrada: "¡Oh mi señor Aladino! ¡Qué atentado acabas de cometer!" Pero Aladino se limitó a sonreír, y por toda respuesta se inclinó, cogió por el mechón central la cabeza cortada, y se la mostró a Badrú'l-Budur. Y en el límite de la estupefacción y del horror, vio ella que la tal cabeza, excepto el mechón central, estaba afeitada como la de los hombres, y que tenía el rostro prodigiosamente barbudo. Y sin querer asustarla más tiempo, Aladino le contó la verdad con respecto a la presunta Fatmah, falsa santa y falsa vieja, y concluyó: "¡Oh Badrú'l-Budur! ¡Demos gracias a Alá, que nos ha librado para siempre de nuestros enemigos!" Y se arrojaron ambos en brazos uno del otro, dando gracias a Alá por sus favores.

Y desde entonces vivieron una vida muy feliz con la buena vieja, madre de Aladino, y con el sultán, padre de Badrú'l-Budur. Y tuvieron dos hijos hermosos como lunas. Y a la muerte del sultán, reinó Aladino en el reino de la China. Y de nada careció su dicha hasta la llegada inevitable de la Destructora de delicias y Separadora de amigos.

ALÍ BABÁ Y LOS CUARENTA LADRONES

Recuerdo, ¡oh rey afortunado!, que en tiempos muy lejanos, en los días del pasado ya ido, y en una ciudad entre las ciudades de Persia, vivían dos hermanos; uno se llamaba Kasín y el otro Alí Babá. ¡Exaltado sea aquel ante quien se borran todos los nombres, sobrenombres y renombres; el que ve las almas al desnudo y las conciencias en toda su profundidad, el Altísimo, el dueño de todos los destinos! Cuando el padre de Kasín y de Alí Babá, que era un hombre del común, murió en la misericordia de su Señor, los dos hermanos se repartieron equitativamente lo poco que les dejó en herencia, tardando poco en consumir tan mezquino caudal y encontrándose, de la noche a la mañana, con las caras largas y sin pan ni queso. He aquí lo que suele ocurrirles a los que viven descuidados en la edad temprana, olvidando los consejos de los sabios. El mayor, que era Kasín, viéndose en trance de secarse dentro de su pellejo y morir de inanición, se puso a la búsqueda de una situación lucrativa, y como era avisado y astuto, no tardó en dar con una casamentera o entremetida, ¡alejado sea el Maligno!, quien le casó con una adolescente que tenía buena mesa y muy buena plata; en todo y por todo, un excelente partido. ¡Alabado sea el Retribuidor!

De esta manera, además de una apetecible esposa, el joven tuvo una tienda bien abastecida en el centro del mercado. Tal era su destino, marcado en su frente desde su nacimiento, y así se cumplió.

En cuanto al segundo, que era Alí Babá, como no era ambicioso, sino más bien modesto, capaz de contentarse con muy poco, se hizo leñador y llevó una vida de laboriosidad y pobreza, pero, a pesar de todo, supo vivir con tanta economía, gracias a las lecciones de la dura experiencia, que ahorró algún dinero, y lo empleó en comprar un asno, después otro y más tarde un tercero. Todos los días los llevaba al bosque y los cargaba con los troncos y la leña que antes traía él sobre sus espaldas. Habiendo llegado a ser propietario de tres asnos, Alí Babá inspiraba tal confianza a las gentes de su oficio, todos pobres leñadores, que uno de ellos se consideró honrado ofreciéndole su hija en matrimonio. Los asnos de Alí Babá fueron inscritos en el contrato, ante el kadí y los testigos, como dote y ajuar de la joven, que, por otra parte, no aportaba a la casa de su esposo absolutamente nada, puesto que era muy pobre. Mas la pobreza y la riqueza no son eternas; pues sólo Alá es el Eterno viviente. Alí Babá tuvo de su esposa dos hijos, bellos como lunas, que glorificaban a su Creador. Él vivía modesta y honestamente, junto con toda su familia, del producto de la venta de la leña, y no pedía a su Creador más que aquella sencilla y feliz tranquilidad.

Un día en que Alí Babá estaba en el bosque ocupado en abatir a hachazos un árbol, el destino decidió modificar el sino del leñador. Primero se oyó un ruido sordo que, aunque lejano, se aproximaba rápidamente como un galope acelerado y estruendoso. Alí Babá, hombre pacífico y que detestaba las aventuras y complicaciones, se asustó al encontrarse solo con sus tres asnos en medio de aquella soledad. Su prudencia le aconsejó trepar sin tardanza a la copa de un grueso árbol que se elevaba en la cima de un pequeño montículo que dominaba todo el bosque, y así, oculto entre sus ramas, pudo observar qué era lo que producía aquel estruendo. ¡Y bien que lo hizo! Pues divisó una tropa de caballeros, armados hasta los dientes y que, al galope, avanzaba hacia donde él se encontraba. Al ver sus semblantes sombríos y sus barbas negras, que los hacían semejantes a cuervos de presa, no dudó que eran bandoleros, salteadores de caminos de la peor especie. Girando estuvieron al pie del montículo rocoso donde Alí Babá estaba escondido, a una señal de su gigantesco jefe echaron pie a tierra, desembridaron sus caballos y, colgando del cuello de cada uno de los animales un saco de forraje que llevaban sobre la grupa, los ataron a los árboles. Después cogieron las alforjas y las cargaron sobre sus propias espaldas, y tan pesadas eran aquellas, que los bandidos caminaban encorvados bajo su peso.

En buen orden pasaron bajo Alí Babá, que así pudo fácilmente contarlos y ver que eran cuarenta, ni uno más ni uno menos.

En este momento de su narración, Schahrazada vio aparecer la mañana, y se calló discretamente.

PERO CUANDO LLEGÓ LA NOCHE 852…

Ella dijo:

Cargados de esta manera llegaron ante una gran roca que había al pie del montículo, y se pararon. El jefe, que era el que iba a la cabeza, dejando un instante en el suelo su pesada alforja, se encaró con la roca, y con voz retumbante, dirigiéndose a alguien o algo que permanecía invisible a todas las miradas, exclamó: "¡Sésamo, ábrete!" Al momento la roca se entreabrió, y entonces el jefe se apartó un poco para dejar pasar a sus hombres, y cuando hubieron entrado todos, volvió a cargar su alforja sobre sus espaldas, entrando el último, y exclamando con voz autoritaria que no admitía réplica: "¡Sésamo, ciérrate!"

La roca se empotró en su sitio como si el sortilegio del bandido nunca la hubiese movido por medio de la fórmula mágica. Al ver todas estas cosas, Alí Babá, maravillado, se dijo: "¡Con tal que no me descubran usando su ciencia de la brujería, me doy por contento!"; y se guardó mucho de hacer el menor movimiento, a pesar de la gran inquietud que sentía por el paradero de sus asnos, que continuaban abandonados en medio del bosque. Los cuarenta ladrones, después de una prolongada estancia en la cueva en la que Alí Babá los había visto entrar, dieron señal de su reaparición al oírse un ruido subterráneo, parecido a un terremoto lejano. La roca se abrió, dejando salir a los cuarenta hombres, con su jefe a la cabeza, y llevando las alforjas vacías en la mano. Cada uno de ellos se dirigió a su caballo, lo embridó, y, después de colocar las alforjas en la grupa, montaron sobre las sillas; pero antes de partir, el jefe se volvió hacia la entrada de la caverna, y, en voz alta, pronunció la fórmula: "¡Sésamo, ciérrate!", y las dos mitades de la roca se juntaron sin dejar señal alguna de separación; y con sus semblantes sombríos y sus barbas negras marcharon por el mismo camino por el que habían venido.

En cuanto a Alí Babá, la prudencia de que le había dotado Alá hizo que permaneciese algún tiempo en su escondite, a pesar del deseo que sentía de ir a recuperar sus asnos, diciéndose: "Estos terribles bandoleros pueden haber olvidado alguna cosa en su cueva, volver de improviso sobre sus pasos y sorprenderme aquí. En tal supuesto, Alí Babá vería lo que le cuesta a un pobre diablo como él interponerse en el camino de poderosos señores." Habiendo reflexionado así, el leñador se contentó con seguir con la mirada a los terribles caballeros hasta que se perdieron de vista, dejando transcurrir un buen rato después que hubieron desaparecido, hasta que decidió bajar de su árbol con mil precauciones, mirando a derecha e izquierda a medida que bajaba de una rama a otra más baja, en tanto que el bosque se encontraba en completo silencio.

Una vez en el suelo, avanzó hacia la roca en cuestión, reteniendo la respiración y de puntillas. Bien hubiese deseado entonces ir por sus asnos y tranquilizarse respecto a su paradero, pues eran toda su fortuna y el pan de sus hijos; pero una enorme curiosidad acerca de todo lo que había visto y oído desde lo alto del árbol le empujaba a acercarse a aquella roca, y, por otra parte, estaba escrito que había de ir irremediablemente al encuentro de aquella aventura. Llegado ante la roca, el leñador la inspeccionó de arriba abajo, y encontrándola lisa y sin ranura alguna por la que pudiese meter una aguja, se dijo: "¡Sin embargo, es por aquí por donde han entrado los cuarenta ladrones, y con mis propios ojos los he visto desaparecer en su interior! ¡Quién sabe por qué motivo protegen esta caverna con talismanes de esa clase!" Después pensó: "¡Por Alá! ¡He hecho bien reteniendo la fórmula de apertura y cierre! Si ensayo un poco las palabras mágicas, podré ver si hacen el mismo efecto saliendo de mi boca." Olvidando sus antiguos temores, empujado por la fuerza del destino, Alí Babá, el leñador, se dirigió a la roca, y dijo: "¡Sésamo, ábrete!" Y aun cuando pudo ser que las palabras mágicas fuesen pronunciadas con voz insegura, la roca se separó y se abrió. Alí Babá, muy asustado, hubiese querido volver la espalda y poner pies en polvorosa, mas la fuerza de su destino le inmovilizó ante la abertura y le empujó a mirar. En lugar de ver el interior de una caverna tenebrosa, su asombro creció aún más al ver que ante él se abría una gran galería que conducía a una sala espaciosa y abovedada, excavada en la misma roca y que recibía abundante luz por medio de aberturas practicadas en lo más alto. No habiendo visto nada que fuese aterrador, se decidió a avanzar y penetrar en aquel sitio, pronunciando al mismo tiempo la fórmula propiciatoria:

"¡En el nombre de Alá, el Clemente, el Misericordioso!", lo que le acabó de reanimar, por lo que, sin demasiados temores, se encaminó hacia la sala abovedada, y al llegar a ella notó que las dos mitades de la roca se unían sin ruido, cerrando la salida por completo, lo cual no dejó de inquietarle, pues a pesar de todo, la valentía y el coraje no eran su fuerte; mas pensó que en cualquier caso podría hacer que, gracias a la fórmula mágica, todas las puertas se abriesen ante él; y con toda tranquilidad se dedicó a observar cuanto se ofrecía a su mirada. A lo largo de los muros vio pilas de ricas mercaderías, que llegaban hasta la bóveda, formadas por fardos de seda y brocado, sacos repletos de provisiones de boca, grandes cofres llenos hasta los bordes de monedas y lingotes de plata y otros llenos de dinares de oro. Como si todos aquellos cofres no fuesen suficientes para contener todas las riquezas allí acumuladas, el suelo estaba hasta tal punto cubierto de vasijas llenas de oro y joyas, que el pie no sabía dónde posarse, temeroso de estropear algún valioso objeto. El leñador, que en su vida había visto el brillo del oro, se maravilló de todo lo que veía. Al contemplar aquellos tesoros y riquezas... el menos valioso de ellos resultaría digno de adornar el palacio de un rey... pensó que debían de haber pasado siglos desde que esa gruta empezó a servir de depósito, al mismo tiempo que de refugio, a generaciones de bandidos, hijos de bandidos, descendientes de los bandoleros de Babilonia. Cuando Alí Babá se recuperó en parte de su asombro, se dijo: "¡Por Alá! Alí, he aquí que tu destino toma un aspecto rosado y te lleva, junto con tus asnos y haces de leña, en medio de un baño de oro que no se ha visto desde los tiempos del rey Solimán y de Iskandar, el de los cuernos. De repente aprendes fórmulas mágicas, te sirves de sus virtudes y te haces abrir puertas de piedra que dan acceso a cavernas fabulosas. ¡Oh leñador insigne! Es una gran merced del

Generoso que de esta manera te conviertas en dueño de riquezas acumuladas por generaciones de bandidos. Todo cuanto ha sucedido ha sido para que de ahora en adelante te pongas a cubierto, junto con tu familia, de necesidades y privaciones, haciendo que el oro del pillaje se use para un buen fin." Habiendo tranquilizado su conciencia con este razonamiento, Alí Babá, el pobre, cogió varios sacos de provisiones, los vació de su contenido y los llenó de dinares y otras monedas de oro, sin hacer caso alguno de la plata y otros objetos de menor precio, y cargándolos uno a uno sobre sus espaldas, los llevó hasta la entrada de la caverna y, dejándolos en el suelo, se dirigió a la salida, y dijo: "¡Sésamo, ábrete!"; y al instante se abrieron los dos batientes de la puerta de roca y Alí Babá corrió a buscar sus asnos y los llevó hasta la entrada de la cueva. Una vez que estuvieron ante ella, los cargó con los sacos, que tuvo buen cuidado de ocultar con haces de leña encima, y cuando acabó su trabajo pronunció la fórmula de cierre, y al momento las dos mitades de la roca se unieron. El leñador se colocó ante sus asnos cargados de oro y los animó a echar a andar con voz mesurada, sin atreverse a abrumarlos con las maldiciones e injurias que acostumbraba dirigirles de ordinario cuando retardaban el paso. Sin embargo, esta vez no les aplicó tales calificativos, y sólo porque llevaban sobre sus lomos más oro del que había en las arcas del sultán.

En este momento de su narración, Schahrazada vio aparecer la mañana, y se calló discretamente.

PERO CUANDO LLEGÓ LA NOCHE 853…

Ella dijo:

"Y sin aguijonearlos tomó con ellos el camino de la ciudad, y al llegar ante su casa, como encontró que las puertas estaban cerradas, se dijo: "¿Y si ensayase sobre ellas el poder de la fórmula mágica?"; y en voz alta exclamó: "¡Sésamo, ábrete!"; al instante las puertas se abrieron, y Alí Babá, sin anunciar su llegada, penetró con sus asnos en el pequeño corral de su casa, y volviéndose hacia la puerta dijo: "¡Sésamo, ciérrate!"; y la puerta, girando sin ruido sobre sí misma, se cerró. Así se convenció Alí Babá de que era poseedor de un secreto incomparable y de que estaba dotado de un misterioso poder, cuya adquisición no le había costado más que un pequeño susto, debido más que nada a los semblantes amenazadores de los cuarenta ladrones y al aspecto feroz de su jefe. Cuando la esposa de Alí Babá vio los asnos en el corral y a su esposo descargándolos, corrió hacia él batiendo palmas y exclamando: "¡Oh marido! ¿Cómo abres las puertas que yo misma he atrancado? ¡La protección de Alá para todos nosotros! ¿Qué es lo que traes en este bendito día en esos sacos tan pesados que jamás he visto en nuestra casa?" Alí Babá, sin contestar a la primera pregunta, respondió: "¡Oh mujer! Estos sacos nos vienen de Alá, y debes ayudarme a llevarlos a casa en lugar de atormentarme con preguntas sobre puertas." La esposa del leñador, dominando su curiosidad, le ayudó a cargar los sacos sobre sus espaldas y a llevarlos, uno tras otro, al interior de la casa. Como ella los palpase y notase que contenían monedas, pensó que debían de ser de cobre. Este descubrimiento, aunque incompleto e inferior a la realidad, sumió su ánimo en una gran inquietud, y terminó por creer que su esposo debía haberse asociado con ladrones o gentes parecidas, pues, si no, ¿cómo explicar la presencia de aquellos sacos llenos de monedas? Cuando todos los sacos estuvieron en el interior de la casa, la mujer no pudo contenerse más y abrió uno de estos, y al hundir sus manos en él y comprobar el contenido, exclamó: "¡Oh, qué desgracia! ¡Estamos perdidos sin remedio, nosotros y nuestros hijos!"

Al oír los gritos y lamentaciones de su esposa, Alí Babá, indignado, exclamó: "¡Maldita! ¿Por qué aúllas así? ¿Es que quieres atraer sobre nuestras cabezas el castigo de los ladrones?" Y ella dijo: "¡Oh hijo de mi tío! La desgracia ha entrado en esta casa junto con esos sacos de monedas. ¡Por mi vida, apresúrate a colocarlos sobre los lomos de los asnos y a llevártelos lejos de aquí, pues mi corazón no estará tranquilo mientras se hallen en nuestra casa!" El marido respondió: "¡Alá confunda a las mujeres desprovistas de juicio! Bien veo, hija de mi tío, que piensas que estos sacos son robados. Tranquilízate, pues nos vienen del Generoso, quien ha hecho que los encontrase en el bosque. Por otro lado, voy a contarte cómo ha sido el hallazgo; pero antes vaciaré los sacos y te enseñaré el contenido." Alí Babá cogió un saco y lo vació sobre la estera, y sonoras carcajadas de oro iluminaron con millones de reflejos la pobre habitación del leñador; este, satisfecho al ver a su mujer espantada ante tal espectáculo, hundiendo sus manos en un montón de oro, le dijo: "¡Oh mujer! ¡Escúchame ahora!"; y le contó su aventura desde el comienzo hasta el fin sin omitir detalle; mas no es de utilidad repetirla aquí. Cuando la esposa hubo oído el relato del hallazgo, sintió que en su corazón el espanto dejaba sitio a una gran alegría, por lo que, henchida de satisfacción, exclamó: "¡Oh día claro y luminoso! ¡Alabemos a Alá, que ha hecho entrar en nuestra casa los bienes mal adquiridos por esos cuarenta ladrones, salteadores de caminos, y que de este modo vuelve lícito lo que era ilícito! ¡Él es el Generoso donador!"; y al instante se levantó y comenzó a contar los dinares; mas Alí Babá, riéndose, le dijo: "¿Qué haces? ¿Cómo puedes pensar en contar todo eso? ¡Levántate en seguida y ven a ayudarme a cavar una fosa en nuestra cocina, a fin de que este tesoro quede oculto sin dejar rastro y pase inadvertido aun para el más avisado. Si así no lo hacemos, atraeremos sobre nosotros la curiosidad de nuestros vecinos y de los oficiales de policía."

La mujer, que amaba el orden y que quería hacerse una idea exacta de la riqueza que había adquirido en aquel día bendito, respondió: "Ciertamente, no quiero retrasar el momento de contar este oro, ya que no puedo permitir que lo entierres sin antes haberlo pesado o medido. Te suplico, oh hijo de mi tío, que me des tiempo para ir a buscar una medida y lo mediré en tanto que tú cavas la fosa. Así podremos saber a conciencia lo que debemos considerar superfluo o necesario para nuestros hijos." Aunque al leñador aquella precaución le pareciese poco menos que inútil, no queriendo contrariar a su mujer en unos momentos tan dichosos, le dijo: "¡Sea!, pero ve y vuelve rápidamente, y, sobre todo, ¡guárdate mucho de divulgar nuestro secreto o decir la menor palabra!" La esposa de Alí Babá salió en busca de la medida en cuestión y pensó que lo más rápido sería ir a pedir una a la esposa de Kasín, el hermano de su marido, cuya casa no estaba muy lejos. Entró, pues, en la casa de la esposa de Kasín, la rica y fatua, aquella que nunca se dignaba invitar a comer a su casa al pobre Alí Babá ni a su mujer, porque no tenía fortuna ni amistades, aquella misma que nunca había enviado la más pequeña golosina durante las fiestas o aniversarios a los hijos de Alí Babá, ni comprado para ellos un puñado de guisantes, como hacen las gentes muy ricas para regalar a los hijos de la gente muy pobre. Después de ceremoniosos saludos, le pidió una medida de madera por unos momentos. Cuando la esposa de Kasín oyó la palabra medida se sorprendió mucho, ya que sabía que Alí Babá y su mujer eran muy pobres y ella no podía comprender a qué uso destinarían aquel utensilio, del que de ordinario no se sirven más que los propietarios de grandes provisiones de grano, en tanto que las demás se contentan con comprar su grano para el día o la semana en casa del abacero. En otra circunstancia, sin duda alguna se lo hubiese negado sin importarle el pretexto, mas esta vez sentía demasiado picada su curiosidad para dejar escapar la ocasión de satisfacerla; y por esto le dijo: "¡Que Alá aumente sus favores sobre vosotros, oh madre de Ahmad! ¿La medida la quieres grande o pequeña?" La esposa del leñador respondió: "La más grande que tengas, oh mi dueña." La esposa de Kasín fue a buscar ella misma la medida en cuestión. No hay duda de que aquella mujer era descendiente de veinte truhanes, ¡que Alá niegue sus favores a los de esta especie y confunda a todos sus descendientes!, porque, queriendo saber a toda costa qué clase de grano era el que su parienta quería medir, se valió de una superchería.

En efecto, corrió a coger la medida, y diestramente dio una capa de sebo al fondo y las paredes de esta; después, volviendo al lado de su parienta, se excusó por haberla hecho esperar y se la entregó. La mujer de Alí Babá le dio las gracias y se apresuró a regresar a su casa. Una vez en ella, puso la medida sobre el montón de oro, y después de llenarla la vació un poco más lejos, repitiendo esta operación muchas veces y marcando cada una de ellas sobre el muro con un trozo de carbón, así tantas rayas como veces la llenaba y vaciaba. Alí Babá, por su parte, terminó su trabajo de cavar la fosa en la cocina y regresó junto a su esposa, quien le mostró jubilosamente las numerosas rayas de carbón, y le encomendó el trabajo de enterrar todo el oro mientras ella iba con toda diligencia a devolver la medida a la impaciente esposa de Kasín; mas la infeliz no sabía que un dinar de oro estaba pegado en el fondo de la medida, gracias a la artimaña de aquella pérfida. Devolvió, pues, la medida a su parienta, y, dándole las gracias, le dijo: "Deseo devolvértela rápidamente, oh mi dueña, para no abusar de tu bondad."

En cuanto la esposa de Kasín vio que su parienta se marchó, se apresuró a mirar el fondo de la medida; su sorpresa fue muy grande al ver una pieza de oro pegada al sebo en lugar de algún grano de haba o avena. Su rostro se puso amarillo y sus ojos sombríos como la noche, y, comida de celos y devorada por la envidia, exclamó: "¡Así sea destruida su casa! ¿Desde cuándo esos miserables pueden medir el oro por celemines?" Se sentía tan furiosa que, no pudiendo dominar su impaciencia por ver a su esposo, envió rápidamente a una esclava a buscarlo a la tienda. Cuando el sorprendido Kasín entró en la casa, la mujer le recibió con exclamaciones furibundas. Sin dejarle tiempo a que se recobrase de la sorpresa, le puso el dinar ante las narices, y le gritó: "¿Lo ves? ¡Pues no es más que lo que les sobra a esos miserables! ¡Tú te crees rico y todos los días te felicitas por tener una tienda y clientes, mientras que tu hermano no tiene más que tres asnos por toda fortuna! ¡Desengáñate, oh jeique! Alí Babá, ese leñador, ese don nadie, no se contenta con contar su oro, como tú, pues él lo mide. ¡Por Alá que lo mide como si fuese grano!" Y en medio de un torrente de palabras, gritos y vociferaciones, le puso al corriente del asunto, y le explicó la estratagema de la que se había valido para hacer el asombroso descubrimiento de la riqueza de Alí Babá, y añadió: "¡Pero esto no es todo, oh jeique! ¡Ahora tú debes averiguar cuál es el origen de la fortuna de tu miserable hermano, ese maldito hipócrita que simula ser pobre y mide el oro por celemín!" Al oír estas palabras de su esposa, Kasín no dudó de la realidad de la fortuna de su hermano, y, lejos de alegrarse al saber que el hijo de sus padres estaría desde entonces al abrigo de toda necesidad, sintió que la envidia se enseñoreaba de su ánimo.

En este momento de su narración, Schahrazada vio aparecer la mañana y, discreta, se calló.

PERO CUANDO LLEGÓ LA NOCHE 854…

Ella dijo:

"…y levantándose, al momento corrió a casa de su hermano para ver por sus propios ojos lo que había, y encontró a Alí Babá todavía con el pico en la mano, terminando de enterrar su tesoro, y abordándole, sin siquiera llamarle por su nombre y sin tratarle de hermano, pues había olvidado el parentesco mucho antes de conocer la noticia de su fortuna, le dijo. "¡Es así, oh padre de los asnos, como recelas y te ocultas de nosotros! ¡Sí! ¡Continúas aparentando pobreza y miseria ante las gentes, para después en tu vivienda piojosa medir el oro como el mercader de granos sus mercancías!" Alí Babá se turbó mucho al oír estas palabras, pero no porque fuese avaro o interesado, sino porque le constaba la malicia de su hermano y de la esposa de este, y respondió: "¡Por Alá! No sé a qué te refieres. Apresúrate a explicarte y seré franco contigo, a pesar de que hace muchos años que has olvidado el lazo de sangre que nos une y desvías la mirada cada vez que te encuentras conmigo o con mis hijos." Entonces, el autoritario Kasín dijo: "No se trata de eso, Alí Babá, sino de que me saques de la ignorancia, pues no sé por qué has de tener interés en ocultármelo"; y le mostró el dinar de oro todavía manchado de sebo, y mirando a su hermano de reojo le dijo: "¿Cuántas medidas de dinares semejantes a este tienes en tu granero, bribón? ¿Y cómo has reunido tanto oro, vergüenza de nuestra casa?". Después, en pocas palabras, le contó cómo su esposa había embadurnado de sebo el fondo de la medida que le había prestado y cómo aquella pieza de oro se había pegado. Cuando Alí Babá hubo escuchado las explicaciones de su hermano comprendió que lo sucedido ya no se podía remediar, por lo que, sin hacer el menor gesto de asombro dijo: "¡Alá es generoso, hermano mío, ya que Él nos envía sus dones! ¡Que Él sea exaltado!"; y le contó con toda clase de detalles su historia del bosque, excepto lo referente a la fórmula mágica, y añadió: "¡Hermano mío! Nosotros somos hijos del mismo padre y de la misma madre, y por eso todo lo mío es tuyo; yo deseo, si tú te dignas aceptarlo, ofrecerte la mitad del oro que he cogido de la caverna." El pícaro Kasín, que era tan avaro como malvado, respondió: "Ciertamente es así como tú lo entiendes; pero yo quiero saber cómo podría entrar en la caverna, y, sobre todo, no me engañes, pues en tal caso iría a denunciarte a la justicia como cómplice de los ladrones." El buen Alí Babá, pensando en el destino de su mujer e hijos en el caso de que fuese denunciado, le reveló las tres palabras de la fórmula mágica, impulsado más por su naturaleza amable que por las amenazas de un hermano tan bárbaro.

Kasín, sin dirigirle una palabra de agradecimiento, le dejó bruscamente, resuelto a ir él solo a apoderarse de todo el tesoro de la cueva. A la mañana siguiente, antes de que amaneciese, partió hacia el bosque llevando con él diez mulas cargadas con grandes cofres que se proponía llenar con el producto de su primera expedición; por otro lado, se decía que una vez hubiese dado buena cuenta de las provisiones y riquezas sacadas de la gruta en el primer viaje, se reservaría el derecho de hacer una segunda expedición con mayor número de mulas, e incluso, si así lo decidía, con una caravana de camellos. Siguió al pie de la letra las indicaciones de Alí Babá, quien en su bondad había llegado incluso a ofrecérsele como guía; pero había desistido de su ofrecimiento al ver la sospecha reflejada en la sombría mirada de Kasín. Pronto llegó ante la roca, que reconoció por su aspecto enteramente liso y por un árbol que le daba sombra, y alargando los brazos hacia ella dijo: "¡Sésamo, ábrete!" Súbitamente la roca se abrió por la mitad y Kasín, que había dejado sus mulas atadas a los árboles, penetró en la caverna, cuya entrada se cerró tras él gracias a la fórmula mágica. Su asombro no tuvo límites a la vista de tantas riquezas acumuladas, y al contemplar aquel oro amontonado y aquellas joyas guardadas en vasijas. Un gran deseo, cada vez más intenso, de ser el dueño de aquel tesoro, se apoderó de él, si bien se dio cuenta de que para transportar todo aquello no sería suficiente, no ya solo una caravana de camellos, sino aun todos los camellos que viajan desde los confines de la China hasta las fronteras del Irán. Se dijo que para la próxima vez tomaría todas las medidas necesarias para organizar una verdadera expedición, contentándose esta vez con llenar de oro amonedado tantos sacos como pudiese llevar sobre las diez mulas. Una vez que acabó aquel trabajo, regresó a la galería y dijo: "¡Cebada, ábrete!" Kasín, cuyo ánimo estaba embargado por completo por el descubrimiento de aquel tesoro, había olvidado las palabras que debía decir, lo que originó su pérdida sin remedio. Volvió a repetir varias veces: "¡Cebada, ábrete!"; mas la puerta permanecía cerrada. Entonces dijo: "¡Haba, ábrete!", pero la puerta no se abrió, por lo que dijo: "¡Avena, ábrete!"; mas esta vez tampoco se abrió hendidura alguna. Kasín comenzó a perder la paciencia; y gritó: "¡Centeno, ábrete!", "¡Mijo, ábrete!", "¡Alforfón, ábrete!", "¡Trigo, ábrete!", "¡Arroz, ábrete!" Mas la puerta de granito permaneció cerrada. Kasín se asustó mucho al verse encerrado a causa de haber olvidado las palabras mágicas; pero a pesar de ello continuó pronunciando ante la roca inamovible todos los nombres de cereales y los de las diferentes variedades de granos que la mano del Sembrador lanzó sobre la superficie de los campos en el principio del mundo; pero la roca continuó inmóvil, ya que el indigno hermano de Alí Babá olvidó un grano, el misterioso sésamo, que precisamente era el único que estaba dotado de poderes mágicos. Así es como, más pronto o más tarde, el destino nubla por orden del Todopoderoso la memoria de los truhanes, les quita lucidez y ciega su vista, y hablando de pícaros: "¡Que Alá les retire el don de la lucidez y deje que tanteen en las tinieblas, y que entonces, ciegos, sordos y mudos, no puedan volver sobre sus pasos!" Por otro lado, el Profeta, que Alá le tenga en su gracia, ha dicho: "¡Sean cerrados sus oídos con el sello de Alá y sus ojos tapados con un velo, pues les está reservado un suplicio espantoso!"

Cuando el pícaro Kasín, que no esperaba este desastroso desenlace, se convenció de que no recordaba la fórmula mágica, para tratar de rememorarla comenzó a estrujarse el cerebro inútilmente, pues el nombre mágico se había borrado para siempre de su memoria. Presa del pánico, dejó los sacos llenos de oro y recorrió la caverna en todas direcciones en busca de alguna hendidura, pero solo encontró paredes graníticas, desesperadamente lisas. Igual que una bestia feroz, se mordía los puños con rabia y escupía baba sanguinolenta; mas no fue este todo su castigo; todavía le quedaba la agonía de la muerte, que no se hizo esperar.

En este momento de su narración, Schahrazada vio que aparecía el alba y discretamente, como siempre, calló.

PERO CUANDO LLEGÓ LA 855 NOCHE…

Ella dijo:

"En efecto, los cuarenta ladrones regresaron al mediodía a su cueva, según su diaria costumbre, y vieron que diez mulas cargadas con grandes cofres estaban atadas a los árboles; a una señal de su jefe lanzaron sus caballos al galope hacia la entrada de la caverna, y, echando pie a tierra, comenzaron a buscar en las inmediaciones de la roca al hombre al que pudiesen pertenecer las diez mulas; mas como sus pesquisas no diesen resultado, el jefe se decidió a entrar en la cueva, y, levantando su sable ante la puerta invisible, pronunció la fórmula mágica, y al momento la roca se dividió en dos mitades, que giraron en sentido inverso. El encerrado Kasín no dudó de su irremediable pérdida al oír los caballos y las exclamaciones sorprendidas y coléricas de los bandidos; pero como amaba su vida, quiso salvarla, y se escondió en un rincón, pronto a lanzarse hacia afuera a la primera oportunidad. Cuando oyó pronunciar la palabra "sésamo", maldijo su corta memoria, y, apenas vio que la puerta se entreabría, se lanzó hacia fuera como un carnero, con la cabeza baja, tan violentamente y con tan poca prudencia, que chocó contra el jefe de los cuarenta ladrones, derribándolo cuan largo era; pero los demás bandidos se abalanzaron contra Kasín, y, con sus sables, le atravesaron de parte a parte, y en un abrir y cerrar de ojos fue descuartizado y separados de su tronco la cabeza y los brazos y las piernas; este fue su destino.

Los bandidos, después de limpiar sus sables, entraron en la caverna, y viendo alineados ante la salida los sacos que había llenado Kasín, se apresuraron a vaciar su contenido allí donde había estado antes, pero no se dieron cuenta de lo que faltaba, del oro que se había llevado Alí Babá. A continuación se reunieron en círculo para celebrar consejo, y deliberaron largamente; pero, en la ignorancia de haber sido despojados por Alí Babá, no pudieron comprender cómo había podido introducirse nadie en su refugio, por lo que decidieron no seguir ocupándose de ello por más tiempo, y después de haber descargado sus nuevas adquisiciones y descansado un rato prefirieron salir de la cueva y montar a caballo para ir a asaltar las rutas de las caravanas, pues eran hombres activos que despreciaban las largas reflexiones y las palabras; pero ya volveremos a encontrarlos cuando llegue el momento.

La esposa de Kasín, aquella maldita mujer, fue la causa de la muerte de su marido, quien, por otra parte, merecía su fin. La perfidia de esta mujer fue la que inventó el ardid del sebo, que fue el punto de partida de todos los acontecimientos. Y no dudando del éxito de la expedición de su marido, había preparado una comida especial para celebrarlo; mas cuando vio que la noche llegaba y no se veía a Kasín ni sombra de él, se alarmó mucho, no porque le amase con exceso, sino porque le era necesario; entonces ella se decidió a ir a buscar a Alí Babá a su casa; y aquella maldita, que nunca se había rebajado a franquear el umbral de su puerta, con rostro preocupado, dijo al leñador: "¡Oh hermano de mi esposo! Los hermanos se deben a los hermanos y los amigos a los amigos. Vengo a pedirte que me tranquilices respecto al paradero de tu hermano, que, como tú sabes, ha ido al bosque y todavía no ha vuelto, a pesar de lo avanzado de la noche. ¡Por Alá, oh rostro bendito! ¡Ve a ver qué es lo que ha sucedido en el bosque!" Alí Babá, que, a las claras se veía, estaba dotado de un espíritu compasivo, compartió la alarma de la esposa de Kasín, y dijo: "¡Que Alá aleje a los malhechores de la cabeza de tu esposo, hermana mía! ¡Ah! ¡Si Kasín hubiese querido escuchar mi consejo me hubiese llevado con él como guía! Mas no te inquietes por su retraso, porque, sin duda, lo habrá hecho a propósito, para no llamar la atención de los viandantes al entrar en la ciudad a altas horas de la noche." Aunque esto fuese verosímil, la realidad era que Kasín se había convertido en seis trozos de Kasín: dos brazos, dos piernas, un tronco y una cabeza, que los ladrones habían colocado en el interior de la galería, tras la puerta de roca, a fin de que su sola presencia espantase a cualquiera que tuviese la audacia de franquear aquel umbral. Alí Babá tranquilizó como pudo a la mujer de su hermano y le hizo notar que cualquier pesquisa sería inútil en aquella noche sombría, por lo que la invitó cordialmente a pasar la noche en su compañía. La esposa de Alí Babá la hizo acostar en su propio lecho; no sin antes haberle asegurado Alí Babá que con la aurora saldría para el bosque.

En efecto, con las primeras luces de la mañana, el bondadoso leñador abandonó su casa seguido de sus tres asnos después de recomendar a su esposa que cuidase de la esposa de su hermano Kasín. Al aproximarse a la roca y no ver a los mulos, Alí Babá pensó que algo grave debía haber pasado; su inquietud aumentó al ver el suelo manchado de sangre, y, con voz temblorosa por la emoción, pronunció las palabras mágicas y entró en la caverna. El espectáculo de los miembros descuartizados de Kasín le hizo caer, tembloroso, de rodillas, mas sobreponiéndose a su emoción se aprestó a cumplir sus últimos deberes para con su hermano que, después de todo, era musulmán e hijo de sus mismos padres. Así, pues, cogió de la caverna dos grandes sacos, metió en ellos el cuerpo descuartizado de su hermano, y, poniéndolos sobre uno de sus asnos, los recubrió cuidadosamente con ramaje. Luego, ya que estaba allí, pensó que debería aprovechar la ocasión para coger algunos sacos de oro, evitando así que dos de sus asnos regresaran de vacío. Una vez realizado este trabajo, cubiertos todos los sacos con ramaje como la primera vez, y después de ordenar a la puerta que se cerrase, tomó el camino de la ciudad, deplorando en su interior el triste fin de su hermano.

Después de que llegó al patio de su casa, llamó a su esclava Morgana para que le ayudase a descargar los sacos. Aquella esclava era una joven a la que Alí Babá y su esposa habían recogido de pequeña y criado con los mismos cuidados y solicitud que hubieran podido tener para con ella sus mismos padres. La joven había crecido ayudando a su madre adoptiva en el cuidado de la casa y haciendo el trabajo de diez personas. Era agradable, dócil, educada y fecunda en invenciones para resolver las cuestiones más arduas y llevar a buen término las cosas más difíciles. Al presentarse ante su padre adoptivo, la joven le besó la mano, dándole la bienvenida como tenía por costumbre cada vez que él regresaba a casa; entonces, Alí Babá le dijo: "¡Oh Morgana, hija mía! Hoy es el día en el que tu discreción y valía se van a poner a prueba"; y le contó el fin desgraciado de su hermano, añadiendo: "Su cuerpo está ahí, sobre el tercer asno. Mientras que voy a anunciar la noticia a su pobre viuda, es preciso que encuentres algún medio para hacerle enterrar como si hubiese fallecido de muerte natural, sin que nadie pueda sospechar la verdad." La joven respondió: "Te escucho y obedezco."

El leñador, entonces, fue a dar la noticia de la muerte de Kasín a la esposa de este, quien comenzó a dar alaridos, a mesarse los cabellos y a desgarrarse los vestidos, pero Alí Babá, con tacto, supo calmarla, consiguiendo evitar que los gritos y lamentaciones llegaran a llamar la atención de los vecinos, provocando la alarma en todo el barrio; y después añadió: "Alá es generoso y me ha dado grandes riquezas. Si en medio de esta desgracia sin remedio que se abate sobre ti hay alguna cosa capaz de consolarte, yo te ofrezco los bienes que Alá me ha dado y que son tuyos, pues de ahora en adelante vivirás en mi casa en calidad de segunda esposa, encontrarás en la madre de mis hijos una hermana atenta y cariñosa, y todos viviremos tranquilos y felices recordando las virtudes del difunto."

El leñador se calló esperando una respuesta, y, en un momento, Alí Babá hizo mella en el corazón de aquella mujer, despojándola de sus malquerencias. ¡Loado sea Alá Todopoderoso! Ella comprendió la bondad de Alí Babá y la generosidad de su ofrecimiento y consintió en ser su segunda esposa, y por su matrimonio con aquel hombre bueno llegó a ser realmente una mujer de bien. De este modo consiguió Alí Babá evitar los gritos y la divulgación del secreto de la muerte de su hermano, y dejando a su nueva esposa bajo los cuidados de su antigua, fue en busca de la joven Morgana, quien no había perdido el tiempo, pues había combinado todo un plan para salvar aquella difícil situación.

En efecto, había ido a la tienda del mercader de drogas, y le había comprado una especie de triaca que curaba las heridas mortales. El mercader le había servido la medicina no sin antes preguntarle quién estaba enfermo en la casa de su amo. Morgana, suspirando, le había respondido: "¡Oh calamidad! El mal tiñe de rojo la cara del hermano de mi amo, que ha sido llevado a nuestra casa para así estar mejor atendido, pero nadie conoce su enfermedad. Está inmóvil, ciego y sordo, con rostro de color de azafrán. ¡Oh, jeique, que esta triaca le saque de su mal estado!"

En este momento de su narración, Schahrazada vio que aparecía el alba, y discretamente como siempre, se calló.

PERO CUANDO LLEGÓ LA 856 NOCHE...

Schahrazada dijo:

"Y había llevado a la casa la triaca en cuestión, de la que Kasín no podría servirse, y allí había esperado el regreso de su amo. En pocas palabras, ella le puso al corriente de lo que pensaba hacer, plan que el leñador aprobó, manifestando al mismo tiempo la admiración que sentía por su ingenio.

A la mañana siguiente, la diligente Morgana fue a ver al mismo vendedor de drogas y, con rostro lleno de lágrimas y con muchos suspiros, le pidió una droga que de ordinario solo se da a los enfermos moribundos, añadiendo: "Si este remedio no le cura, se ha perdido toda esperanza"; y al mismo tiempo tuvo cuidado de informar a todos los vecinos del barrio de la supuesta gravedad de Kasín, el hermano de Alí Babá. Al día siguiente por la mañana, cuando las gentes del barrio se despertaron, al oír gritos y lamentaciones, no dudaron de que eran proferidos por la esposa de Kasín, por la esposa del hermano de Kasín, por la joven Morgana y por todos los parientes, para así anunciar la muerte de Kasín.

Durante este tiempo, Morgana continuó realizando su plan, diciéndose: "Hija mía, no todo consiste en hacer pasar una muerte violenta por una muerte natural, ya que además hay un gran peligro: dejar que las gentes se den cuenta de que el difunto está cortado en seis trozos". Sin tardanza, corrió a casa de un viejo zapatero remendón del barrio, que no la conocía y, saludándole, le puso en la mano un dinar de oro y le dijo: "¡Oh jeique Mustafá, tu trabajo me es necesario!" El viejo remendón, que era hombre de naturaleza alegre, respondió: "¡Oh día luminoso, bendito por tu venida, oh rostro de luna! ¡Habla, oh mi dueña, y te responderé con la obediencia!" Morgana le dijo: "¡Oh, mi tío Mustafá! ¡Levántate y ven conmigo, pero antes coge lo necesario para coser cuero!" Cuando él hizo lo que ella le pedía, tomó un pañuelo y, vendándole los ojos, le dijo: "¡Es condición imprescindible! ¡Sin esto no hacemos nada!"; pero el zapatero gritó: "¡Oh joven! ¿Quieres que por un dinar reniegue de la fe de mis padres o cometa algún robo o crimen extraordinario?" La joven le contestó: "¡Alejado sea el maligno, oh jeique! ¡Tranquiliza tu conciencia! No es nada de lo que imaginas, pues solo se trata de hacer una costura." Mientras hablaba, le puso en la mano una segunda pieza de oro que convenció al remendón.

Morgana le cogió de la mano, con los ojos ya vendados, y le llevó a la casa de Alí Babá y allí le quitó el pañuelo y, mostrándole el cuerpo del difunto, cuyos miembros ella misma había reunido, le dijo: "Te he traído aquí de la mano a fin de que cosas los seis trozos que ves"; y como el jeique retrocediese espantado, la animosa Morgana le puso una nueva moneda de oro en la mano y le prometió otra más si hacía el trabajo rápidamente, lo que decidió al zapatero a ponerse a trabajar. Cuando concluyó la costura, Morgana le volvió a vendar los ojos y, después de darle la recompensa prometida, le dejó, apresurándose a regresar a su casa, volviendo la vista de vez en cuando para ver si era observada por el zapatero.

Una vez que llegó, tomó el cuerpo reconstruido de Kasín, lo perfumó con incienso y lo amortajó ayudada por Alí Babá. Y para evitar que los hombres que trajeran las parihuelas sospechasen nada, ella misma fue por ellas pagando generosamente. Después, siempre ayudada por Alí Babá, puso el cuerpo en la caja mortuoria y la recubrió con telas adecuadas. Mientras tanto, llegaron el imán y demás dignatarios de la mezquita, y cuatro vecinos cargaron las parihuelas sobre sus hombros; el imán se puso a la cabeza del cortejo seguido por los lectores del Corán.

Morgana iba tras los portadores llorosa y gimiente, golpeándose el pecho y mesándose los cabellos, en tanto que Alí Babá cerraba la marcha, acompañado de algunos vecinos. Así llegaron al cementerio mientras que en la casa de Alí Babá las mujeres dejaban oír sus lamentaciones y gritos de dolor.

La verdad de aquella muerte quedó al abrigo de toda indiscreción, sin que persona alguna sospechase lo más leve de la funesta aventura.

Por lo que respecta a los cuarenta ladrones, durante un mes se abstuvieron de volver a su refugio por temor a la putrefacción de los abandonados restos de Kasín, pero una vez que regresaron, su asombro no tuvo límites al no encontrar los despojos de Kasín, ni señal alguna de putrefacción. Esta vez reflexionaron seriamente acerca de la situación, y finalmente, el jefe de los cuarenta dijo: "Sin duda hemos sido descubiertos y se conoce nuestro secreto; si no lo remediamos prontamente, todas las riquezas que nosotros y nuestros antecesores hemos acumulado con tantos trabajos y peligros nos serán arrebatadas por el cómplice del ladrón que hemos castigado. Es preciso que, sin pérdida de tiempo, matemos al otro, para lo que hay un solo medio, y es que alguien que sea a la vez el más astuto y audaz, vaya a la ciudad disfrazado de derviche extranjero, y, usando de toda su habilidad, descubra quién es aquel al que nosotros hemos descuartizado y en qué casa habitaba. Todas estas pesquisas deben ser hechas con gran prudencia, ya que una palabra de más podría comprometer el asunto y perdernos a todos sin remedio. Estimo que aquel que asuma este trabajo debe comprometerse a sufrir la pena de muerte si da pruebas de ineptitud en el cumplimiento de su misión." Al momento, uno de los ladrones exclamó: "Me ofrezco para la empresa y acepto las condiciones." El jefe y sus camaradas le felicitaron, colmándole de elogios, y, disfrazado de derviche extranjero, partió rápidamente.

El bandido entró en la ciudad y vio que todas las casas y tiendas estaban todavía cerradas a causa de lo temprano de la hora; únicamente la tienda del jeique Mustafá, el remendón, estaba abierta, y el zapatero, con la lezna en la mano, se disponía a arreglar una babucha de cuero de color de azafrán; al levantar la mirada y ver al derviche, se apresuró a saludarle. Este le devolvió el saludo y se admiró de que a su edad tuviese tan buena vista y manos tan expertas. El anciano, muy halagado y satisfecho, respondió: "¡Oh derviche! ¡Por Alá, que todavía puedo enhebrar la aguja al primer intento y puedo coser los seis trozos de un muerto en el fondo de un sótano poco iluminado!" El ladrón-derviche, al oír estas palabras, se alegró mucho y bendijo su destino que le conducía por el camino más corto hacia el logro de su misión, y aprovechando la ocasión, simuló asombro y exclamó: "¡Oh faz de bendición! ¿Seis trozos de un hombre? ¿Qué es lo que quieres decir? ¿Es que en este país tenéis la costumbre de cortar a los muertos en seis pedazos y coserlos después?"

El jeique Mustafá se echó a reír y respondió: "¡No, por Alá! Aquí no se acostumbra hacer eso, pero yo sé lo que me digo y tengo muchas razones para decirlo; mas, por otra parte, mi lengua es corta y esta mañana no me obedece." El derviche-ladrón comenzó a reír, no tanto por el aire con que el remendón pronunciaba sus frases, como por atraerse su favor, y haciendo ademán de estrechar su mano, le dio una pieza de oro, diciendo: "¡Oh padre de la elocuencia! ¡Oh tío! ¡Que Alá me guarde de meterme donde no debo, pero si en mi calidad de extranjero puedo dirigirte una súplica, esta será que me hagas la gracia de decirme dónde se levanta la casa en cuyo sótano cosiste los restos del muerto!"

El viejo remendón respondió: "¡Oh jefe de los derviches! No podré indicártela, ya que yo mismo no la conozco. Solo sé que, con los ojos vendados, fui conducido a ella por una joven embrujadora que hace las cosas con una celeridad pasmosa. Sin embargo, si me vendasen los ojos de nuevo, podría encontrar la casa guiándome por las cosas que palpé con mis manos durante el camino; porque debes saber, sabio derviche, que el hombre ve con sus dedos como con sus ojos, sobre todo si su piel no es tan dura como la de los cocodrilos. Por mi parte, tengo entre los clientes, cuyos honorables pies calzo, muchos ciegos clarividentes, gracias al ojo que tienen en cada dedo, pues no todos han de ser como el malvado barbero que todos los viernes me rapa la cabeza despellejándome atrozmente, ¡que Alá le maldiga!"

En este momento de su narración, Schahrazada vio que amanecía y, discreta, se calló.

PERO CUANDO LLEGÓ LA 857 NOCHE…

Dijo Schahrazada:

"El derviche-ladrón exclamó: "¡Benditos sean los pechos que te han alimentado y ojalá puedas enhebrar la aguja durante mucho tiempo y calzar pies honorables, oh jeique de buen augurio! ¡No deseo nada más que seguir tus indicaciones, a fin de que me ayudes a encontrar la casa en la que suceden cosas tan prodigiosas!"

El jeique Mustafá se levantó y el derviche le vendó los ojos, le llevó a la calle de la mano y marchó a su lado hasta la misma casa de Alí Babá, ante la cual Mustafá le dijo: "Ciertamente es esta; reconozco la casa por el olor que exhala a estiércol de asno y por este pedruzco que ya he pisado en otra ocasión." El ladrón, muy contento, se apresuró a hacer una señal en la puerta de la casa con un trozo de tiza, antes de quitarle la venda al remendón. Después, mirando con agradecimiento a su compañero, le gratificó con otra pieza de oro y le prometió que le compraría las babuchas que necesitase hasta el fin de sus días; acto seguido, se apresuró a tomar el camino del bosque para ir a anunciar a su jefe el descubrimiento que había hecho, pero como ya se verá, el ladrón no sabía que corría derecho a ver saltar su cabeza sobre sus hombros.

En efecto, la diligente Morgana salió para ir a comprar provisiones y a su regreso del mercado notó que sobre la puerta había una marca blanca; y examinándola con atención, pensó: "Esta marca no se ha hecho ella sola y la mano que la ha hecho no puede ser sino una mano enemiga, por lo que es preciso conjurar el maleficio"; y, corriendo a buscar un trozo de yeso, hizo una señal exactamente igual en las puertas de todas las casas de la calle, a derecha e izquierda. Cada vez que hacía una marca, dirigiéndose al autor de la primera señal, mentalmente, decía: "¡Los cinco dedos de mi mano derecha en tu ojo izquierdo, y los de mi mano izquierda en tu ojo derecho!"; porque sabía que no hay fórmula más poderosa para conjurar las fuerzas invisibles, evitar los maleficios y hacer caer sobre la cabeza del maldiciente las calamidades, ya sufridas o inminentes.

Cuando los malhechores, aleccionados por su compañero, entraron de dos en dos en la ciudad y se dirigieron a la casa señalada, se asombraron mucho al ver que todas las puertas de aquellas casas de aquella calle tenían la misma señal. A una orden de su jefe regresaron a su cueva del bosque y una vez que estuvieron todos reunidos de nuevo, arrastraron hasta el centro del círculo que formaban al ladrón que tan mal había tomado sus precauciones y le condenaron a muerte; a continuación y a una señal del jefe, le cortaron la cabeza. Pero como la necesidad de encontrar al autor de todo aquel asunto era más urgente que nunca, un segundo ladrón se ofreció a ir a investigar; el jefe escuchó la oferta con agrado y el ladrón partió de inmediato para la ciudad, donde se puso en contacto con el jeique Mustafá y se hizo conducir hasta la casa en la que se presumía fueron cosidos los seis trozos, e hizo en uno de los ángulos de la puerta una señal roja y regresó al bosque.

Cuando los ladrones, guiados por su compañero, llegaron a la calle de Alí Babá, encontraron que todas las puertas estaban marcadas con una señal roja, exactamente en el mismo sitio, ya que la sutil Morgana, al igual que la primera vez, había tomado sus precauciones."

PERO CUANDO LLEGÓ LA 858 NOCHE…

Ella dijo:

"El jefe detuvo los caballos y, después de saludar a Alí Babá, le dijo: "¡Oh mi dueño! Tu esclavo es mercader de aceite y no sabe dónde ir a pasar la noche en una ciudad en la que no conoce a nadie, y espera de tu generosidad que le concedas hospitalidad hasta mañana, a él y a sus bestias, en el patio de tu casa." Al oír esta petición, el corazón de Alí Babá se ablandó acordándose de los tiempos en que fue pobre y, lejos de reconocer al jefe de los ladrones, al que había visto y oído en el bosque, se levantó en su honor y dijo: "¡Oh mercader de aceite! ¡Hermano mío, que mi morada te sirva de descanso y que en ella puedas encontrar ayuda y familia! ¡Sé bienvenido!"; mientras hablaba le cogió de la mano y, junto con los caballos, le condujo hasta el patio, y llamando a Morgana y a otro esclavo, les ordenó que ayudasen al huésped de Alá a descargar las vasijas y dar de comer a los animales. Cuando las vasijas estuvieron colocadas en buen orden en un extremo del patio y los caballos atados junto al muro y colgando del cuello de cada uno un saco lleno de avena, Alí Babá, siempre tan afable, tomó a su huésped de la mano y le condujo al interior de la casa, donde le hizo sentar en el sitio de honor para tomar la comida de la tarde. Después que hubieron comido, bebido y dado las gracias a Alá por sus favores, Alí Babá, no queriendo incomodar a su huésped, se retiró diciendo: "¡Oh mi dueño! ¡Mi casa es tu casa y lo que hay en ella te pertenece!" Pero el mercader de aceite le llamó y le dijo: "¡Por Alá, oh mi huésped! Muéstrame el sitio de tu honorable casa en el que pueda dar descanso a mis intestinos"; Alí Babá le condujo al lugar indicado, que estaba situado en un ángulo de la casa, cerca de donde estaban las tinajas, y se apresuró a retirarse a fin de no perturbar las funciones digestivas del mercader de aceite.

Y, en efecto, el jefe de los bandidos no dejó de hacer lo que tenía que hacer; cuando terminó se aproximó a las tinajas, e inclinándose sobre cada una de ellas, dijo en voz baja: "Cuando oigas que unas piedrecitas golpean tu tinaja, no olvides salir y acudir junto a mí"; y habiendo ordenado a su gente lo que debía hacer, penetró en la casa. Morgana, que le esperaba a la puerta de la cocina con una lámpara de aceite en la mano, le condujo a la habitación que le había preparado y se retiró. El bandido, por estar mejor dispuesto para la ejecución de su proyecto, se tendió sobre el lecho en el que pensaba dormir hasta la medianoche, y no tardó en roncar estrépitosamente. Y entonces pasó lo que debía pasar.

En efecto, mientras Morgana estaba en su cocina, fregando los platos y cacerolas, la lámpara, falta de aceite, se apagó. Precisamente la provisión de aceite de la casa se había acabado y Morgana, que había olvidado proveerse durante el día, se contrarió mucho y llamó a Abdalá, el nuevo esclavo de Alí Babá, a quien hizo partícipe de su contrariedad; este comenzó a reír y dijo: "¡Por Alá, oh Morgana! Hermana mía, ¿cómo puedes decirme que no tenemos aceite en la casa cuando en este momento hay en el patio, apoyadas contra el muro, treinta y ocho tinajas llenas de aceite de oliva y que, a juzgar por el olor, debe ser de excelente calidad? ¡Hermana mía, no veo en ti la diligencia, entendimiento y recursos de Morgana!" Después añadió: "¡Hermana mía, me vuelvo a dormir para poder levantarme con la aurora a fin de acompañar al baño a nuestro amo Alí Babá!", y se fue a dormir no lejos de donde el mercader de aceite resoplaba como un fuelle.

Morgana, algo confundida por las palabras de Abdalá, tomó la vasija del aceite y fue al patio a llenarla en una de las tinajas. Se aproximó a la primera de ellas, la destapó y metió la vasija en la abertura, pero el cacharro, en lugar de sumergirse en aceite, chocó violentamente contra algo resistente; aquella cosa se movió y se oyó una voz que decía: "¡Por Alá! ¡El guijarro que ha lanzado el jefe debe ser del tamaño de una roca, por lo menos! ¡Este es el momento!" y sacando la cabeza, se aprestó a salir de la tinaja. Morgana, al encontrar a un ser viviente en aquella tinaja en lugar del aceite que esperaba, pensó que había llegado la hora de su destino, y, muy sorprendida en un principio, no pudo dejar de pensar: "¡Soy muerta y todos los habitantes de la casa perecerán sin remedio!"; pero la violencia de su emoción le devolvió todo su coraje y en vez de comenzar a gritar aterrada, se inclinó sobre la boca de la tinaja y dijo: "¡No, mozo, no! Tu amo duerme todavía. Espera a que se despierte."

Morgana era muy sagaz y lo había adivinado todo, pero para comprobar la gravedad de la situación quiso inspeccionar las demás tinajas. Aunque la tentativa no dejaba de ser peligrosa, se aproximó a cada una y, tanteando la cabeza que asomaba tan pronto como la destapaba, decía: "¡Paciencia y hasta luego!"; de esta manera contó hasta treinta y siete cabezas barbudas y vio que la tinaja número treinta y ocho era la única que estaba llena de aceite. Entonces, tomó la vasija y, con calma, fue a encender su lámpara para poder poner en ejecución el proyecto que su ingenio le había sugerido para sortear el peligro inminente.

De vuelta al patio, encendió fuego bajo la caldera que servía para la colada, y, sirviéndose de la vasija, la llenó de aceite; como el fuego estaba fuerte, el líquido no tardó en hervir. Entonces, llenó un gran cubo con aquel aceite hirviendo, se aproximó a una tinaja, la destapó, vertiendo de golpe el líquido abrasador sobre la cabeza que intentaba salir, y al momento el bandido murió abrasado. Morgana, con mano segura, hizo correr la misma suerte a todos los que estaban encerrados en las tinajas y todos murieron abrasados, pues ningún hombre, aunque estuviese encerrado en una tinaja de siete paredes, podría escapar al destino atado a su cuello. Una vez que realizó su designio, Morgana apagó el fuego, y, cubriendo las bocas de las tinajas con la fibra de palmera, regresó a la cocina, apagó la linterna, y quedó a oscuras, resuelta a esperar el desenlace del asunto, que no se hizo esperar mucho tiempo.

En efecto, hacia la medianoche, el mercader de aceite se despertó y asomó la cabeza por la ventana que daba al patio, y no viendo ni oyendo nada, pensó que todos los de la casa debían estar durmiendo. Tal como había dicho a sus hombres, arrojó sobre las tinajas unos guijarros que con él llevaba; como tenía el ojo seguro y la mano hábil acertó todos los blancos y esperó, no dudando de que vería surgir a sus hombres blandiendo las armas, mas nada sucedió. Pensando que se habían dormido, les arrojó más guijarros, pero no apareció cabeza alguna. El jefe de los bandidos se irritó mucho con sus hombres, a los que creía dormidos, y se dirigió hacia ellos, pensando: "¡Hijos de perro! ¡No valen para nada!"; pero al acercarse a las tinajas hubo de retroceder, tan espantoso era el olor a aceite quemado y a carne abrasada que exhalaban. Se aproximó de nuevo y tocando las paredes de una de ellas sintió que estaban tan calientes como las paredes de un horno y levantando las tapas vio a sus hombres, uno tras otro, humeantes y sin vida."

A la vista de este espectáculo, el jefe de los ladrones comprendió de qué manera tan atroz habían perecido sus hombres y, dando un salto prodigioso, alcanzó la cima del muro, se descolgó a la calle y, dando sus piernas al viento, se perdió en la oscuridad de la noche.

En este momento, Schahrazada vio que amanecía y, discretamente, se calló.

PERO CUANDO LLEGÓ LA NOCHE 859…

Schahrazada dijo:

«Y, llegando a su cueva, se sumergió en sombrías reflexiones acerca de lo que debía hacer para vengar lo que debía ser vengado. En cuanto a

Morgana, que acababa de salvar la casa de su dueño y las vidas de cuantos habitaban en ella, una vez que se hubo dado cuenta de que con la huida del mercader de aceite había desaparecido todo peligro, esperó tranquilamente a que amaneciera para ir a despertar a su dueño Alí Babá.

Cuando este se hubo vestido, sorprendido de que lo despertaran tan temprano solo para ir al baño, Morgana lo llevó ante las tinajas y le dijo:
—¡Oh, mi dueño! ¡Levanta la primera tapa y mira dentro!

Alí Babá, al hacerlo, se horrorizó, y Morgana se apresuró a contarle todo lo que había pasado, sin omitir un detalle; mas no es útil repetirlo aquí. Igualmente le contó la historia de las marcas blancas y rojas de las puertas, pero tampoco es de utilidad repetirla.

Cuando Alí Babá hubo escuchado el relato de su esclava, lloró de emoción y, estrechando a la joven con ternura contra su corazón, le dijo:
—¡Bendita hija, y bendito el vientre que te llevó! Ciertamente, el pan que has comido en esta casa no ha sido comido con ingratitud. ¡Eres mi hija, y la hija de la madre de mis hijos, y de ahora en adelante serás mi primogénita!

Y continuó diciéndole palabras amables, agradeciéndole su sagacidad y valentía.

Después de esto, Alí Babá, ayudado por Morgana y el esclavo Abdalá, procedió al entierro de los ladrones, cuyos cuerpos, tras pensarlo mucho, decidió enterrar en una fosa enorme que cavaría en el jardín, haciéndolo él mismo para no llamar la atención de los vecinos. Así fue como se desembarazó de aquella gente maldita.

Muchos días transcurrieron en casa de Alí Babá en medio del regocijo y la alegría; menudearon los comentarios sobre los detalles de aquella aventura prodigiosa, dando gracias a Alá por su protección. Morgana era más querida que nunca, y Alí Babá, junto con sus dos esposas e hijos, se esforzaba en darle muestras de su agradecimiento y afecto.

Un día, el hijo mayor de Alí Babá, que era quien regía la antigua tienda de Kasín, dijo a su padre:
—Padre mío, no sé qué hacer para agradecer a mi vecino, el mercader Hussein, todas las atenciones con que me abruma desde su reciente instalación en el mercado. He aquí que ya he aceptado en cinco ocasiones participar en su comida del mediodía, sin ofrecerle nada a cambio. ¡Oh, padre! Yo desearía invitarlo, aunque no fuese más que una sola vez, y resarcirlo de todas sus atenciones con un festín suntuoso y único, ya que convendrás en que es conveniente agasajarlo debidamente, en justa correspondencia a las atenciones que ha tenido conmigo. Alí Babá respondió:

—¡Hijo mío, ciertamente ese es el más grande de los deberes! Tendrás que dejarlo todo a mi cargo y no preocuparte por nada. Precisamente mañana, viernes, día de descanso, lo aprovecharás para invitar a tu vecino Hussein a venir a tomar con nosotros el pan y la sal; y si por discreción busca algún pretexto, no temas insistir y tráelo a nuestra casa, en la que espero que encuentre un agasajo digno de su generosidad.

A la mañana siguiente, después de la oración, el hijo de Alí Babá invitó a Hussein, el mercader que recientemente se había instalado en el mercado, a dar un paseo. En compañía de su vecino, dirigió sus pasos precisamente hacia el barrio donde estaba su casa.

Alí Babá, que los esperaba en el umbral, se acercó a ellos con rostro sonriente y, después de saludarlos, expresó a Hussein su gratitud por las deferencias que tenía con su hijo y lo invitó cordialmente a que entrara en su casa a descansar y a compartir, con su hijo y con él, la comida de la tarde, y añadió:

—¡Bien sé que haga lo que haga no podré recompensar las atenciones que has tenido con mi hijo; pero, en fin, espero que aceptes el pan y la sal de la hospitalidad!

Hussein respondió:
—¡Por Alá, oh mi dueño! Tu hospitalidad es grande, ciertamente, pero ¿cómo puedo aceptarla si tengo hecho juramento de no probar nunca alimentos sazonados con sal y de no probar jamás ese condimento?

Alí Babá respondió:
—No tengo más que decir una palabra en la cocina y los alimentos serán preparados sin sal ni nada parecido.

Y de tal modo insistió al mercader que lo obligó a entrar en su casa. Rápidamente corrió a prevenir a Morgana para que no echara sal a los alimentos y prepararan las viandas, rellenos y pasteles sin la ayuda de aquel condimento.

Morgana, muy sorprendida por el horror de aquel huésped hacia la sal, no sabiendo a qué atribuir un deseo tan extraño, comenzó a reflexionar sobre el asunto; pero no olvidó prevenir a la cocinera negra de que debía atenerse a la orden de su dueño Alí Babá.

Cuando la comida estuvo lista, Morgana la sirvió en los platos y ayudó al esclavo Abdalá a llevarla a la sala del festín; y, como era de natural muy curiosa, de vez en cuando echaba una ojeada al huésped a quien no le gustaba la sal.

Cuando la comida terminó, Morgana se retiró para dejar a su dueño conversar a gusto con su invitado.

Al cabo de una hora, la joven entró nuevamente en la sala, y, con gran sorpresa de Alí Babá, ataviada como una danzarina: la frente adornada con una diadema de zequíes de oro, el cuello rodeado por un collar de ámbar, el talle ceñido con un cinturón de mallas de oro, y brazaletes de oro con cascabeles en las muñecas y tobillos, según la costumbre de las danzarinas de profesión. De su cintura colgaba el puñal de empuñadura de jade y larga hoja que sirve para acompañar las figuras de la danza.

Sus ojos de gacela enamorada, ya tan grandes de por sí y de tan profunda mirada, estaban pintados con kohl negro hasta las sienes, lo mismo que sus cejas, alargadas en amenazador arco. Así ataviada y adornada, avanzó con pasos medidos, erguida y con los senos enhiestos.

Tras ella entró el joven esclavo Abdalá llevando en su mano derecha, a la altura de la cintura, un tambor sobre el que redoblaba muy lentamente, acompañando los pasos de la esclava.

Cuando Morgana llegó ante su dueño, se inclinó graciosamente y, sin darle tiempo a recuperarse de la sorpresa que le había producido aquella entrada inesperada, se volvió hacia el joven Abdalá y le hizo una ligera seña.

Súbitamente, el redoble del tambor se aceleró. Morgana bailó ágil como un pájaro, todos los pasos imaginables, dibujando todas las figuras, como lo habría hecho en el palacio de los reyes una danzarina de profesión.

Danzó como solo pudo hacerlo, ante Saúl, sombrío y triste, David, el pastor. Bailó la danza de los velos, la del pañuelo, la del bastón; las danzas de los judíos, de los griegos, de los etíopes, de los persas y de los beduinos, con una ligereza tan maravillosa que, ciertamente, solo Balkis, la amante reina de Salomón, habría podido hacerlo igual.

Terminó de bailar solo cuando el corazón de su dueño, el hijo de su dueño y el del mercader invitado dejaron de latir con normalidad y la contemplaron con ojos arrobados.

Entonces comenzó la danza del puñal; en efecto, sacando de improviso el puñal de su funda de plata, ondulante por su gracia y actitudes, danzó al ritmo acelerado del tambor, con el puñal amenazador, flexible, ardiente, salvaje y como sostenida por alas invisibles.

La punta del arma tan pronto se dirigía contra algún enemigo invisible como hacia los bellos senos de la exaltada adolescente. En aquellos momentos, la concurrencia profería un grito de alarma, tan próximo parecía estar el corazón de la danzarina de la punta mortífera del arma.

Pero poco a poco el ritmo del tambor se hizo más lento y atenuó su redoble hasta el silencio completo, y Morgana cesó de bailar.

La joven se volvió hacia el esclavo Abdalá, quien, a una nueva seña, le arrojó el tambor, que ella atrapó al vuelo, y se sirvió de él para tenderlo a los tres espectadores, según la costumbre de las bailarinas, solicitando su dádiva.

Alí Babá, aunque molesto en un principio por la inesperada entrada de su esclava, pronto se dejó ganar por tanto encanto y arte, y arrojó un dinar de oro en el tambor. Morgana se lo agradeció con una profunda reverencia y una sonrisa, y tendió el tambor al hijo de Alí Babá, que no fue menos generoso que su padre.

Llevando siempre el tambor en la mano izquierda, lo presentó al huésped a quien no le gustaba la sal. Hussein tiró de su bolsa y se disponía a sacar algún dinero para aquella bailarina codiciable, cuando de súbito Morgana, que había retrocedido dos pasos, se abalanzó contra él como un gato salvaje y le clavó en el corazón el puñal que blandía en la diestra.

Hussein, con los ojos fuera de las órbitas, medio exhaló un suspiro y, cayendo de bruces sobre el tapiz, dejó de existir.

Alí Babá y su hijo, en el colmo del espanto y de la indignación, se lanzaron hacia Morgana, que, temblorosa por la emoción, limpiaba su puñal en el velo de seda; y como la creyeron víctima del delirio y de la locura, la asieron de las manos para quitarle el arma, pero ella, con voz tranquila, les dijo:

—¡Oh, amos míos! ¡Alabemos a Alá, que ha dirigido el brazo de una débil joven para así castigar al jefe de sus enemigos! ¡Vean si este muerto no es el mercader de aceite, el capitán de los ladrones, el hombre que no quiso probar la sal de la hospitalidad!

Mientras hablaba, despojó de su manto al cuerpo caído y mostró, bajo sus largas barbas, al enemigo que había jurado su destrucción.

Cuando Alí Babá reconoció en el cuerpo inanimado de Hussein al mercader de aceite, dueño de las tinajas y jefe de los bandidos, comprendió que por segunda vez debía su vida y la de su familia a la adhesión atenta y al coraje de la joven Morgana, por lo que, abrazándola con lágrimas en los ojos, le dijo:

—¡Oh, Morgana, hija mía! Para que mi dicha sea completa, ¿quieres entrar definitivamente en mi familia como esposa de mi hijo, ese bello joven que aquí está con nosotros?

Morgana besó la mano de Alí Babá y respondió:

—Acato y obedezco.

El matrimonio de Morgana con el hijo de Alí Babá se celebró sin tardanza ante el kadí y los testigos, en medio de gran alegría y regocijo. El cuerpo del jefe de los bandidos, ¡que él sea maldito!, se enterró en secreto en la fosa común que había servido de sepultura a sus antiguos compañeros.

En este momento, Schahrazada vio que amanecía y, discretamente, se calló.

PERO CUANDO LLEGÓ LA NOCHE 860...

Dijo Schahrazada:

«Después del matrimonio de su hijo, Alí Babá escuchaba atentamente las opiniones de Morgana y, siguiendo sus consejos, durante algún tiempo se abstuvo de volver a la caverna por temor de encontrar a los dos bandidos restantes, cuya muerte ignoraba y que, en realidad, como tú sabes, rey afortunado, habían sido ejecutados por orden de su capitán.

Hasta que pasó un año no estuvo tranquilo a ese respecto; pero una vez hubo transcurrido ese tiempo, se decidió a visitar la caverna en compañía de su hijo y de la avisada Morgana.

Esta, que durante el camino no dejó de observar cuanto veía, al llegar a la roca se percató de que los arbustos y las grandes hierbas obstruían por completo el sendero que la rodeaba y que, por otra parte, en el suelo no había rastro de pisadas humanas ni huella alguna de caballos; por lo que, deduciendo que desde hacía mucho tiempo nadie debía haberse acercado a aquellos parajes, dijo a Alí Babá:

—¡Oh, tío mío! ¡No hay inconveniente; podemos entrar sin peligro!

Alí Babá extendió las manos hacia la puerta de piedra y pronunció la fórmula mágica, diciendo:

—¡Ábrete, sésa,p!

Lo mismo que otras veces, la puerta obedeció como si fuese movida por servidores invisibles y se abrió, dejando paso libre a Alí Babá, a su hijo y a la joven Morgana.

El antiguo leñador comprobó que, en efecto, nada había cambiado desde su última visita al tesoro, por lo que se apresuró a mostrar a Morgana y a su hijo las fabulosas riquezas, de las que era el único dueño.

Una vez que vieron cuanto había en la caverna, llenaron de oro y pedrería tres sacos grandes que habían llevado con ellos y, volviendo sobre sus pasos, después de pronunciar la fórmula de cierre, salieron de la cueva.

Desde entonces vivieron con tranquilidad, usando con moderación y prudencia las riquezas que les había otorgado el Generoso, que es el único grande. Así fue como Alí Babá, el leñador propietario de tres asnos por toda fortuna, llegó a ser, gracias a su destino, el hombre más rico y respetado de su ciudad natal.

¡Gracias a Aquel que da sin medida a los humildes de la tierra! He aquí, ¡oh, rey afortunado! —continuó diciendo Schahrazada—, lo que sé de la historia de Alí Babá y los cuarenta ladrones; pero ¡más sabio es Alá!

El rey Schahriar dijo:

—Ciertamente, Schahrazada, esta es una historia asombrosa, pues la joven Morgana no tiene par entre las mujeres de hoy. Bien lo sé yo, que me vi obligado a cortar la cabeza de todas las desvergonzadas de mi palacio.